新潮文庫

風花病棟

帚木蓬生著

新潮社版

9306

風花病棟*目次

風花病棟

メディシン・マン

同門会は毎年十一月の最終土曜日に開かれる。

今年は八月に教室の新しい教授が決まったばかりなので、例年よりは参加者が多いはずだった。出無精の私もこの会だけは、ほぼ欠かさずに出席していた。かつて指導を受けた先輩や、研修医として一緒に苦労した同僚、そして自分が手ほどきをした後輩に会える機会としては、これ以上のものはなかった。

教室に在籍したのが十年、その後大分県の公立病院に出されて十年働き、現在の民間精神病院の常勤医になってからも、もうすぐ十年になろうとしている。いきおい若い医師たちの顔と名前はほとんど知らない。勤め先の病院には一年交代で教室在籍者が二人派遣されてくるが、それも毎年十名以上入局してくる研修医全体から見ればごく一部に過ぎなかった。

午後二時に始まる会は、まず三時間かけて、教室にいる助教や講師、准《じゅん》教授が最新の研究成果を、手短に披瀝《ひれき》するようになっていた。その大部分は先端の技術を駆使した分子生物学や遺伝学、画像解析などが中心で、精神医学の基礎研究が日進月歩している事実を見せつけられる。毎年そうした発表を聞きながら、内心では、研究の進展にもかかわらず、精神疾患に悩む患者の置かれている状況は大して変化していないなと、妙な反発も覚えた。基礎研究がどんなに進んでも、日常の診療に反映されるにはまだまだ道遠しの感は否《いな》めない。

早い話が、統合失調症の大半は完治に至らず、うつ病の二、三割には抗うつ剤がうまく働かない。アルコール依存症に至っては有効な薬さえなく、増え続ける認知症患者に対しては、手をこまねいて眺めるだけしか方策がなかった。

だからといって、若い教室員たちが取り組んでいる研究をくさす気持は、さらさらない。むしろその研究が二十年後三十年後に臨床に及ぼす影響を祈って、発表に耳を傾け、時には素朴な質問をぶつけたりもした。

今回も午後早々に会場に赴く予定にしていたが、欠席できない医師会の会合と重なって、ホテルに着いたのは五時半を過ぎていた。研究発表は終わり、受付にいた女性教室員から「ちょうど後半の写真撮影が始まったばかりです」と、部屋に案内された。前半の若い同門たちの撮影は終了していた。入れ替わりに、年配の会員たちがぞろぞろ室内にはいりかけていた。お互い久しぶりに顔を合わせるので、短い挨拶《あいさつ》を交わしながら、五段にこしらえられた雛壇《ひなだん》にのぼった。誰の指示もなくても、下から上に年代順に会員たちがおさまるのもいつものことだった。

私が入局した当時は、もちろん一回の写真撮影ですんだ。最前列に、その年に入局した研修医が腰をかがめて並び、その後ろが椅子席《いすせき》で、中央に教授と前教授、同門会長、両脇《りょうわき》に大先輩の長老たちが坐《すわ》った。二回に分けて撮るようになったのは私が教室を出る二年くらい前からだったろうか。当然のことながらそのとき私は一回目の撮影組の中にはいっていた。その五、六年後、初めて二回目の組に入れられた。妙に寂しい気分になったのを覚えている。

「よっ」

同期入局のAが私の肩を叩《たた》いた。小柄だが精力的な男で、私よりも長く教室に残り、電子顕微鏡を使った脳病理の研究を続け、新設大学の教授の椅子をねらった。二回ほど教授選に落ちると、さっさと方向転換して県の精神保健福祉センターの所長になった。今では役人ぶりが板についており、県の精神保健行政をとりまとめているのは自分だという自負が、言葉のはしばしに出る。もともと患者を診るのに熱心ではなく、顕微鏡をのぞくか、哲学論議にふけるのを好んでいたので、行政職がぴったりだったのかもしれない。

Aは、やはり同期生で二年前に県立精神科病院の院長になったBの話をした。院長になってすぐ体調を崩し、半年前から入院生活を余儀なくされている。悪性リンパ腫《しゅ》だという噂《うわさ》も流れていた。二年前、副院長のBをおしのけ、Aが院長になるために方々に手を尽くした経緯は、かなり知れわたっている。結局Aの画策は実を結ばなかった。そのポストが、臨床ひと筋でやってきた実直なBに適任だったのは、誰の眼にも明らかだった。

Bの病状がかんばしくないと告げるAの口調には、冷ややかなものさえ感じられた。私は適当に聞き流し、横から押されるままに間を詰めた。

雛壇に立つと、下段にいる先輩たちの薄くなった頭髪がいやでも眼にはいる。自分の頭も、同じように後ろから眺められているのだと思ってか、誰もそれを冷やかす者はいない。

「今年もここで写真が撮れたな」

カメラマンが位置合わせをしている間に、Mが言った。「ともかく、一番下の椅子席に腰かけるまでは頑張ろうと思っとるもんな」

周囲がどっと笑う。Mは私のあとの医局長で、講師を務めたあと教育大学の助教授に転任し、四、五年前に教授になった。何かにつけ冗談が口をついて出る。

「いや、あんた案外これが映り納めになるかもしれんよ」

誰かが応じ、また笑いが起こった。

一列目の面々の中でも最年長はK先輩で、もう九十歳をいくつかは越している。七十歳まで県立精神科病院の院長をし、退職後も八十歳まで民間病院で週四日の勤務をこなし、本当の隠居生活になったのはここ十年来だ。耳が少し遠いだけで、呆《ぼ》けなどは感じさせない。宴会での乾杯の音頭の際も、引き締まったスピーチで会場を唸《うな》らせるのが常だった。

カメラマンは故意に最初の一枚を失敗に終わらせて緊張を解き、二枚、三枚とたて続けに撮った。

ぞろぞろと、懇親会の会場になっている隣のホールに移動した。私は大学病院の精神科の看護師長に話しかけられ、彼女が三年後に定年を迎えることを知った。私よりはいくつか年上で、入局当時、彼女のほうも内科を経て精神科に配属されてきたばかりだった。私が重症のうつ病患者に電気ショックをかけるのを見て、「精神科ではまだこんな非人道的な治療法がまかり通っているのですか」と、本気で非難してきたのもその頃だ。しかし九回の電気ショックでうつ症状は劇的に改善し、一ヵ月強で退院になった経過をつぶさに観察したあと、彼女も考え方を変えたようだった。

精神科に五年ほどいるうちに、いかにも精神科看護師らしい穏やかな雰囲気を身につけ、他科に配属替えになったときは涙を流していた。そのうち小児科の師長になり、精神科の師長として戻ってきたのは四年ばかり前だ。

この頃は看護も何だか機械的になってきて、昔のような人間と人間がぶつかるような看護が少なくなりました。——師長の話に肯《うなず》きながら、私は精神科医の治療も同じような方向に変わりつつあると答えた。確かに、人格と人格の触れ合いにより病気を好転させるのではなく、治療者は内科医同様、単に薬を処方するだけの存在になりかけていた。〈医師が処方する最良の薬は自分自身である〉と明言したのは、イギリスの高名な精神科医だが、半世紀たった今、若い医師たちがこれを実践しているようには見えない。

正面のスタンドマイクの前には、新任のI教授が立っていた。私が医局長をしていたときの研修医であり、医学部卒業の席次は三番だったのを記憶している。精神科入りの志望者はおしなべて中位以下の卒業成績であり、良くてもせいぜい十数番どまりだったから、Iは久々の逸材だと将来を嘱望された。幸い人柄も良く、カナダに留学して分子遺伝学の分野で立派な仕事をし、帰国後は特にアルコール依存症の遺伝子研究で画期的な研究成果をあげた。四十歳のとき、関連大学の助教授になり、前教授退官後の教授選で見事白羽の矢が立ったのだ。

今後は、アルコール依存症だけでなく、統合失調症や躁《そう》うつ病、認知症や神経症の遺伝子の研究にまで手を拡《ひろ》げていきたいと、新教授は抱負を述べ、拍手を浴びた。

次にマイクを握ったのは前教授のN先生だった。六十三歳の定年後は、新設された看護大学の副学長に迎えられていた。N先生の助手から講師時代にかけて、私も直接指導を受けていた。いつ眠るのだろうかというくらいに、臨床にも研究にも熱心だった。睡眠の研究が専門で、「睡眠の研究者は、人が眠っているときに起きていなければならず、不眠症になる」と笑いながら、病棟と実験室を行き来していた。欧米の専門誌に論文を発表し、助教授になってからは、特に高齢者の睡眠に研究の重心を移した。当教室が睡眠と痴呆《ちほう》の研究で国際的にも一目置かれるようになったのは、ひとえにN先生の指導力によるものだった。

新任教授への祝辞も交えたN先生の挨拶にも、満場の拍手が起こった。

乾杯の音頭役に指名された最長老のK先輩には、若い女性医局員が寄り添い、マイクの位置まで誘導した。ビールのつがれたコップを持つK先輩の手元は、今年《ま》もしっかりしていた。教室の伝統がこうして脈々と受け継がれていくのを目のあたりにして嬉《うれ》しいと告げたあと、K先輩は高々と右手を上げた。

同門会員のうち、ある程度以上の年配者は、今年も大先輩のスピーチが聞けたという感慨をもったに違いない。私もまさしくそのうちのひとりだった。ビールで喉《のど》を潤《うるお》し、自分のためにも手を叩いた。

中央の大テーブルには料理が所狭しと盛られ、皿を手にした会員たちが蝟集《いしゅう》し始めていた。

私は習い性で、盛られた大皿のうちから肉料理を小皿に取った。肉を多少なりとも胃に収めておけば、すぐに酔いもまわらず、あとで食べる時間を失っても、空《す》き腹をかかえなくてすむからだ。

小さな丸テーブルにコップを置き、食べ出すと、顔見知りの後輩たちがもうビールをつぎに来る。現在の病院にローテーションで来てもらっていた教室員や、公立病院に勤めていた頃の後輩と言葉を交わし、今どこにいるのかを確かめる。「先生の病院はメチャメチャ忙しかったですけど、勉強になりました」と言われるのが一番嬉しかった。精神科医を育てるのは何といっても患者だ。多くの患者に接すれば接するだけ、心ある医師は成長していく。なかには流れ作業のようにして患者を扱い、大事なものをすり減らしていく精神科医もいるが、それは例外といえた。

三、四十分して、次の料理を取りに行こうとしたとき、若い医師から呼びとめられた。
「武田と申します」

大柄な身体《からだ》を傾け、左右の手を添えてビールをついでくれた。

「武田というと、名前は信玄？」

何年か前に、医局に武田信玄という名の新人がはいったことは耳にしていた。そんな大仰な名前を親につけられては、当人は生涯金縛りにあったようなもので、生きにくかろうと大いに同情したものだ。私は初めて口をきく後輩の顔をしかと眺めた。

「はい、武田信玄です」

申し訳ありませんというように彼は首をすくめた。やや受け口で、目尻《めじり》を下げて笑うところに朴訥《ぼくとつ》さが表われ、地方出身の若者という印象を受けた。少なくとも、名前の重圧に喘《あえ》いでいる感じはしない。

「先生はだいぶ以前に沖永良部《おきのえらぶ》にいらしたことがあるでしょう」

武田信玄が私に訊《き》いた。

「いたよ。もうかれこれ二十四、五年にはなる」

沖永良部島に総合病院ができ、外来部門のみ精神科が新設されることになり、医師派遣の依頼が教授のもとに届いた。病院長が同じ大学の出身だったのが理由だろう。一般の総合病院に精神科医をおくという気運も高まっていた時期で、教授もその要請は断りにくいようだった。結局、長期出張は無理だが、当座は医員あるいは助手が、四ヵ月交代で赴任するという対応策に落ちついた。助手になりたてで、まだ独身だった私は、二人目の派遣員として、二月から五月まで島に滞在した。最初に着任した同僚から引き継ぎを受けたとき、寒い目には遭わなくてすんだが、台風には参ったと、苦労話を聞かされた。

私が赴任した時は冬だったが、宿舎は暖房を入れるほどのこともなかった。病院に馴《な》れ始めた頃、島全体がフリージア、そのあとはユリの花盛りになった。いい時期に派遣されたと、心の内でにんまりしたものだ。

二、三年後に一年交代になり、派遣先は現在教室傘下《さんか》の貴重なジッツになっている。

「ぼくも今年の五月まで、あそこにいたのです」

「そう、大分変わったろうね、昔とは」

「本質は変わらないのではないでしょうか。観光客は増えたようですが」

「なるほどね」

その後、沖縄での学会には二度ほど参加したが、沖永良部島には一度も立ち寄ったことがない。四ヵ月の島の生活で、見るべきものは見たという自負があったのかもしれない。

「当時、先生が診られた患者のなかに、Tという患者がいたのは覚えておられますか」

彼は突然ひとつの名前を口にした。確かにあの地方独特の姓だったが、具体的な患者像は浮かんでこない。

当時、島には精神科医はひとりしかおらず、午前中だけの外来で十五人から二十人前後の患者を診察した。午後は病院内の他科からの往診依頼をこなしたり、ソーシャルワーカーを伴って、島内の村落をまわったりした。座敷牢《ざしきろう》とまではいかなくても、奥の暗い部屋に精神障害者が放置されている例にも二、三でくわした。舟で周囲の島に渡り、出張診療所を設けたことも何度かある。未治療のままのてんかん患者を見つけたのも、そこでだった。

「Tさんのほうは、ちゃんと先生の名前を覚えていました。もっとも、先生がその患者を診られたのは一回きりですから、記憶されていないのも当然です。ぼくは当時の外来カルテを探し出して、先生の書かれた診断書のコピーを読みました。患者が嘘《うそ》をついていないことを証明する診断書です」

突如雲が晴れたように、Tという患者を思い出した。

「懐《なつ》かしいね」

確かにずっと忘れていた患者だ。稀《け》有な症例なので記憶に留めていてもよさそうだが、そうではない。医師という職業柄、似たような症例に出会うと、過去に診た同種の患者を芋づる式に想起する。そうでなければ、記憶の底に埋もれたままになってしまうのだ。

「Tさん、今も元気にしとる？」

「元気でした、はい」

彼はまるで自分が思い起こしてもらったように、嬉しそうな顔をした。

Tは当時十八か九だったので、もう中年男になっているはずだ。私は目をしばたたき記憶をたぐりよせた。

Tが精神科の外来を受診したのは、五月の連休が明け、教室に戻ろうという気分になっている頃だった。こうした時間の止まったような島を去るのは惜しいが、一年も二年も滞在すれば精神科医としても世捨て人になる。せいぜい四ヵ月、長くて半年がやはりいい期間だと、自分なりに都合の良い結論を出しかけていた。

父親が付き添っていた。Tも日焼けしていたが、父親のほうはそれ以上に黒かった。

息子がジーンズにシャツの軽装なのに、父親は式場に出かけるときのようなきっちりした背広姿だった。私は奇妙な組み合わせだと思った。

患者を診察室に呼び入れる前に、待合室での様子を覗《のぞ》いてみる癖は、もうそのときにはついていた。研修医の頃、指導医に口すっぱく教えられたことだ。柱の陰や後ろの方の椅子《いす》に坐《すわ》っていれば対人緊張の傾向があり、手前の方であれば受診動機も強く、緊急性が高い可能性がある。夫婦や親子で離れて坐っていれば、その距離がそのまま家庭内の心理的距離を表わしている、という具合だ。

Tと父親は、前から三番目くらいの椅子に並んで腰かけていた。やはり普通とは違っていた。息子が父親に連れられて精神科に来る場合、大方二つが予想される。ひとつはシンナー癖のある非行少年、もうひとつは統合失調症だ。前者であれば通常、親子は離れて坐り、当人は柱の陰でマンガを読んでいたりする。後者のときは、当人の表情を眺めただけで、精神病が始まっているかどうか、ある程度察しはつく。いかにも若者らしい生気を漲《みなぎ》らせているTには、その兆候もなかった。ただわずかに困惑気味の様子が見てとれるだけだ。

名前を呼ぶと、息子を制してまず父親が立ち上がり、廊下に出た私に近づいて来た。息子より先に自分が先生にお話ししていいでしょうかと、訛《なま》りのある言葉で訊かれた。

何はともあれ最初に当人の訴えを聞き、そのあと家族を招き入れて補足させるのが定石ではある。しかしそのときの父親の態度にはのっぴきならぬ切実さが感じられ、背広姿の相乗効果もあって、私はそのまま父親だけを診察室に入れた。

こんな相談を病院にもちかけていいものか迷いましたが、と父親は居住いを正して切り出した。

しかしこれは村の者たち全員の意見です。新しい病院の中に精神科というものができたので、この話を解決してもらうにはそこに相談するのが最上の策という評議に達したのです。――父親は若い私を前にして、これ以上はない丁重さで言った。

私はまだ何の相談事なのか分からず、しびれを切らして、「一体どういうことなのですか」と訊いた。

「いや、それは息子が全部説明します。先生からようく聞いてやって下さい」

父親は答え、深々と頭を下げて退室した。

看護婦の案内で入室したTも、父親に劣らず礼儀正しかった。上背はないががっしりした体格で、歯並びが良かった。きちんと私の顔を見つめてしゃべり、時折言い澱《よど》み、また無理に思い出すようにして言葉を継いだ。

Tと父親は沖永良部在住ではなく、その近くの島からわざわざ受診に来ていた。そして相談の内容はこうだった。

Tには O という幼馴染《おさななじ》みの同級生がいて、仲が良かった。学校時代は言うに及ばず、中学を卒業しても、ひとつの舟で釣りに出かけたりしていた。ちょうど一週間前も、二人はT家の舟で早朝から釣りに出た。弁当は持っておらず、昼までには帰って来るつもりだった。ただ舟の中の冷蔵庫にはビールを入れて、喉が渇けば飲めるようにしていた。潮風に顔をさらしながら口に入れる冷えたビールの味は、何にも代え難いそうだ。TもOもアルコールは中学を卒業した頃から飲んでいて、特にOの酒好きは有名で、缶ビールなら十本を一時間もあればあけてしまう程だった。

その日、潮の流れがいつもと違い、エンジンをかけて舟を沖合いに出して釣糸を垂らした。しかし当たりはなく、Tのほうは一本飲んだビールのためか、じきに眠たくなり、キャビンの中に横になった。前の晩、別の友人と夜更《よふか》しをしていたのが崇《たた》ったのだ。

Oに声をかけると、生来の強気からか、なんとか釣果《ちょうか》を出すまでまだ頑張るという答が返ってきた。

そのまま寝入ってしまったTが覚醒《かくせい》したのは二時間後だ。舟べりにOの姿は見えず、彼の釣竿《つりざお》もなくなっていた。空になったビール缶が五、六本と、Tが取り込んでいた釣竿が残されているだけだった。舟のエンジンは停められていた。

Tは事態を覚《さと》った。舟は元の位置からだいぶ流されていた。Oは何のはずみか、釣竿もろとも舟の外に落ちたのに違いない。救命具などはつけていない。水温は筋肉が動かなくなるほど低くはない。泳ぎの達者なOが、それでも舟に戻りつけなかったのは、身体に異変が起こったのかもしれなかった。

Tはエンジンをかけ、付近の海を探し始めた。しかしいくら探し回っても、どこまでも広がる海の上に人の影は見つからなかった。陽が高くなり、三時間が経過した。こうなれば港に戻り、全員総出で探索したほうがよいとTは判断して、舟を島の方角に向けた。

Tが当惑したのは、その帰りの舟の中だった。何日か前に、TはOと初めての大喧《おおげん》嘩《か》をしていた。二人で焼酎《しょうちゅう》を飲みながら、同じ島の同級生である女の子のことで口論をしたのだ。Tは生まれて初めてOから背丈が低いことを中傷され、それから後は売り言葉に買い言葉になった。殴り合い寸前で仲裁がはいったが、「俺がその気になればお前の首の骨なんかもろいもんだ」と、皆の前でTはOに強がってみせたのだ。

診察室の外が少し騒がしくなっていた。精神科の外来といっても、内科と外科の外来に挟まれた一室を与えられているに過ぎなかった。おそらく救急患者が運び込まれたのだろう、外科医長がくぐもった声で指示を出しているのが聞こえた。

「それは微妙な立場ですね」

私はTに言った。

「そうなんです。しかし、その時には、もうありのままを話して、舟を全部駆り集めて捜すしかなかったのです」

遠慮がちにTは答えた。

捜索は夜を徹して翌日の夕方まで続けられたが、Oの遺体も釣竿も発見されなかった。そのあと三日間、TとOの家族、親類は、潮流の下の方の海域に舟を出して調べた。これも徒労に終わった。

Oの家族はTの話に当然疑いをもった。しかしどちらにしろ証人もおらず、証拠の品もない。駐在所の巡査も、どうしようもないと首を振った。

「それで双方の家族で、ぼくが正しいか嘘を言っているか、第三者に決めてもらおう、それには精神科の先生がふさわしい、という結論になったのです」

Tはまばたきもせずに私の顔を凝視して、返事を待った。

何のことはない。これではメディシン・マンじゃないか、と私は落胆した。

メディシン・マンは医療祈禱師《きとうし》、あるいは上品な訳語としては伝統治療師があてられる。早い話が未開社会のまじない師である。体内の病気を煙で追い出したり、悪い方向から転居させたり、薬効の分からぬ薬草を煎《せん》じて飲ませたりする。現代の医療が排斥しなければならないまやかし行為である。

私は腹が立った。八百屋に魚を買いに来たようなものだと突っぱねて、追い返そうとも一瞬考えた。

結局それをしなかったのは、Tとその父の真剣さにうたれたのと、自分ではまだやったことのないイソミタール・インタヴューが頭の隅に浮かんだからだった。短時間麻酔薬で人を半睡状態に置くと、抑制がとれて、本音が出やすくなる。もちろんその手技には倫理的な問題がつきまとう。しかし今はそれ以外の方法は考えられなかった。

研修医のとき、指導医が全生活史健忘の若い女性に施行したのを見学したことがあった。自分の名前や来歴も忘れて警察に保護され、入院になった患者だった。駅で保護されたとき、所持品はバッグひとつ、しかもハンカチやティシュ、化粧品ははいっているのに、手帳その他の個人識別の手がかりになる物は一切なかった。結局イソミタール・インタヴューそのものでは身許《みもと》はわからなかったが、入院中に少しずつ生まれ故郷や住んでいた場所を思い出し、家族が迎えに来て、二ヵ月後に退院して行った。

私はTと父親にイソミタール・インタヴューの方法と効果を説明した。二人とも了承してくれた。時間がかかるので、外来患者が全部終わる一時頃にまた待合室に来るように伝えた。但《ただ》し一種の麻酔薬を注射するため、本人は昼食を食べないほうがよいと言い添えた。

「昼飯くらい抜いても何てことはありません。二人とも食べないで待っています」

父親はまたそこで最敬礼をした。

外来患者の診察が終わったのは一時過ぎで、私はそのままイソミタール・インタヴューの準備をした。イソミタール五百ミリグラム一アンプル、翼状針のセット、万が一の事故に備えての喉頭鏡《こうとうきょう》と救急セットだ。

Tと父親は待合室に戻っていた。私はTだけを診察室に呼び入れ、ベッドの上に仰《ぎよう》臥《が》させた。

赤銅色《しやくどういろ》の腕は太く、肘窩《ちゆうか》の正中皮静脈《せいちゆうひ》も青黒く浮き出ていた。

「注射します」

私は言い、注射器につけた翼状針を静脈に刺し入れる。テープで固定した後、ゆっくりイソミタールを注入した。Tの眼球が左右に動き出したのを確かめて、注射器のピストンを静止させ、Tの耳元で質問を開始した。

舟で港を出たのは何時頃か、持ち物は何だったのか、何十分くらい舟を走らせて釣りを始めたのか、餌《えさ》は何を使ったか、二人の釣る位置は舟の中のどのあたりだったのか、舟の操舵《そうだ》はどちらがしていたのか――。

半睡状態にあるTの返事は間のびしていたが、内容ははっきり聞き分けられた。時々注射器のピストンを引いて血液を逆流させ、血液が凝固するのを防いだ。眠りが浅くなれば、ほんのわずかピストンを押してイソミタールを静脈に入れる。その間にも、質問は間断なく続けた。

Tがキャビンの中で眠り、気がつくとOの姿はなく、狼狽《ろうばい》したときの心の動きも、Tは先ほど私に話をした際と同じように訥々《とつとつ》と口にした。

腕時計を見ると、インタヴューを始めて三十分近くが経過していた。私はもうほとんどTの陳述に虚偽がないことを確信していたが、念のために、つけ足しの質問をしてみた。

「亡《な》くなったOのことはどう思っていますか」

あいつは、いい奴《やつ》だった。あいつが死ぬくらいだったら、自分が海に落ちていたほうがよかったかもしれない。本当に取り返しのつかないことをした。自分の身体《からだ》の中味半分が死んでしまったような気がする――。

Tは目を閉じたまま、ぽつりぽつり言葉を継いで行く。Tの顔を見つめていた私は、彼の目尻《めじり》からひと筋、涙がつたって落ちたのに気がついた。私はもうこれ以上深追いする質問を続けるのは危険だと判断して、話題を変えた。

「あなたが好きな娘さんの名前は何と言いますか」

Tは少し顎《あご》を引き、二秒か三秒の間のあとに名前を口にした。ア・キ・コ。

何か大事な壊れやすいガラス細工を、石の上に置くような言い方だった。私はアキコの漢字も訊《き》いた。

「その明子さんが、本当に好きなんですね」

好きです、とTは明瞭《めいりょう》な口調で告げた。

「Oもやはり、その明子さんを好きだったのですか」

酷かもしれないと思いながら、訊いた。Tの返事はここでも少し間があった。私は注射器のピストンを引き、静脈血を逆流させる。細いチューブが赤くなり、注射器の先まで血流が流れ込んだ。

「好きでした。ひょっとしたらぼくより本気で好きだったかもしれない——」

Tはまだ何か言いたそうだったが、それっきり口をつぐんだ。半睡状態のなかで、意志のほうが心理の壺《つぼ》に蓋《ふた》をしたような感じがあった。私はまたピストンを押した。

血液は静脈に戻り、チューブも透明になった。

「それじゃ明子さんのほうは？　あなたとOとどちらが好きだったのですか」

初めから予定していた質問ではなかった。成り行きでそうなったまでで、何やら子供向けのマンガの科白《せりふ》に似ていると、訊いたあとで反省した。

「たぶん、Oだと思います。少し残念だけどそう思います。あいつのほうが身体もでかいし、顔つきもいいし、成績も良かった――」

ゆっくり言い終えて、Tは自分でも納得するように肯《うなず》いた。

机の上に置いた鉢植えのハイビスカスが、真赤な花をつけている。レースのカーテンで日光を遮っているので、赤い花がよけい目にしみる。

私はもう一度ピストンを引いて血液を呼び込み、赤い血とともにイソミタールをTの静脈に注入した。二〇ccの注射液が残り少なくなっていた。

「あなたとOと、どちらが明子さんを幸せにできたと思いますか」

私は耳元で言い、Tの返事を待った。

「あいつは酒好きで、酔うと何をするか分からないところがあった。明子さんも、あいつと一緒だと苦労する――。ぼくは、あまり取りえはないけど、明子さんを一生懸命、幸せにする」

Tは下唇をかんだ。口元が細かく震え出し、両方の瞼《まぶた》から涙が溢《あふ》れた。

私はもうこれで充分だと思った。注射器に残っていたイソミタールを全部押し込んだ。翼状針を抜き、注射痕《ちゅうしゃこん》に脱脂綿と絆創膏《ばんそうこう》を当てた。

Tが眠っている脇《わき》で、私は机の引出しを開けて診断書の冊子を取り出した。普通の診断書とも違うので、頭書の横に括弧をつけて〈医証〉と加筆した。診療録の表紙を見ながら、Tの名前と生年月日、住所を記入し、診断名のところは横線で消した。下の方の欄に日付を入れ、署名し、印鑑を捺《お》したあとで、文章の中味を考えた。通常の診断書であれば、書く内容は決まっていたが、そのときばかりは頭のなかに例文がなかった。

私は軽い寝息をたてているTの顔をしばらく眺め、思い切って次のように本文を書き入れた。今から考えると、余りに断定的な〈医証〉であり、若さ丸出しの文章だったかもしれない。

上記の者、本日精神医学的な検査を施行した結果、今回の事故に関する本人の陳述に虚偽がないことを認める。

書き終えると、とたんに空腹を感じた。時計の針は二時を大きく回っていた。Tはまだ眠っている。

私は看護婦に、食堂から戻って来るまで、Tの様子を見ておくように頼んだ。

最上階にある職員食堂はガラ空きだった。窓際《まどぎわ》に席を取り、大急ぎでカツ丼《どん》をかき込んだ。窓からの見晴らしは良く、Tが住む島はそこからは眺められなかったが、目の覚めるような青い空と、濃紺の海がどこまでも広がっていた。

診断書は書いたものの、やはりこれは本当の精神医学ではなく、メディシン・マンの仕事だなと、私はぼんやり考えていた。しかし本来の精神科の診療をしたとき以上に、奇妙な充実感が身体全体にしみわたっているのも事実だった。

診察室に戻ると、Tは上半身を起こし、看護婦がブランケットを畳んでいた。

「先生、うまく行ったでしょうか」

Tは靴をはきながら尋ねた。

「うまく行きました」

私が答えるとTはほっとした表情を見せた。

父親も呼び入れて検査の結果を告げ、その旨《むね》は診断書にしたためてあるから、事務で受け取るように言った。二人は私と外来の看護婦に何度も頭を下げ、待合室から出て行った。それがTと父親を見た最後だ。

診断書が効力を発揮したのか否《いな》か、私はその月の中旬に島を出たので知らないままだった。引き継ぎの同僚にもこの話はしていない。眠らせて無意識を探るのは人権問題だという批判も大きく、イソミタール・インタヴューの手技そのものも、精神科の臨床では頻用されなくなった。私も二度と試す機会はないまま、Tのことも記憶から消えてしまったのだ。

「で、武田君はどこでTと会ったのだい。また精神科の外来に来たの？」

周囲のざわめきのなかで、私は声を大きくした。

「いえ、民宿に行ったのです。彼の島に」

彼はTの住んでいた島の名を口にした。「宿帳の職業欄にちゃんと精神科医と書いたのです。精神科医のなかには書きたがらない人もいるでしょう。それが逆に偏見を生むので、ぼくは正々堂々とどこに行っても精神科医と書くようにしています」

彼は少し胸を張った。私はそれこそ名将の名に恥じない行為だと思った。

「それを見て、民宿の主人が、これこれという名の精神科医を知らないかと、先生の名前を出したのです。本当に申し訳ないんですが、ぼくはまだ先生の名前を存じてなかったものですから、首を捻《ひね》りました。でもよく聞くと、あの病院の精神科外来にいた先生というので、教室の先輩だと判《わか》ったのです」

「そう、民宿をやっているんだね」

「先生は恩人だと言っていました。息子が二人と小学生の娘がいて、三人ともよく民宿の仕事を手伝っています」

「おやじさんは？」

「さあ、見ませんでした」

彼は首を振った。Tの父親が生きていればもう七十歳近いだろう。もしかしたら早くに亡くなったのかもしれなかった。私は背広の袖《そで》から出ていた父親のゴツゴツした手を思い出し、胸が詰まった。

「奥さんは？」

私は訊いていた。

「これが、鄙《ひな》には稀《まれ》な美人なんです。民謡の喉《のど》も聴かせてもらいました。民謡師範と踊りの免状も持っているそうです」

「奥さんの名前は？」

私は確かめずにはおれなかった。武田信玄は首をかしげた。

「明子という名じゃなかったかい」

「そうですそうです。応接間の鴨居《かもい》にかけてあった額の免状に、そう書いてありました」

私は安堵《あんど》し、ビールを口に入れた。彼はテーブルにあった瓶を目ざとく見つけ、両手を添えてビールをつぎ足してくれた。

「民宿から帰って教室の名簿を繰り、それから昔のカルテも引っ張り出してきて、先輩であることを確認しました。ただカルテには、イソミタール・インタヴューをしたことが書かれ、診断書のコピーが貼《は》られているだけでした。

それはともかく、病院からTさんに電話を入れ、先生がご健在であることを教えたのです」

後輩の武田信玄はそこでひと息入れ、コップのビールをごくりと飲み干した。今度は私がついでやる番だった。

「Tさん、とても喜んでいました。家内も楽しみにしているから、ぜひ島に来て下さいと先生に伝えてくれと、重ね重ね、頼まれたのです。こうやって、今夜お会いできて良かったです」

彼はまたビールをぐいと飲む。「しかし、先生があそこにおられたのは二十五年も前でしょう。たった一回きりの診察で、患者にあれだけ感謝されるのですから、ぼくは胸が熱くなりました。臨床医はこうでなくてはと思いました——」

武田信玄はキラキラする眼で私を眺めた。

胸を熱くしたのは、むしろ私のほうだった。病院の食堂から眺めた青一色の空と海の光景が、目の奥に甦《よみがえ》っていた。

「ぜひ先生、一度訪ねてあげて下さい」

彼は初めから用意していたらしく、スーツの内ポケットから紙片を取り出して、私に渡した。住所と名前、電話、それにファックス番号まで添えられていた。

私は武田信玄の手前、一度Tの民宿を訪ねなければならない気持になっていた。それにはやはり、春先のフリージアの季節がいいだろう。

黄一色に染まる畑を思い浮かべながら、私は未開社会のメディシン・マンも捨てたものではないと思った。

藤《ふじ》籠《かご》

その市立病院は川の傍にあって、当直室の窓を開けると水音が聞こえた。半キロほど上流で二つの谷川が合流して幅を増し、病院のあたりで大きく蛇行している。川床《かしょう》にころがった軽自動車くらいの岩があちこちに淵《ふち》や落差をつくり、雨で増水した夜など、大砲を撃つような音が何回も響いた。波と波がぶつかり、それがまた岩の凹《くぼみ》にはまったときに生じる音だとは、営繕係の老職員から教えてもらって知った。

短い仮眠の間、その音で起こされると、一瞬交通事故かと錯覚した。実際、研修の三、四年目を過ごした別の県立病院では、夜中に近くの点滅信号の下でよく衝突事故が生じ、救急患者が運び込まれて来た。衝突を避けようとした車が電柱にぶつかった際の大音響は、私が残業していた内科病棟まで届いてきた。詰所にいた看護師が廊下を走り、街路を見下ろせる窓まで行き、事故の有様を知らせてくれた。内科医の出番ではないと私は故意に詰所から動かず、耳だけは澄ませていた。五、六分して救急車の音がし、音は病院の敷地内にはいったとき、止《や》んだ。

増水時の不吉な音は別として、通常の川音のときは、患者の評判もよかった。入院したては水音が耳について寝つきにくいが、すぐに慣れて安眠剤同然になるという。長期入院の患者のなかには、家に外泊すると川音がしないので眠れないとぼやく者さえいた。

その病院に赴任したのが秋の初めで、川向こうの山の紅葉もそこそこに美しかった。冬の間に雪が二度降り、山肌がうっすらと白くなった。これもまあまあの美しさだと私は思った。

なるほどと私がかなりの程度に感心したのは桜の時季になってからで、川の土手に並んだ染井吉野《そめいよしの》が一斉に咲き揃《そろ》った。院長を含めて医局員、看護師が五、六十人集まり、恒例の夜桜見物が催された。大声で歌い談笑している間も、川音は相変わらず聞こえていた。

川岸の桜が散った頃、対岸の山肌に山桜が三、四本白い花をつけた。新緑の中にある刷毛《はけ》でぼかしたような白さは、妖《あや》しげな美しさをもっていた。当直入りの夕方、私は川岸に立ってそれを眺めていた。営繕の老職員が知らない間に後ろに立っていた。

「あとひと月すると、あのあたり、見事な花が見られます」

指さす山肌には何もなく、杉や竹やぶ、椎《しい》や樫《かし》、あるいは楠《くすのき》と思われる樹々《きぎ》が雑然と混在しているだけだった。常緑樹の枝を覆《おお》うようにして、蔦《つた》らしい灰白色の線が無数にからまっているので、よけいに汚らしく見えた。

「楽しみにしていて下さい」

何の花が咲くのか訊《き》いた私に、老職員は答えを濁したままで笑った。私は営繕職員の言葉を本気にとらず、同僚や看護師にも訊いてみなかった。

「先生、本当によくなるとでしょうか」

ある日病室にはいるなり、患者から質問された。土手の桜が満開の頃に再入院してきた患者で、加納美紀といい、三十歳で二児の母だった。

「主人も先生も、看護師さんも、みんな治療がうまく行っていると言うのですけど、わたしはそんな風に思えんとです」

「どうしてです？」

私は努めて冷静に訊き返した。

「腰の痛みはひどくなっているし、ここのしこりだって少しずつ大きくなっとるような気がします」

相部屋の患者が席をはずしていたので、彼女はパジャマの前をはだけ、下着を引き下げた。右下腹の皮膚が、中にくるみでも縫い込まれたようにふくれ上がり、赤紫色を呈していた。

彼女が腰の痛みを訴えたのは前の年の夏で、骨盤の右側に腺癌《せんがん》の転移巣《てんいそう》が見つかった。生検の結果、未分化の極めてたちの悪い癌だと分かった。しかし原発巣がどこであるか、精査にもかかわらずつかめなかった。その代わり、小さな転移巣は既に両肺と腹壁にも及んでいるのが判明した。内臓全体が癌の散弾銃を浴びせられたようになっていたのだ。

すぐに、骨盤の転移巣に対しては放射線療法、他の転移巣を縮小させるためには二種類の抗癌剤を使った化学療法が開始された。効果は予想外に良く、秋には退院し、家事までこなすようになっていた。

しかし年が明けて再び腺癌が息を吹き返した。呼吸困難と食思不振、腰の痛みがひどくなって再入院、私が新しく担当になったのだ。

前の主治医は癌の告知をするかどうかで悩んでいた。結局は、市の職員である夫の強い意向で告知を控える方針をとった。再入院後その夫には私も何度か会っていたが、改めて告知を切り出すのはためらわれた。一度決められて走り出した路線を覆《くつがえ》すのは難しい。不告知を告知に切り換えれば、夫と病院の信用は失われ、患者本人の衝撃そのものも大きくなる。私にはそうした予想される事態を収拾する自信は全くなかった。

彼女が露出させた患部を、私は無言で見つめ、答える代わりに白衣のポケットからメジャーを取り出した。上体をかがめ、赤紫の腫瘤《しゅりゅう》の大きさを計測する。二・六センチ×一・八センチだった。入院直後は確か二・三×一・六だったことを思い出し、どう返事をしたものか迷い、頭を上げずにいた。

突然、頭の上で彼女の笑い声がした。

「先生の手つき、なんか仕立屋さんみたい。巻尺も年季がはいっているし」

常時毎分二リットルの酸素を送り込んでいるノズルが、彼女の鼻の下に貼《は》りついていた。それでも彼女の笑顔は屈託がなく、美しかった。

「この前も、先生はそこの大きさを測るとき巻尺を出したでしょう。子供たちのことを思い出したとです。二人を台所の壁のところに立たせて、クレヨンで印をつけているんです。娘の優子《ゆうこ》は赤、息子の太志《たいし》は青です。びっくりするくらい伸びるのが速かですよ。わたしが入院してからは、主人が巻尺で測っているようです」

彼女は笑うのをやめて真顔になった。「やっぱり大きくなっとるでしょう」

「そうですね。少し薬を変えてみる必要があるかもしれません」

私は深刻味を感じさせないように事務的に答えた。彼女は無言で頷《うなず》き、パジャマを引き上げた。

まだその場を立ち去ってはいけないような思いにかられ、窓の外に眼をやった。川向こうの山肌が真正面に見える。樹々の緑はそれぞれに深みを変えていたが、老職員が予告したような花はどこにも咲いている気配はなかった。

「先生たちのお花見、ここから見えましたよ」

背後で彼女の声がした。「患者が苦しんどるのに、医者と看護婦は酒盛りだと怒っていた男の人もいたけど、わたしはいいことだと思いました。こっちも元気になったら、同じことをすればいいとですからね」

今はすっかり葉桜になった並木の隙間《すきま》から土手下の草むらがのぞき、その向こうにはそこここで水しぶきをあげる流れがあった。私はまだ振り向く勇気がなく、曖昧《あいまい》な返事をしながら何かを探すように窓ガラスに額をくっつけた。

「上から眺める桜もいいもんですね。いつもは下から見上げてばかりでした」

年齢は彼女と同じなのに、何だか年長者に慰められているような気がした。

「ともかく少し薬を変えてみましょう。心配する必要はないです」

振り向きざま力を込めて私は言い、病室を出た。

しこりが大きくなる速度からみても、現在の抗癌剤が大して奏功していないのは確かだった。前回入院時のカルテを取り出し、発症から現在までの治療を見直した結果、ある抗癌剤がまだ彼女に使用されていないのを知った。新しく開発された抗癌剤で、種々の型の癌に有効だという治験《ちけん》が報告されていた。私は内科部長にも意見を求めて、薬剤を変更することに決めた。

夕方、彼女を診察室に呼び、新たな薬剤の効力と副作用を説明した。しゃべっているうちに私までも希望がふくらみ、新薬が本当に効くような思いにかられた。「加納さんのほうで何か質問はありませんか」と、最後に自信たっぷりに言えたのもそのためだ。

「先生、その薬、今夜からでもいいとでしょう」

彼女は大きくまばたいてから私を見つめた。頬の肉がいく分落ちたせいで、瞳《ひとみ》が黒味を増し、睫毛《まつげ》も濃くなった印象がした。

「一日でも早いほうがよかです」

「じゃ、そうしましょう」

私は難しい商談をまとめ上げた気持になっていた。医学部卒業後に入局した内科の教室で、定年直前の恩師が繰り返し教えてくれた言葉が思い出された。

〈きみたち、何が効くったって、処方薬の中で一番効くのは『希望』だよ〉

「ありがとう先生」

彼女は立ち上がる。私は先回りしてドアを開け、酸素ボンベを引いている彼女を見送ろうとした。

私の胸先を通り過ぎようとしたとき、彼女はクスッと笑った。私は商談の手の内を見破られたのかと思った。

「この前、短大時代の友達が見舞いに来てくれたとです。思ったことをズバリ言う子で、彼女の知り合いに白血病で亡《な》くなった奥さんがいたのですって。自分の余命がないと分かって、その奥さんは子供のためにいくつか童話を書いたそうです。死んだあと思い出してもらうためです。その友達は、わたしも同じことをしたらどうかと勧めるとです。でも、わたしはまだそこまで考えるほど危いのじゃなかち、笑いとばしてやりました。そうでしょう、先生」

患者のキラキラ光る眼を見て、私は激しく首を振った。

「とんでもないですよ。加納さんはまだそんな段階ではない。新しい薬がうまく効いて、じきに退院できます。そうすれば二人のお子さんともゆっくり過ごせます」

自信のない話をするときほど、声に力がこもってくる。私はそんな自分の性分が嫌になった。

「そうですよね。先生、ありがとうございます」

彼女はまたクスッと笑い、少女のように小さく手を振って病室に向かった。

話をするたびに、私は彼女の頭の良さに感心していた。短大を卒業したあと地元の新聞社に五年勤め、結婚退職でこの地に来ると同時に、友人と二人でタウン誌を創刊し、部数が順調に伸びはじめた矢先の発病だった。一般に、知性も社会性も自分の病状の正確な把握には役立たない。自分を見る眼は誰でもなまくらになりやすいのだ。

しかし彼女の場合は、生来の楽観性のなせるわざのように思えた。加えて、主治医の発言に全幅の信頼を置いてしまう人の良さもあろう。そうした無垢《むく》の明るさにつけ込んでいる自分が、いよいよ醜く感じられてならなかった。

新しい抗癌剤を開始した翌朝、彼女は晴れやかな顔で回診を待っていた。呼吸が楽になり、痛みもやわらいだようだと感想を述べた。それまでは残していた朝食も、全量食べていた。

しかし一回の新薬の投与がそこまで効くはずはなく、偽薬効果《プラシーボ》に違いなかった。

「今度の薬は確かに効きます」

その後も彼女が眼を輝かせて言うたびに、私は気持が冷え込んでいった。不良品を間違えて売ったのに、顧客に感謝されている店員のようなものだった。実際、新薬投与三日目の血液検査は、患者の実感とは裏腹な結果を示していた。内科部長は元の薬剤に戻したほうが無難かもしれないと忠告してくれたが、期待されている手前、掌《てのひら》を返すような行為には出られなかった。

彼女の明るさは四日目も五日目も続いた。そして六日目の朝、重い足取りで病室にはいった私を、陽気な声が迎えた。

「ほら、あそこです。きれいでしょう、先生」

窓は開けられていて、川向こうの山がじかに眺められた。杉木立の深い緑を背景にして、紫色の大きな布が山の中腹から山裾《やますそ》までだらりと垂れていた。

そう思ったのは錯覚で、杉や樫の表面をびっしりと紫色の花が覆っていたのだ。数日前まで、そこは白っぽい線が幾重にも垂れていたに過ぎない。私は老職員の言葉を思い出していた。

「先生、山藤《やまふじ》ですよ」

彼女の声が知らせた。「きのうまでは、ほんのいくつか紫色の点があっただけなのに、一日でもう満開です。まるで紫色の滝――」

「山藤ですか。なるほど、滝ですね」

私は唸《うな》った。この数日、新しい抗癌剤にばかり気をとられて、窓の外を眺める余裕などなかったのだ。

「すごいもんですね。公園で垂れている藤を下から見たことはありますが。あれよりも紫色が濃いのではないですか」

「濃いです。ひと房ひと房短い分、色も濃いのでしょう」

同室の初老の患者も寄って来て、私は二人に挟まれる恰好《かっこう》になった。

「来年、タウン誌で町の名所として紹介してみます。こんな見事な場所があるなんて、住民の誇りです」

彼女はきっぱりと言う。

「それも、観賞する特等席は市立病院の内科病棟だと書くといいわ」

糖尿病のコントロールのために入院している同室者が応じた。

――来年はとても無理だろう。

私は胸塞《むねふた》がれたが、山藤に最大限の讃辞《さんじ》を並べたてて病室を出た。

二回目の血液検査の結果もかんばしくなかった。それどころか胸水《きょうすい》も溜《た》まり始めていた。呼吸も苦しくなっているはずだが、彼女は泣き事を言わなかった。

「山藤って一日毎《ごと》に紫色が薄くなるとですね。桜以上に散るのが早いのでしょうか」

ベッドに横たわったままで彼女は言った。私はちらりと窓の外に眼をやる。彼女の言うとおりだった。濃い紫の滝が薄紫の帯に変わり、ところどころに白っぽい縦糸が透けていた。

次の日、その紫色がさらに薄くなったのを私は窓越しに眺めた。彼女は前の晩、初めて痛みを口にし、当直医の判断でモルヒネの量を増やされていた。

うとうとしながら横たわっている彼女を診察し、右の片麻痺《へんまひ》が出ているのに気がついた。その日のうちのMRIで大脳左半球の転移巣と、胸水の増加が確認された。

それから先の病状は一気呵成《かせい》だった。意識が明瞭《めいりょう》にならないまま、彼女は一週間後に亡くなった。

私は患者の葬式にはなるべく出るようにしていた。研修二年目のとき指導医に教えられたことだった。そのとき亡くなった受け持ち患者の通夜《つや》に二人で出かけておくやみを言った。

「主治医が葬式や通夜に顔を出すと、何かやましいことがあるのではと勘ぐられる。だからよしたほうがいいと、たいていの医者は思っている。とんでもない誤解だ。家族からは感謝され、こちらの気持にもふんぎりがつく」

指導医が私にそう諭したとおり、遺族からは深々と頭を下げられた。私自身も、肝《かん》臓癌《ぞうがん》で逝《い》ったその患者の笑っている遺影を正面に見据えて、無念さにある種のおさまりがついたのだ。

その後、幾度となく参列を繰り返したが、今度ばかりは気が重かった。焼香のあと、夫や四歳と二歳の遺児の方に一礼するとき、後悔が胸を衝《つ》き上げてきた。四歳の娘は泣きはらした顔をしていた。二歳の息子は無邪気な顔で喪服の群れの間を忙しく歩き回っていた。

あのとき本当のことを彼女に告げていれば、いたいけな我が子のために、いろいろな話を書き残すことが出来たのではないか。新聞社に勤め、タウン誌を編集していたくらいだから、母親の命が吹き込まれた物語がいくつも生まれたに違いない。その機会を永遠に奪ったのは、主治医の私だ。

葬式の翌日、彼女が占めていたベッドにはもう新しい患者がはいっていた。窓からは花を落とした山藤の白っぽいすだれだけが見えた。

翌年の三月、土手の桜が蕾《つぼみ》をふくらます頃、医局の命令で私は他県の市立病院に転勤になった。二年目に見合い話を持ち込まれ、五歳年下の眼科医と結婚した。次の年には女の子にも恵まれた。二人で話し合って智香《ちか》という名前をつけた。

言葉が出ないうちから私は何冊もの絵本を買って来た。動物や乗物、魚や鳥、山や海の本など、書店に寄るたびに手に取り、レジに持って行った。なかには三歳や四歳用のも混じっていて、妻に笑われたりした。

智香は、話の筋が理解できようとできまいと、私から本を読んでもらうのを好んだ。帰りが遅くなったときなど、智香の枕元《まくらもと》には読んでもらうつもりだった絵本が三、四冊置かれていた。本だけは妻が読んでやるのを好まず、代役はきかなかった。物心つくかつかないうちから父親の声で話をしてもらっているから、一種の刷り込みだと私はむくれる妻を慰めた。

智香と並んで仰向きに寝、絵本を広げる。腕がだるくなると、二冊目は腹這《はらば》いになって読む。智香は二歳になる前から、もう顎《あご》を両手で支える姿勢を覚えてしまっていた。

読みながら私は、川の傍の市立病院で亡くなった患者をよく思い出した。彼女に告知をしていれば、どんな物語を書いていただろうかと、いろいろ想像もしてみた。彼女のことだから、自作の絵も添えていたに違いない。母親の手作りの絵本を父親が読んでやったかもしれない。そういう機会を与えなかったのだから、罪つくりなことをしたものだと、最後には自分を責めた。

要するに、医学的な診断だけでなく、社会的な判断を下すのに若過ぎたのだ。あのとき自分が子供の父親であったなら、「実は」と本当の診断を告げていただろう。彼女は涙にくれ、一時的には取り乱したかもしれない。〈幼い子を残してなぜ死ななければならないのか〉と自暴自棄になったかもしれない。しかしすぐに立ち直り、一生懸命、残りの生命《いのち》をふりしぼって、きっと我が子に遺《のこ》す物語を書いたはずだ——。だから、智香が四歳になったときに買い与えた絵本に、山藤の話があるのを見つけたときは、思わず布団《ふとん》の上に正座をしてしまった。

韓国の民話や童話を日本語訳したもので、私はその表紙が気に入り、中の頁《ページ》もめくらないで買ってしまっていた。表紙には韓国独特のシーソー遊びの絵が描かれていた。正装した女の子たちがその周りを囲み、青と白の民族衣裳《いしょう》をつけた少女がどっしりとシーソーの端に乗っている。片方の端のピンクと黄色の衣裳の女の子は高く跳び上がり、雲の上まで上半身が突き出ていた。いかにも大げさな構図が、どこか韓国的だなと私は感じたのだ。

三十頁くらいはあるその絵本を、私は智香の横に寝そべりながら読んでいった。最初が、表紙にあったシーソー遊びの話だった。跳び上がるたびに、雲の上の美しい景色が見えるので女の子は大喜びだ。一回毎に向きを変えて下りてくる。それにひきかえ、ふっくらとした青と白の衣裳の少女のほうはほんの少ししか宙に浮かず、見える景色は中庭の隅のにわとり小屋やお寺の屋根くらいで、大して面白くもない。シーソーの位置を交代しても同じことで、ピンクと黄色の衣裳の子供だけが天高く舞い上がる。しかも見える風景がさっきとは全く違うというのだ。シーソーの周りにいた友達が寄ってきて、どんなものが見えたのか、その度毎に訊《き》く。

智香は、雲の上に突き出た雪山に見入っている。雪山は黄金色《こがねいろ》に輝き、V字型の隊形を組んだ渡り鳥が黄金色に染まりながら、雪山の頂きを今まさに越えようとしていた。

次の話には、川で投げ網をする青年が出て来た。川の中にはいり、淵《ふち》に向かって網を投げたところ、はやや《い》なまず、蟹《かに》や鮒《ふな》などと一緒に、金色のウロコをもった小鯉《こごい》がはいっていた。あまり美しいので、これは川の神様の使いだと思い、青年は流れの中に逃がしてやる。

すると掌に二枚だけ、キラキラ光るものが残った。鯉のウロコで、町に持っていくと、金銀細工の職人が途方もない値段でそれを買ってくれた。半年はもう漁に出る必要もないくらいの金額だったので、青年は家の周りの土地を開墾するのに毎日を費した。お金がなくなると、また川に出た。流れの中にキラキラ光るものがいるので、そこに向かって網を打った。するとまた他の魚と一緒に金色の鯉がはいっていたのだ。青年が再び鯉を逃がしてやったとき、やはり金のウロコが二枚掌に残った。ウロコは少し大きくなっていて、町では前回よりも高い値がついた。

今度は八ヵ月も漁に出ずにすみ、家の周囲の畑も広くなった。こうして青年が漁に出るたびに、金色の鯉が網の投げ場所を教えてやり、逃がすと二枚のウロコが残った。ウロコは年を重ねる毎に大きくなり、畑もますます広くなった。青年は結婚して子供も出来、余ったお金で川に橋をかけてやった。年老いた両親と自分たち夫婦、子供三人で橋の渡り初めをした。すると淵の底から一メートルもある金色の大鯉が浮き上がり、空中で宙返りしたかと思うと、また深みに沈んでいった――。

橋の下で跳ね上がっている鯉の姿に私が見とれていると、智香は自分で頁をめくり、最初の投網《とあみ》の絵に眼をおとした。青年の手から放たれ、空中に大きく広がった網の形が面白いのか、その仕草が手品じみて見えるのか。あるいはまた、そんな具合にして魚が獲《と》れるのが、幼い頭には不思議に思われるのだろう。智香は十秒ほどもその頁を眺めていた。

絵本にはまだ残りがあるのを確かめて、智香は仰向けになる。私も仰臥位《ぎょうがい》になり、枕元のスタンドの向きを変えた。いよいよ第三幕だという気がして、頁をめくった瞬間、私はあっと声を上げ、起き上がっていたのだ。

見開きの両頁一杯に、記憶している風景とそっくりの絵が描かれていた。

小高い山の新緑を背景にして、中腹から山裾にかけて紫色の滝、いや山藤の帯が垂れていた。しかも手前の方には、大小さまざまの岩が露出した川が流れている。

唯一《ゆいいつ》異なるのは、川の手前の側にあるのが病院ではなく、貧相な小屋であることだった。板張りの部屋に髪の白い女性が横たわり、枕元で青年がさじで何かを食べさせていた。

私は正座をし、その昔話の題を確かめる。〈藤籠《ふじかご》〉だった。

「パパ、早く読んで」

智香の声で我に返り、床にはいって文字を辿《たど》った。智香が傍にいることも忘れて、むさぼるように読んだ。

一家は山に自生する藤づるを採って、籠を作ったり、藤布を織って生計をたてていた。しかし病気がちだった父親が死に、母親も夜なべ仕事の無理がたたって寝込んでしまった。月々の薬代をひねり出すために、ひとり息子は毎日山にはいり、藤づるを採取して夜中に籠を編んだ。何年もするうちに、近くの山に生える藤づるはすっかり採り尽くしてしまった。川向こうに何十本もからまっている藤を残して——。

「あそこの山藤だけは残しておいておくれ」
頬のこけた老母は上体を起こしたとき、何度も息子に念をおした。「あれはお父さんと申し合わせて、ずっと手をつけずに残しておいたものなのだ。春になると、それこそ夢のように美しい花をつけるだろう。あれを眺めるたび、寒い冬をしのげた嬉《うれ》しさをかみしめるのだよ」

ところがその年、母親の病気は進んで、半日しか家を空けられなくなってしまった。藤づるを求めて山奥まで分け入る暇はもうなかった。

息子は川向こうの藤づるを刈ることに決めた。岩石づたいに川を渡り、まっすぐ山を登ればいい。冬に備えて、毎日そこに通った。午前中だけで山ほどの藤づるを持ち帰ることができた。土間に積み上げられた藤づるを見て老母も驚いたが、どこから採って来たかは告げなかった。

山にかかる藤づるが少なくなっているのは、家からでもいくらか見分けられた。しかし老母はほとんど身を横たえたままだった。藤づるを大方刈り尽くしたとき、冬が来て、山の木々は雪で覆《おお》われた。藤づるのあった場所も、雪のために分からなくなった。

冬の間、息子は懸命に籠を編み、仲買に渡して生活費と薬代を手に入れた。心配なのは春がまた訪れることだった。藤がないのを知った母親は、どれほど嘆くだろうか。息子はそれを思うたび胸が塞がった。

藤が咲く季節にならなくても、雪がなくなれば、藤づるのない山肌は家からでも見分けがつく。母親がそれを見ないとも限らなかった。

しかし息子の心配は杞憂《きゆう》に終わった。雪が消えた四月に、母親の視力は衰え、もう上体を起こしてやっても、川向こうの山は定かに見えない様子だった。

「あとひと月もすると、またあの山藤が見られるね」

母親が言った。まるでそれを見るまでは死ねないと言いたげな口ぶりに、息子はまた胸を痛めた。

母親が息を引き取ったのは、四月の終わりだった。

「まだ山藤は咲いていないだろうね」

老母は苦しい息の下で息子に尋ねた。

「まだだよ、お母さん。もう三、四日すれば紫色の滝が眺められる」

息子は咄嗟《とっさ》に励ましたが、母の命は翌日まで持たなかった。

読んでいた私が、再び息が詰まる思いをしたのは、〈紫色の滝〉という箇所だ。紛れもなくそう書いてある。この言葉は、亡《な》くなった患者が確かに口にした。

私は読み終えると、たまらず巻末の奥付に眼をやった。韓国での発刊はおよそ三十年前、日本語訳の刊行は八年前で、私があの市立病院で働いていたのより前だ。

しかしまだ私は呆然《ぼうぜん》としていた。

「パパ、眠い」

智香が小さな欠伸《あくび》をする。山藤の話は退屈だったらしい。

通常の昔話と毛色の違うその絵本は、智香から何度もせがまれた。智香は前二篇を好み、私は最後の〈藤籠〉の絵が好きだった。読むたびに、川傍の市立病院で亡くなった若い母親を思い出した。彼女に時間を与えていれば、別の山藤の美しい物語を書いていたかもしれないと思うようになった。私にとって〈藤籠〉の朗読は彼女への弔いでもあった。彼女の二人の遺児にも読んでやるつもりで、心を込めて声を出した。

＊

智香が幼稚園の送迎バスの中で死んだのは、小学校に上がる前の年の夏だった。送迎のマイクロバスが青信号で交叉点《こうさてん》を通っていたとき、土砂を積んだトラックが横腹に激突したのだ。居眠り運転だった。送迎バスはくの字形に曲がり、智香ともうひとりの園児が即死し、十数人が大怪我《おおけが》をした。

あれからもう一年以上たつ。添い寝していた布団に横になると、まだ涙が出てくる。私は泣きくれながら、智香が残した絵本を手にとる。智香の小さなお棺には、花と一緒に絵本も入れられるだけ入れようとしたが、葬儀屋にとめられて、一冊だけが彼女と共に灰になった。

〈藤籠〉の収められた韓国の絵本もまだ残っている。私は今夜もそれを広げる。

――もう絵本はしまって下さい。あなたがそれを読んでいる声を聞くと、わたし胸が張りさけそうなんです。

妻が目に涙を浮かべて私を責める。私は朗読をやめ、山藤が紫の滝になっている見開きの頁を黙って眼のなかに入れる。

雨に濡《ぬ》れて

放射線治療室の更衣室から外が見えた。銀杏《いちょう》が雨に激しく打たれ、嫌々をするように黄色い葉を散らしている。わたしはウールのジャケットとセーターを脱ぎ、スカートも畳んでロッカーに入れた。パッドをはずした下着姿の胸が、扉にはめこまれた小さな鏡に映った。レースの縁どりのついたキャミソールの下で、片方の乳房だけが寂しげに盛り上がっている。まるで伴侶《はんりょ》を亡《な》くした寡婦《かふ》のように、ひとりだけ生き残っている事態に戸惑っていた。切り取られた右の乳房がどういう形をしていたか、わたしは残像のように思い出す。

下着を取り去ると、腋下《えきか》から胸骨下まで走る縫合線があらわになる。旧ソ連の国旗にあった鎌《かま》に似た形をしていて、いつか見た乳癌《にゅうがん》撲滅運動の女性の写真と同じ術式だ。彼女は縫合線に沿って蔦《つた》と花模様の入墨をして、両手を大きく拡《ひろ》げていた。農婦のように丈夫そうな、ひとつだけ残った乳房と、鎌形の入墨が堂々とつり合うさまは壮観だった。それに比べ、わたしの縫合痕《ほうごうこん》は何の主張ももたず、片方の乳房も途方にくれている。

色の落ちた青い病棟衣に着替えた他の患者たちは、呼び出しを待ちながらおしゃべりに余念がない。お互いに自分の主治医や治療の内容、飲み薬の副作用を比べ合っている。わたしはそれに加わる気がせず、肩をすぼめながら窓の外の激しい雨を眺める。

半年前のあの朝も雨で、病院に行くのに気が重かった。自分の勤める病院に通うのは、雨天も晴天も一度だって気にしたことはない。検査のために他の病院を訪れるのはおっくうで、地下鉄を降りて地上に出、傘を拡げたとき大きく深呼吸したのを覚えている。帰りがけ、わたしは癌患者になっていた。地下鉄の入口で傘を畳み、またひとつ大きな息をした。医師になって十年間、病気らしい病気はしたことがなかった。

とはいえ、病人の気持は分かったつもりになっていた。

自分が病人、それも癌患者になるかならないかの微妙な感情の揺れは、今年になってから雨の日の受診まで三、四ヵ月続いた。右の乳房の外側上部にあるしこりに気がついたのは、正月の当直の晩だ。癌の好発部位だったうえに、触れた感じが良くなかった。にもかかわらず、そんなはずはないと打ち消す気持も頭をもたげた。本当は病人あるいは担癌者であるのは、受診如何《いかん》にかかわらず既に決まっていることなのに、受診を延ばせばそれだけ非病人でいられるという考えに憑《つ》かれていた。

　年一回の健康診断が四月にあるので、それまで待とうと自分に言いきかせた。もちろん通常の定期検診に乳癌検査が含まれているわけはなく、胸部レントゲン写真に乳房の異常陰影が写る可能性もなかった。結果は思ったとおりで、すべて正常、中性脂肪がほんのわずかに正常範囲を超えている程度だった。しかしこうした正常値が全部うわべだけのものであるのも分かっていた。かといって、医局にいる同僚の外科医に胸をはだけるのも恥ずかしい。職員食堂で一緒になった院長は、連日の飲み過ぎから肝機能の値がいよいよ三桁《けた》になったと嘆いた。糖尿病の持病をもつ副院長も、検査の結果はかんばしくないと首を振り、目の前の糖尿病食をいつくしむように口に運んだ。そのとき不意に口が開いたのだ。胸のしこりという言葉を耳にしたとたん院長の顔色が変わり、精密検査を勧めた。副院長も頷《うなず》き、自分の同期の外科医に専門家がいるからと、その場で携帯電話をかけ受診日が決まった。

　担癌者になっての帰り道、よろける身体《からだ》を地下鉄の吊《つ》り革で支えた。壁に遮られた暗い窓ガラスには、普通人から、病人を治療する側にまわった研修医時代の日々が脈絡もなく立ち現れた。医師になりたての頃、病人を前にしてわたしはよく涙を流した。

指導医のひとりからは、職業を間違ったのではないか、もっと冷静にならなければいけないと諭された。それは小児科の研修で四歳の男児を受け持ったときに始まった。腎臓《じんぞう》に原発巣《げんぱつそう》をもつ悪性腫瘍《しゅよう》は肺にも転移して、咳《せき》をするたびに小さな喉《のど》から血痰《けったん》が出た。付き添ったわたしと同世代の母親は、もう息子の定められた命を見据えているようで、終始落ち着いていた。主治医としてわたしがしてやれることは何もなかった。当直の夜など、わたしは患者の傍に行き、微熱のある額を撫《な》で、咳が出そうになると背中をさすって膿盆《のうぼん》に痰を吐かせるくらいが関の山だった。初めのうち男の子は、白衣のわたしに苦しい苦しいと訴え続けた。しかしそのたびにわたしが涙を流すのを見、こちらが何の力ももち合わせていないのを理解したのか、やがて何も言わなくなった。わたしは見舞いに来た両親の前で、膿盆の血痰を片づけながら涙声で、「すみません、すみません」を連発した。指導医から再度注意を受けたのは翌朝だ。きみがしていることは看護婦の仕事で、そんな雑事を続けていたら患者の家族から見くびられるだけだ。もっと冷静に医師らしく振るまわないといけない——。説教されながらわたしはまた涙を流した。

その男の子の死を聞いたのは、小児科を出て内科の研修をしているときだった。受持医になっていた同期の男性研修医は、わたしに報告しながらあっけらかんとした表情をくずさなかった。一方、わたしはトイレに駆け込んで声をあげて泣いた。

わたしの泣き癖は内科でも治らなかった。受け持たされた患者は七十八歳の老婦人で、ひと月前に骨盤内肉腫の剔出《てきしゅつ》を受け、転移巣のあった左足も切断されていた。熱と下痢がひかず、食事も箸《はし》をつけるだけだった。失った足の方を見ようともせず、わたしがベッド脇《わき》に行くと、あっちに行けと言わんばかりに顔の前で手を振った。

「看護師が心配しているのです。少しは食べていただかないと」

わたしは離れたところから声をかけてみた。涙が頬をつたった。彼女は聞こえない振りをし、最後には背を向けた。看護師たちもさわらぬ神に祟《たた》りなしの態度を決め込み、検温や配膳《はいぜん》の際にも必要最小限の言葉しかかけなくなっていた。それでもわたしは、毎日、リハビリテーションのために訓練室まで車椅子《くるまいす》を押していく役を黙々と続けた。老患者は最初から不機嫌だった。四十分後に迎えに行くときは完全にそっぽを向かれた。わたしは主治医というよりも、気むずかしい女主人に仕えるオロオロした小間使いと化していた。

理学療法士からは、患者がやる気がないことに対して苦情が出ていた。車椅子から立ち上がらせるだけでも、他の患者の三倍は手がかかるらしかった。

ひと月たった頃、わたしは訓練がどういうものか、病室に戻ってから恐る恐る訊《き》いてみた。わたしが目に涙をためているのを見たせいか、患者は思いがけず口をきいた。

「担当の人はよくはしてくれます。一本足で立つだけでなく、松葉杖《まつばづえ》をついて歩く練習もしてみなさいと勧めてくれます。でも、できんものはできんとです」

「しかし」

わたしは続けようとしたが、彼女は拒絶するように顔の前で手を振った。とはいえ少しは気がとがめたらしく、投げやりに口を開いた。

「先生には分からんですよ。こげな身体になった気持は、先生にも看護婦にも誰にも分からん。こん身体を見て下さい。あたしはもともと手術には反対じゃったとです。娘があんまり言うもんで手術を受け入れたのが大間違いじゃった。きのうも娘や息子たちが来て、お母さん頑張らんといかんと言います。先生、あたしは精一杯頑張っとるつもりです。これ以上頑張る方策があれば、先生、言うて下さい」

患者は背を向けて泣き出した。わたしは立ち去れなくなり、ベッド脇に坐《すわ》って彼女の肩を撫で、枕頭《ちんとう》にあったティッシュを渡した。彼女はしばらく嗚咽《おえつ》したあと、寝返りを打ち、わたしを見据えた。

「先生、もう治療はよかです。こんなに痛むなら生きていても仕方なかです。こんなま眠りにつく薬ば下さい。永遠の眠りにつく薬です」

彼女はわたしの腕をつかんで言いつのっていたが、ふと指の力をゆるめた。わたしが涙を流しているのに気がついたからだろう。

「痛みがひどいときは――」

同じ箱のティッシュを目に当てながら、わたしは懸命に言った。「自分がどこか気持の良い場所にいると想像してみるといいです。一面にタンポポの咲いた原っぱとか、冷たい谷川に足を浸して小鳥の声を聴いているとか、紅葉のきれいなお寺の境内だとか――」

学生時代に自分が体験したなかから厳選しているうちに、いつしかわたし自身の涙もおさまり、わたしの腕をつかんでいた患者の手から、力が抜けていた。

「市原さんにも、そんな素敵な場所があるでしょう？」

わたしは気を取り直して訊いた。

「そげな所はなか」

患者は突き放すように言い、天井を向く。

わたしはまた話の継ぎ穂を失い、坐ったままでいた。病室にはいって来た看護師がわたしの赤い目に気がつき、そそくさと出て行った。〈泣き虫先生〉という仇名《あだな》が、またナース・ステーションでひとしきり話の種になるに違いなかった。

「あたしは、死んだ主人がよく連れていってくれた温泉。ぬるか湯じゃったばってん、じっと一時間も一緒にはいっとられた」

天井に顔を向けたまま、患者がふいに言った。

「混浴ですか」

わたしが驚くと、彼女はこちらに顔を向け頷いた。田舎の祖母と年恰好《としかっこう》が同じ彼女を、なぜかその瞬間好きになっていた。わたしは彼女のごつごつした手を握り、ぬるい温泉の話を聞いた。

以来、彼女もわたしがベッド脇に坐ると、まさぐるように手をとり、夫と見に行った故郷の神社の大藤《おおふじ》の美しさや、山の斜面に散在する山桜の話をしてくれた。大藤の色には赤と紫と白の三色があり、境内の奥にある白藤だけは開花を遅らすために黒い日よけをかけるという。藤祭の最後の夜にその覆《おお》いを取り払い、一メートル近く垂れ下がった藤の下にござを敷き、社務所を舞台にした古神楽《かぐら》を見物するのだそうだ。里の桜が散る頃に麓《ふもと》から咲き初める山桜は、一週間かかって頂上までゆっくり駆け上がっていく。

「山桜といっても白一色ではなく、桃色もあれば、もう少し赤いのもあって、それが毎日色を変えるもんだから、違う絵巻物ば眺めとるごたる」

彼女は目を閉じ、その情景を思い起こしたのか口元に微笑さえ浮かべた。わたしは手帳を出して大藤のある場所と山桜の見える村の名を書きつけた。

見舞いに来ていた娘さんは、母親が痛みを訴えなくなったと喜んだ。しかし肉腫の癌細胞は息を吹き返して、患者の全身に飛び火していた。痛みがなかろうはずはなかった。事実、老患者は日に日に衰弱していった。トイレに行こうとして彼女がそうしたとき、居合わせたわたしはシーツを取り替え、清拭《せいしき》した。おむつになってからは、ベッドサイドに行き、濡《ぬ》れていれば新しいのに交換した。〈そんな雑事に手を出すとまわりから見くびられる。医者は医者らしく〉と注意されたのが、そのたびに思い起こされた。しかしわたしは泣きながら自分の流儀をつらぬいた。

わたしはたぶん、病者とそうでない者の間をけなげに埋めようとしていたのだ。汚物の始末をしてやることで、いくらかでも病者の気持になりきろうと必死だったのだ。身体を右左に転がされるとき、その老婦人は顔をしかめた。しかしついぞ痛いとは言わなかった。瞼《まぶた》の裏に三色の藤や山桜、ぬるい露天風呂《ぶろ》を思い浮かべたのか、おむつ交換が終わると「先生ありがとう」と笑顔で呟《つぶや》いた。

彼女はわたしがその病棟での研修を終える一週間前に眠るように息を引き取った。最後までモルヒネを使わず、痛いのひとことも発せず、子供と孫の見守るなかで呼吸をやめた。心電図もつけず、点滴の針も刺さない、ありのままの死は、わたしにも初めてだった。呼吸がなくなってから、わたしは顎《あご》の下で脈のないのを確かめ、瞼をおし上げて瞳孔《どうこう》の散大を確認し、おもむろに臨終を告げた。堰《せき》を切ったように家族は泣き出した。わたしは自分でも信じられないくらいに冷静だった。彼女が耐えていた痛みは嫌というほど理解でき、やっとそこから解放されて、山桜の見える村に還《かえ》っていったのだと思った。

中学高校の同級生でオーボエ奏者の友人は、わたしが乳癌《にゅうがん》になったと聞いて絶句した。しかしそのあとわたしを励ますように明るく言うのを忘れなかった。

「でもあなた運がいいわよ。友だちにお医者さんがいっぱいいるし、そのなかで一番腕の良い人を選べる。それに今では治療も随分進歩しているのでしょう」

わたしは医学がいくら進歩しても癌を一網打尽にできないことを知っていた。長年の親友がすっと遠ざかったような気がして、さめたコーヒーを無言ですすった。

「腋《わき》の下になにかカイロを入れているように熱いの」

医局で机を並べている同僚から術後の具合を訊かれて、わたしは答えた。彼女は真剣な顔で頷いた。眼科医だが、その後遺症が腋窩《えきか》のリンパ節廓清《かくせい》によるものであることは当然知っている。そしてそれが転移した癌細胞をできるだけ取り除くためになされたこと、さらに手術の際に肋間《ろっかん》上腕神経が傷つけられたことも分かっているはずだった。

わたしが気丈にでも見えるのか、他の男性の同僚たちは、術式や病巣の進行の度合い、放射線治療による血液像の変化などを、術語を交えて訊いてきた。わたしもなるべく医学用語で答えた。そのほうがよけいな感情が入り込まず、相手に正確な情報が伝えられた。そういうわたしがまた、彼らにはしっかりして感じられたに違いない。

いつの間にか同僚を患者の側から眺めている自分に気がついた。

患者や家族の前で涙を見せたり、看護婦がするようなことをしていると、軽くみられるだけだ。もっと医者は医者らしく――。

大学での指導医から注意されたのも、つまるところわたしが過度に患者に感情移入したがったからだ。

大学を離れた三年目の研修は、かつて炭鉱で栄えた町にある町立病院でやらされた。指導係の内科医長は五十を過ぎたばかりの風采《ふうさい》の上がらない人で、くしゃくしゃの白衣のボタンはいつもはずれていた。最初の日、医長はわたしたち三人の研修医をひき連れて、病棟回診を始めた。大学病院や市立病院と違って、患者は貧しそうで、それは着ているパジャマや枕頭台にある持ち物からも察しがついた。事実、生活保護を受けている患者が三分の一近くを占め、身よりのない者が多いとあとになって知った。病院の建物自体も年季がはいっていて、階段の床のタイルは剝《は》げたままで、鉄製のベッドも重々しくスプリングはゆるかった。

「ここを触れてみるといい」

中年の患者の平たくどす黒い腹部を示してその医長はわたしたちに言った。患者は虫垂炎の穿孔《せんこう》から腹膜炎をおこして開腹手術を受け、ドレナージ中だった。腹腔《ふくくう》にさし込まれたチューブからは黄色い液が排出され、腐敗臭が漂う。わたしたちは代わる代わる下腹部の硬い塊を腹壁の上から触れた。患者は痛がらず、凹《くぼ》んだ目をまっすぐ天井に向けていた。「腫瘍《テューモア》?」「悪性《マリグナント》じゃなく良性《ベナイン》?」わたしたち三人は術語を口々に言い合った。医長はプラスチックの手袋と潤滑剤、便器を取りにやらせ、ベッドのカーテンをぐるりと引き巡らした。狭いカーテンの中にはわたしたち五人がいるだけだった。医長は三人の研修医が見守るなかでプラスチック手袋をはめ、キシロカインのゼリーを指先に塗った。

「肛門《こうもん》に入れるのは人差指。それでも届かなかったら中指も添えるといい」

医長は便器を患者の尻《しり》の下に当てると、指を肛門に突き込み、左手で下腹部を揉《も》み出した。プラスチックの手袋をはめた右手が肛門から抜かれたとたん、強烈な便臭がカーテンの中にたち込めた。しかしわたしたちは鼻をつまむわけにも、息を止めるわけにもいかず、肛門から便器に流れ込む泥状の物質を凝視し続けた。下腹部に触れていたものは腫瘍《しゅよう》などではなく、宿便の塊にすぎなかった。

「ほら、ここを触れて」

言われてわたしたちは交互に前に出て、手を患者の下腹部に置く。糞塊《ふんかい》はもうそこにはなく、柔かい腹壁があるのみだ。

医長は研修医のひとりに微温湯を取りにやらせ、肛門の周囲をそれで洗滌《せんじょう》し、ティッシュで拭《ふ》きあげた。

「先生ありがと」

下着をもとのとおりにし毛布をかけてやるとき、患者は医長に言った。研修医三人は患者の目が赤く潤《うる》んでいるのを見逃さなかった。

それ以来、わたしは大学病院で指導医から受けた注意を気にしなくなった。看護師がやるような仕事でも、手がすいていれば進んでした。

内科認定医になって、毎日のように内視鏡を患者の肛門の中に入れた。前以《まえもっ》て下剤をかけて腸の内容物は出しているが、それでも大腸検査は糞便との格闘だった。部屋の中には臭《にお》いが充満した。介助役の看護師たちは初めはさすがに顔をしかめた。しかしマスクもかけないでわたしが内視鏡を扱うのを見て、見習うようになった。常在大腸菌と食生活の違いのせいで、人それぞれに微妙な違いのあるあの臭いは、今でも馴《な》れない。わたしが耐えられるのも、かつて痛みを訴えていた老婦人に助言したのと同じ要領だ。

臭いで顔をしかめそうになったとき、沈丁花《じんちょうげ》やバラ、ラヴェンダー、金木犀《きんもくせい》の芳香を頭のなかで精一杯思い出す。すると悪臭は見事に中和され、内視鏡についた黄色い汚物も平気で正視できた。検査を終えた患者はそんなわたしに対して、例外なくすまなそうな顔で感謝の言葉を述べたてた。検査をするのは医師の当然の仕事であり、そのために自分は金を払っているというような尊大な態度をとっていた患者も、大腸検査のあとでは、腰を低くしてこそこそ衣類をまとった。

現在勤めている病院に赴任した頃は週に二回、往診もした。看護師ひとりを伴い、軽自動車を運転して訪れる患者はたいてい高齢だった。そこでもわたしは看護師をさしおいて患者の髪を切ったり、耳垢《みみあか》を取ったり、口の中を歯ブラシできれいにしたり、全身を濡れタオルで拭き上げたりした。

寝たきりのある患者は、長い間風呂にはいれず、嫁が時折身体《からだ》を拭いてやっていた。さすがに陰部まで手をやるのは遠慮していたのだろう。大陰唇《だいいんしん》の襞《ひだ》の間には垢がたまり、うっすらと白い苔《こけ》が生えていた。もちろん悪臭も鼻をついた。わたしがオリーヴ油を使ってこびりついた垢をはがし、お湯でピカピカに磨き上げると、その老婆《ろうば》は不自由な口で礼を言った。わたしたちを送り出す嫁の態度も、どこかしら前とは違っていた。

「先生には看護師の仕事までも教えてもらったと、ついて行ったナースが感心していました」

師長から言われて、これが研修医以来の自分の流儀だったのだと思った。もっとも、もうその頃には滅多なことでは泣かなくなっていた。〈泣き虫先生〉という仇名もついてまわらなくなった。患者と一緒になって涙を流さない分、患者のためのこまごまとした雑事をやることで、両者の間に横たわる溝を埋めようとしたのかもしれない。

自分が癌患者になってからも仕事は続けた。化学療法のせいで薄くなってきた頭髪を見て、同僚たちはさり気なく視線をはずした。視線にはさまざまな感情が入り混じっていた。同情と悲しみ、自分もいつかは癌患者になるのではないかというおののきや恐怖とともに、病身になってからも働くのは縁起でもないというかすかなそしりも私は感じた。脱毛がひどくなってからはカツラをつけた。眉毛《まゆげ》やまつ毛のなくなった顔はどことなくメリハリがなく、いくら化粧で補っても生気を欠いた。病院の廊下を歩く白衣のわたしに気づかずに通り過ぎる同僚もいた。声をかけてからようやく判《わか》り、同僚はすまなそうにわびた。自分の変わりゆく姿を、鏡ではなく同僚の反応で確認させられた。

身体がだるいときや嘔気《はきけ》がひどいときは勤めを休んだ。院長もそれは大目に見てくれた。夕方、病欠のわたしを同僚が見舞ってくれた。眼科の女医ひとりのときもあったし、男性の同僚と連れ立ってのときや、男性だけのときもあった。

彼らは毎回、申し合わせたようにモンブランとメロンを持参した。食欲がないときでもその二つなら口にはいると言ったのが、医局中に広まっているらしかった。同僚は、抗癌剤は何を使っているのか、肝機能障害はないのか、白血球減少はどのくらいなのか、医学用語で問いかけてきた。癌治療に全く知らぬふりを通すよりも、真正面から受けとめるほうが真摯《しんし》な態度だと、彼らも判断したのだ。わたし自身もそれを是と思い、シクロフォスファミドやドクソルビシンなどの薬剤名を口にし、正常値を大きく下回っている白血球値を告げた。専門用語はその点で都合がよく、誤解のない真実が彼らとわたしの間で共有された。しかし決まって寂しさが余韻として残った。あくまでも同僚たちは治療者で、わたしは患者だった。

「自分が担癌者だということを、一日のうちでどのくらい考えているものですかね」

どこかひょうきんな副院長が尋ねた。

「少しは忘れているときもあるので、九割方でしょうか」

百パーセントという実感を差し引いて答えた。

「それならぼくの八割というのと大差ないですか。当初はぼくも百パーセント近かったですからね」

だから気を落としてはいけないと言うように、副院長は笑った。副院長の気遣いはありがたかったが、糖尿病と癌では、背負わされているものが銀行ローンとヤミ金融の借金ほどにも違うと思った。

オーボエ奏者の親友に対しては、職業上の見栄《みえ》も手伝ってか、冗談を口にした。

「よくしたものよ。右胸の筋肉をごっそり取っているので、右腕が上がらないでしょう。普通なら毎朝髪をブローするのも大仕事なのに、幸い頭には毛がないので大助かり――」

「誰が何と言ったって、ダイエットに一番効果があるのは抗癌剤の化学療法よ。どんなにおいしそうな食べ物を見たって手が出ない」

わたしの言い草に、彼女はルージュの鮮やかな唇を少しゆるめて、小さく笑っただけだった。

「自暴自棄になってはいけないわ」

彼女は真顔になった。「あなたはまだ若いし、きれい。あなたの乳房は大きくて形が良く、わたしのとは雲泥の差よ。片方がなくなったとしても、残ったほうは相変らずきれいなのでしょう。大事にしなくちゃ」

放射線治療を受けに病院に行く日、受付や薬剤部の前の待合室で周囲の患者を観察する習慣がいつの間にかついてしまった。黄色味がかった土色の顔をした患者は肝硬変か肝癌だろう。後ろのほうで絞り出すような声で話しているのは、おそらく喉頭癌《こうとうがん》の術後の患者だ。点滴用のスタンドを脇《わき》に置いて週刊誌を読んでいる目の窪《くぼ》んだ男性は胃癌だろう。そして母親が押す車椅子《くるまいす》に乗り、大きなマスクをしている子供は白血病だ――。以前にもそうした眼で病院に集う患者を観察しないではなかったが、今のわたしは重症患者ばかりをかぎ分けるようになっていた。

放射線治療を終えて、また元の更衣室に戻る。新参者も加わって五、六人が相変らず話を続けていた。わたしのような三十代半ばから、六十歳近い女性まで年齢はさまざまだ。話題は飲み薬の数や自分の主治医のネクタイの趣味など、次々に変わる。ふと、この部屋にいる全員が片方の乳房しか持っていないのだと気がつく。部屋の外にいる何十億という女性が全員、右か左のどちらかの乳房しか持っていないのなら乳癌の術後患者はどんなに気楽だろうか——。しかし次の瞬間重大な思い違いに思い至る。ひとつしかない乳房が癌になれば、すっかり乳房がなくなってしまうではないか。

妙なことを思いついた自分を責めながら平たい右胸に特製のパッドをつけて下着を着、セーターを頭からかぶった。小さな鏡に映った胸は左右均等の隆起があり、少しも不自然ではない。ロッカーの戸を締めたとき、別れた恋人のことが思い出された。四年ほどつき合ったが、次第に会う回数が減り、どちらからともなく別れ話をもち出したのが一年前だ。もし関係が続いているなかでの発癌だったら、もっと惨《みじ》めな立場になっていたに違いない。片方だけの乳房になった女性をより一層愛してくれるような男でないことだけは、確かだった。

更衣室を出て、会計受付のある玄関ホールの方へ急ぐ。廊下の壁によりかかって白衣の男女が立ち話をしていた。CTやMRIがどうで、BUNやクレアチニンの値がいくつでと、研修医らしい女性医師が報告し、年配の男性医師が次の検査の指示を出している。わたしは思わず立ち止まり、その会話に聞き入りそうになる。確かにこれこそ自分の仕事だった。患者同士の四方山話《よもやまばなし》ではなく、治療について同僚と意見を戦わす場にこそ、わたしは立ち戻って行きたかった。

薬剤部で薬を受け取り、玄関ホールに向かった。傘立てにキィを入れて花柄の赤い傘を手にする。癌患者になったあと、せめて持物だけは明るくしようと思い、専門店で購入したものだ。

「あのう、水戸先生ではないでしょうか」

横あいから名前を呼ばれた。六十がらみの白髪の女性が前かがみの姿勢で目を見開いていた。

「そうですが」

思い出そうとしてわたしも相手を凝視する。

「かれこれ十年前に母がお世話になった市原です」

「市原、スエノさん？」

わたしの頭のなかで、ベッドに横になっている肉腫《にくしゅ》の患者が蘇《よみがえ》る。

「覚えていて下さいましたか。あたしはその娘の静子《しずこ》です。その節は大変お世話になりました。母を最後まで見てもらって、あたしたち子供たちがどげんありがたいと思っとることか」

彼女の目がすっと赤味を帯びた。

「あげな病気になって本人も辛《つら》かったとでしょうが、周りの者にあたり散らして、もとはあんなに気の曲がった母じゃなかったとです。弟なんか、あげん機嫌が悪いなら見舞いに行く気にもならんと言っとったとです。それが主治医が先生に代わってから、母は変わりました。もとの辛抱強か母になりました。癌が身体のあちこちに転移したちいうことだったので、そりゃ節々が痛かったはずなのに、痛かとはひとことも言わんようになりました。それでも痛かときは目をつぶってじっと耐えとりました。あたしたちが手をさすってやると、『ありがとう』と言ってくれて、みんな先生のおかげです。亡《な》くなったあと、何やかやでバタバタしとって、喪が明けたあと先生にお礼しようと思うて、大学病院に電話をしてみたとです。すると先生はよその病院に移られたとかで、その病院の名前は教えてもらったとですが、わざわざそこまで訪ねて行くのも気がひけて、今日の今まで打ち過ぎたとです。ほんにすみません」

彼女は深々と頭を下げた。

「そうでしたか」

わたしは頷《うなず》きながら娘さんの顔を眺める。記憶にある患者の面影が、娘さんと二重写しになった。

「それで母から頼まれたことがあるとですよ。死ぬ前にあたしたち子供に言うたので、遺言のようなもんです」

「遺言？」

「母がこげん言ったとです。自分が古里自慢ばしたら、主治医の水戸先生がえろう興味ばもって、一度行ってみたかと言わっしゃった。本心のごつあったんで、自分が死んだあと、お前たちの手で招待してやったらどげんね、と言うたとです。あげなど田舎など見せるところもなか、それは先生のお世辞じゃろと兄が言って、その場はそれで終わりになったとですが、母が死んでからあたしにはそんことがよう思い出されました。法事のたんびに兄弟にそれを言うと、ほんにおふくろは古里のどこば自慢したとやろねと、お互い想像しあっとったとです」

「麓《ふもと》から一週間かけて頂上まで開花していく山桜と、名前は忘れましたが、ある神社の大藤《おおふじ》の話は伺いました」

あのとき病室で手帳に書きつけたはずだが、大藤の場所も山桜のある村の名も記憶から消えていた。

「やっぱりそげんですか」

娘さんの顔が明るくなった。「そうじゃろうとは思っとったですが」

「今でもきれいですか」

わたしは確かめてみたくなる。

「はい、それはもう。田舎ですけ、昔とちっとも変わりません。里の桜の散りがけに山桜が咲き始め、それが終わるとしゃくなげです。そして大藤が少しずつ花房を垂らし始めて、見頃は大体五月の連休頃です」

「藤棚の下でお芝居があるとも聞きました」

「母はそこまで言いましたか。はい、村に昔から伝わる藤神楽《ふじかぐら》です。今でも続いとります。先生よかったら来年の春に来て下さい」

彼女はそう言って、村の名を三回繰り返した。「そこの市原留三《とめぞう》というのがあたしの兄で、家を継いどります。母の位牌《いはい》もそこにあります。先生にお墓参りしてもろうたら、母がどげん喜ぶでしょうか。いやそれはどうでもよかとですが、山桜と藤、しゃくなげは見る価値があります。先生は車もっとらっしゃるとでしょう。それならここから二時間もあれば行けます。兄には今夜、こんなふうにして水戸先生に会ったと電話しておきます」

「それはどうも」

「先生は今ここにお勤めですか」

改めて気づいたように彼女は訊《き》いてきた。

「いえ、別な用事で」

「少し痩《や》せられましたね。あの頃はもっとふっくらしとられました。やっぱり忙しかとでしょう」

「はい、まあ」

「あたしは親類の者が入院したんで見舞いに来たとです。でも、先生と会えるなんてほんに偶然で。死んだ母が引き会わせたんでしょうね」

「お元気そうで何よりです」

わたしは圧倒される思いで言った。

「頑丈なだけが取り得です。それでは先生、来年の春になったら出かけて、市原の家に寄って下さい。このあたりのソメイヨシノが散り始めた頃から、山桜の見頃がぼちぼち始まります。それでは、お急ぎのところば引きとめてすみません」

彼女は何度も頭を下げ、自動扉の向こうに消えた。亡くなった母親に似て、彼女も一本気でさっぱりした性格なのだとわたしは思った。

雨はまだ降っている。幸い横なぐりの雨ではない。わたしは雨脚を押し上げるようにしてバラの絵柄の傘をさす。

医師になって十年、なんとか患者の気持を汲《く》み取れる治療者になろうとして努力してきたが、二つはなかなかひとつにならなかった。所詮《しょせん》医師は建物の中にいて、雨に濡《ぬ》れる患者を眺める存在だった。たまに雨の中に出て来ても、目だけしかあいていないようなレインコートで重装備し、雨に濡れないようにしている。

来年の春は、必ず山桜を見に行こう。その頃には初期の治療も一段落し、髪も少しは生え出しているはずだ。身体《からだ》のだるさも減り、二時間の運転くらい平気だろう。もう患者との距離を縮めるために四苦八苦する必要もない。雨に濡れながら行ける所まで治療者の道を歩んでいくだけだ。

百日紅《さるすべり》

空港の外に出ると熱気が顔をおおった。タクシーを待つ間も、アスファルトで反射された地熱が下から襲ってくる。ハンカチで首筋の汗をぬぐい、ほうほうの体で四台目のタクシーに乗り込んだ。

「アカムラですか」

運転手はしかし行先を聞いて首をひねった。

「そう、赤い村と書いて赤村」

私は高速道の降り口とそのあと取るべき道を教えてやる。まだ地名に村がついているのも時代物だが、赤という一字の村名も災いしていた。

中学生になって村を出、中高一貫教育の進学校にはいったが、この住所を書くたびに顔が火照《ほて》った。クラスメートの中には、「その近くに白村とか黒村もあるんだろうな。何か戦国時代の陣地のようだ」とひやかす者もいた。赤村が日本書紀にも出ている由緒《ゆいしょ》正しい地名だとは、小学校の担任から聞かされていたものの、本当かどうか調べようとも思わなかったし、まして友人に反論する気もおこらなかった。

その村でひとり暮らしをしていた父親が焼死したと報告を受けたのが昨夜だ。七時を少しまわった頃で、私はまだ病院にいた。

「赤村の村長さんからの電話で、お父さまの家が焼けて亡《な》くなられたそうよ」と妻が告げた。別段取り乱した声でもなかったので、私もああそうかと思い、村長の電話番号を聞き、折り返し電話を入れた。むしろ動転していたのは村長のほうだった。

「本当にお気の毒です。消防車の到着も遅れたのですが、何しろ古い家なので火の回りが速くて」

村長は訛《なま》りの少ない話し方で答えた。電話口で恐縮している姿が見えるようだった。

「遺体は傷《いた》んでいますか」私は冷静に訊《き》いていた。

「それはもう」と村長は震える声で答え、柩《ひつぎ》は明日いっぱい村の公民館に安置するとつけ加えた。私は明朝一番の飛行機で村に向かう旨《むね》を告げ、面倒をかけることを詫《わ》びた。

家に帰りつき遅い夕食を妻と二人でとった。子供二人はいつものように部屋にはいって出てこなかった。いくつだったのかしらと妻から訊かれ、八十になるかならないかじゃないかと私は答えた。生まれ年は知っていたが、誕生日は覚えていない。傘寿《さんじゅ》が近いとは思いつつ、そのままにしていた矢先の事故だった。血圧が少し高いくらいで、どこといって悪いところはなかった。急だったが、長患《ながわずら》いされるよりはましだったかもしれないと、妻に言い、妻は何も答えなかった。私が朝の便でまず駆けつけ、昼の飛行機で妻と子供たちが出発することを決めた。夏用の喪服を買ったばかりだったのでよかったと、妻が言った。その夜は寝つけないかと懸念《けねん》した。しかし昼間の疲れのためかぐっすり寝込み、翌朝は目覚しにも気づかずに妻から起こされた。

父親が異常な死に方をした日に熟睡できる息子など、文字どおり親不孝者だと、自責の念が気持の底で疼《うず》いた。

父親の正確な年齢を知るために、私はタクシーの中で手帳をとり出す。後ろのほうの頁《ページ》に年齢早見表があった。大正十一年の項を探しているとき、突然五月三日の生まれだったことを思い出した。そうするとやはり満で八十歳になったばかりだった。傘寿の祝いは、数え歳《どし》でする地方もあるらしい。すると昨年一年間、父親は息子からその祝い話が出るのを心待ちにしていたのではないか。少なくとも去年の夏、盆に私が帰郷するのを願っていたのではなかったか――。

十年前、父親がひとり暮らしになって以来、私が赤村に帰ったのは四度しかない。

最初は子供たちがまだ二人とも小学校の頃で、あまりの田舎ぶりに仰天した様子だった。以来夏休みになっても、そこに行きたいとは言い出さなかった。あとの三度は、九州で開かれた眼科関係の学会の帰途、申し訳程度に訪ねたのみ。泊まるのは一晩で、翌朝タクシーでそそくさと村を発《た》った。

以前は林業と炭鉱で栄えたという村周辺の市町村も、再訪のたびに廃《すた》れていく印象だった。立派になっていくのは道路だけで、造り酒屋や醬油《しょうゆ》屋がなくなり、スーパーが店じまいし、派手なガラス張りのパチンコ屋もベニヤ板で戸口を閉ざされた。赤村でも、四、五軒の廃屋ができた。そのうちの一軒は豆腐屋だったはずで、小学校のとき一級上に女の子がいた。実の母が生きていた頃、父親が豆腐好きだったせいもあり、朝方よく買いにやらされた。店先に出て来るのはたいていその女の子で、水の底に沈む大きな豆腐を器用に両手ですくい、小鍋《こなべ》の中に入れてくれた。その赤かった手の色は、今でも妙に眼の底に残っている。女の子の三つ四つ上に兄がいたが家業は継がなかったのだろう、店が閉じられたのは継母が亡くなった年だった。

実の母が心筋梗塞《こうそく》で死んだのは私が大学にはいった年で、一年後に父は隣りの町から後添いをもらった。村会議員の口利《くちき》きがあったらしく、父よりは十歳も若い女性だった。元々は赤村の出で、若い頃一度嫁に行き、帰されたあと町役場に勤めに出ていたという。控え目で、よく世話のゆき届く人だったが、私にとっては所詮《しょせん》あかの他人だった。継母のいる家はもうかつての家とは違っていた。それでも大学医学部の六年間、盆と正月には律儀《りちぎ》に帰省した。仕送りをしてもらっているので、参勤交代のようなつもりでいた。往復の交通費は、家庭教師のアルバイト料で補う算段をしていた。ところが帰りがけには、父が必ず封筒に交通費プラスアルファの金を入れて渡してくれた。実際、帰省してこちらの懐《ふところ》がいたむことはなかった。

その大学時代、私が医院を継ぐ話はついぞ父の口から出なかった。

診療所は祖父の代からのものだ。赤村一帯は明治時代から林業で栄え、隣町にも小さい炭鉱がいくつかあって、祖父は郷里で開業したらしい。明治の終わりの頃だ。祖父は私が生まれる前に亡くなった。祖母の姿はかすかに記憶にある。いつも母屋《おもや》の納戸《なんど》に坐《すわ》っていて、そこからほとんど動かず、お手伝いさんが三度三度の食事を運んで、世話をしていた。たまに私が納戸の前を通りかかると手招きをし、恐々《こわごわ》と近付いた私の手に硬貨を握らせてくれた。私はもうそれで用事がなくなり、一目散で納戸を離れた。

父が祖父の診療所を継いだのは戦争が終わって四、五年経《た》った頃で、林業も炭鉱もまだ絶頂期にあったはずだ。私の記憶の中でも、医院は賑《にぎ》わっていて、二階の入院部屋はいつも十数名の入院患者で溢《あふ》れていたし、二人のお手伝いさんが入院患者や看護婦、私たち家族の食事を作るのに大忙しだった。しかしその繁盛《はんじょう》はほんの束《つか》の間《ま》のことだった。炭鉱が閉山し、林業がさびれるにつれて、まず入院部屋が閉ざされ、お手伝いさんがいなくなり、看護婦が五、六人いたのが、ひとり減り二人減りしていった。そんな斜陽の村にある火の消えようとしている医院を継げなど、父は到底自分の口からは言えなかったのだ。しかし仮に、仮にの話だが、私が田舎に戻ると言い出していれば、父は反対しなかったろう。いや反対するどころか涙を流して喜んでくれたに違いない。確かに町で開業するよりも経営的には苦労するだろうが、一家族が食べていける収入はあり、看護婦のひとりや二人、雇うのも難しいことではない。

それを知っていたからこそ、私は自分から話を一切きり出さないことに決めていた。要するに私は自分の故郷に見切りをつけていたのだ。きっかけは中学生になって進学校の寮にはいったからで、決定的だったのは母の死と、父の再婚だった。喪もろくにあけないうちに後添いをもらった父に、心の底では恨みに近い心情を抱いていたのだ。

医学部の最終学年、それも卒業試験の前になって、私は電話口で専門を眼科にする旨を冷静に伝えた。「そうか。眼科もいいな」と、予想に反して父は短く答えた。

それは、医院を継がないという宣言に等しかった。片田舎で、眼科医院がやっていけるはずがない。

「眼科はいい。これから年寄りが増えていくばかりだからな」と父は淡々とつけ加えた。

そのときの父の声に秘められた感情は記憶にない。好きな晩酌のビールがはいっていたはずなので、上機嫌だったような気もするし、一瞬声がくぐもったようにも思う。私自身、そんな父の反応など無視していたのだ。

父が祖父の診療所を喜んで継いだかどうかは、問いただしたことはない。ただ一度だけ、父が基礎医学、それも生理学の勉強をしたかったと口にしたのは覚えている。父が大学を卒業する頃、全身を巡る血液の流れはもちろん解明されていたが、毛細血管の先の微小循環がどうなっているかは、まだほとんど分かっていなかった。例えば、皮膚を箸《はし》の先でひっかくと赤い線ができる。血液の仕業ではあるが、毛細血管が破れるのか、それとも特別な仕組みで血管から血液が漏れるのか、にじみ出た血液はどうやって再び血管の中に回収されるのか。父はそういうことに興味を覚えたらしい。当時医学生だった私でさえ、その疑問には答えられなかった。東京に戻って生理学の教科書を調べたが、そうした現象の明確な機序については、どこにも書いていなかった。

基礎医学を断念した代わりに、父は臨床家としての腕を磨くことに専念したのだろう。現在のように医療機器が発達していなかった時代だから、ひたすら自分の五官を磨くしかなかった。その甲斐《かい》あって、父はひとつの科にとどまらず、内科医でありながら目も鼻も診《み》、小外科もやっていた。もちろん医院には簡単なレントゲンの機械は備えていて、自分で操作していた。心電図や血球計算、尿検査も自分でするしかない。

高校生の夏に帰省したとき、手首を骨折した患者のギプス巻きを手伝わされたことがある。石膏粉《せっこうふん》を溶かした液に包帯を浸し、それを父に手渡すのだが、その濡《ぬ》らし具合を細かく指導された。あれは、息子に医療行為の実際を見せて、医学に興味をもたせようと考えたからのような気もする。いずれにしても、整形外科医の仕事も父はこなしていたのだ。

私は眼科を専攻し、さらに後発白内障と眼内レンズの関係を研究テーマにしているが、身体《からだ》の他の部位の疾患には自信がない。

父が予想したように、眼科の患者は増え、志望する研修医の数も、この十年で三、四倍になった。私が眼科教室に入局した頃、同期の研修医は二、三人だった。それがここ数年はいつも十名を超えている。逆に外科志望者は激減して五、六人らしい。大きな科の専門医が嫌われ、こぢんまりとした科が好まれる時代なのだ。ひとりひとりの医師が身につける診断と治療の能力が、昔より低下しているのは確かだろう。

父の時代までの医師の臨床能力の高さは、想像を絶するものがある。大学卒業後、私は眼科専攻の前に一年間だけ内科の研修をした。心臓弁膜症をもつ私の担当患者が、内科の講義に供覧されることになった。教授が医学生に心臓疾患について教える際、百聞は一見に如《し》かずと、実際の患者を臨床講堂に連れて行き、顔色や浮腫《ふしゅ》の実例を示すのだ。主治医は、患者の病歴や既往歴はもちろんのこと、心電図や超音波、胸写《きょうしゃ》、血液検査や生化学などの検査結果をすべて整え、頭のなかにおさめておく必要があった。講義の途中、臨床データについて教授の質問があれば、たちどころに答えるのが主治医の役目だった。

しかしその日の臨床講義は通常と異なり、主役は教授ではなく、彼の先輩で、東北のある県で公立病院の院長をしている老医師だった。循環器が専門なので特別に講義を依頼したらしかった。

十時から始まる講義の前に、私はもう一度患者のS夫人を診察し、データの確認をした。二百人近い医学生と研修医を前に、いわば人体実験のような有様になることについても、S夫人に重ねて了解をとった。「構いません。わたしが見本を示すことで、ひとりでも良いお医者さんが育てばいいのですから」と、S夫人は逆に、緊張している私を励ましてくれた。

学生や内科研修医、教室員で満員の階段教室に、私はS夫人の車椅子を押してはいった。ひとかかえほどもある診療録や検査データは、ワゴンに載せて運び入れた。

老医師は小柄で目立たない容姿をしていた。白衣ではなく地味なスーツを着ており、たった今、大学に着いたというように、色褪《いろあ》せた鞄《かばん》を机の角にちょこんと置いた。教授が簡単な紹介をする間、古びた講堂のたたずまいをなつかし気に眺めまわした。尊敬する教室の先輩に患者を診察してもらい、所見からどういう病態が予想されるのか、講義をしていただく、と教授は締めくくり、老医師にバトンタッチして、自分は最前列に坐った。私もS夫人の車椅子を中央に押し出したあとは、聴衆のひとりになった。

老医師は鞄から聴診器を取り出して首にかけ、S夫人に近づき、ひとことふたこと話しかけた。そのあと右手を夫人の病衣の中に入れ、心音の響き具合を胸部と背部で確かめた。「申し訳ありません」と詫びつつ、胸をはだけて打診をし、入念な聴診を終えるまで十分もかからなかった。

彼はS夫人に礼を言い、主治医の私の方を見て小さく頷《うなず》いた。私は車椅子を押して控え室にはいり、待っていた看護婦にあとを託した。

そのあとの老医師の講義を最前列の席で聞いていた私は、わずか十分足らずの、ほとんど素手に近い診察で得られた所見の詳しさと正確さに舌をまいた。老医師は心臓の肥大の具合、心雑音、不整脈の性状、弁の異常、胸水《きょうすい》の有無などを、二十分近くにわたってよどみなくしゃべった。

老医師の説明が終わると、教授は私にすべての検査成績を披露するように命じた。講堂を暗くし、私がスライドを使って、心電図や心音図、超音波などの検査データを開示するにつれて、学生たちの驚嘆の声は大きくなっていった。まるで透視術の手品師が暗箱の中味を言い当てたように、老医師が短時間で得た所見は、最新の検査機器が示したすべてのデータとぴったり重なり合っていたのだ。

そのあとの老医師の講義を、全員が目を輝かせて聞いたのは言うまでもない。病理や疫学《えきがく》、鑑別診断、治療、予防と、老医師は教科書やメモ類は一切用いずに、昔ながらの板書《ばんしょ》で、さらに四十分講義を続けた。いつもは学生の私語や、後方の扉から出入りする音がするのに、その日に限って講堂内は静まり返っていた。

私は病棟に帰り、もしかしたらという疑いを抑えきれず、S夫人にあの老医師と以前会ったことはないのかと訊《き》いた。もちろんS夫人は首を振り、私は自分の疑念を恥じた。

老医師は素手で患者から所見を得られる最後の世代に属すると言っていい。それ以後の世代の医師は聴診器さえ捨ててしまい、手で患者の素肌に触れることさえなくなってしまった。私でさえ、聴診器を首にかけなくなって十五年以上になるし、腕にマンシェットを巻く血圧計の正式な操作すら忘れてしまっている。

外科の手術でも、以前は新入りの手術助手に「術野《じゅつや》から眼をそらすな」と厳しく注意していた。臓器の位置、血管や神経の走行の具合、出血の部位など、一瞬でも術野から眼をそらすと、どこがどうなっているのか見失う。ところが今では、「術野を見るな。モニターを見ろ」と叱《しか》りつけるのだ。手術助手たちは、患者の傍には控えているが、視線は下ではなく、脇《わき》に据えつけられたモニターに向かうことになる。患者を取り違えて健常な臓器を剔出《てきしゅつ》してしまう事故が頻発するのには理由があるのだ。

二年前に私のいる病院に〈ダ・ヴィンチ〉という手術ロボットが導入された。主として腹部の手術に使われているが、術者は患者から二、三メートル離れた場所に坐り、ゲームセンターのマシーンのような代物《しろもの》の中に頭を突っ込んで操作をする。患者の横にはべる手術助手たちも、見つめるのはモニターの画面で、ひとりロボットのアームだけが、腹部を覆《おお》う透明シートの下で動いている。

こうしたIT化は数年来急速に進み、診療記録もコンピュータ化されて、私の病院では三年前から電子カルテになった。検査の数値はもちろん、心電図や脳波の波形、超音波やCT、MRIの画像も、すべてコンピュータの中に取り込まれている。主治医が患者の容態の変化を記録するのも、キィボードを叩《たた》いてのうえだ。

そのコンピュータ・システムが故障して、非常事態に陥ったのが二週間ばかり前だった。いつものように八時前に出勤すると、外来も病棟もざわついていた。当直医も頭をかかえ、一睡もできなかったと赤い目で訴える。システムが作動しなくなったのは深夜を過ぎてからで、どのボタンを押してもモニターは動かず、患者のデータも呼び出せない。通常は交代で仮眠するナースたちも、寝ずの番で患者の部屋を行ったり来たりしたという。

当然、その日の早朝に出した血液検査や尿検査の結果も、画面に呼び出せない。手術をその日の午後に控えている患者に、直前のデータは欠かせない。私はナースを怒鳴り散らして、中央検査室まで走らせ、結果を聞きに行かせた。検査室は、そういう使い走りをさせられたナースや研修医で、満員電車なみの混みようだったらしい。

大量の下血を起こした患者のいた外科では、どのくらい赤血球の成分輸血をすればいいか分からず、担当医師は、もう最近では廃《すた》れてしまった血沈を計って推測値を出したともいう。以前はどこの科でも血沈は必須《ひっす》の検査で、早朝に主治医かナースが採血し、血沈棒に血液を注入してスタンドに立てている光景が見られたものだ。

コンピュータの故障が直ったのはその日の昼過ぎだった。午前中いっぱい、医師もナースも総出で病室を訪れ、患者を診察するのに大童《おおわらわ》だった。システムが回復したとの院内放送がなされたとき、期せずして全員が歓声をあげたのは言うまでもない。その後は、潮が引くように医師もナースも患者の傍から引き上げ、再び医局やナース・ステーションにたてこもってしまった。

病棟内は静かになったが、私はコンピュータ・システムが故障していた午前中のてんてこ舞いのなかに、本来の病院の姿を見たような気がしてならなかった。

父が赤村の医院で全《まっと》うした医療は、まさしくそういうものではなかったのか。コンピュータや近代的な検査機器とは無縁だから、いつも患者の傍に立ち、素手であたふたと働き続けた半世紀だったのだ。

タクシーは高速道を降りて、川沿いの県道にはいっていた。〈みんなで守ろうしじみの里〉と大書した看板が向こう岸に立っている。前回通った時もあった看板だが、少し大きくなり、補足のうたい文句も増えている。しかし川岸はコンクリートで護岸工事がされ、水草や葦《あし》さえ生えていない。しじみが好みそうな砂が川床に敷きつめてあるものの、こんな環境で果たして育つのか、またたとえしじみが育ったとしても、それに何の意味があるのか疑問だった。

「昔はどこでん、しじみがいたとです」

六十がらみの運転手は川に眼をやって言った。「親指の先くらいのしじみが、手で砂利ばすくうとぎょうさん取れました。黒か石と見間違えるほどでした。ほら、あの頃は川で泳いどぅたでしょう。胸までの深さの所に立って、砂底ば足で探り、足の指でしじみば取る競争もしよりました。指先で、小石かしじみかば感じ分けるとです。しかしこげな川で本当にしじみが増えるとですかね」

「増えないから、大きな看板を立てているのでしょう」私は答えた。

小学校の頃、赤村のはずれを流れる川で、友人達としじみを採った覚えは確かにある。しかし中学にはいって帰省するときには、そんな遊びはもうしなくなっていた。

タクシーは川沿いに二キロばかりさかのぼり、小さな峠を越え、やがて盆地にはいる。車の中はクーラーがきいていたが、外は炎天で、アスファルトの上に陽炎《かげろう》が立ちのぼっている。

踏切に近づいたとき警報が鳴り、運転手は実直に車を停めた。私もどんな列車が通るのか、しかと見ておきたかった。もともとが国鉄の大幅な赤字路線で、廃線になりかけたのを、地元の市町村が共同出資で経営を引き受けた。新鉄道の名称には元号を拝借していたが、単線の上をとことこと走って来たのは市内電車のように小さい黄色い車輛《しゃりょう》で、十人ほどが乗っていた。通り過ぎる音が小さいのに、警報機の音だけがやたら大きい。私はそれでも、れんげ畑や菜の花畑の中を走る、黄色い電車を一度見てみたいと思った。

もうひとつ橋を渡り、大楠《おおくすのき》と大銀杏《おおいちょう》を境内に持つ神社の近くで右折すると、道は狭くなる。右側は渓流、左は段々畑と民家が連なる。バス停の標識はあるが、一日に二、三本あるのみだ。対向車があるときは、所々道幅が広くなっている場所で、どちらかが待機しておかねばならなかった。

民家の庭は花盛りだった。鶏頭《けいとう》やベゴニア、ペチュニア、ひまわりが咲き乱れ、古い石垣には松葉菊の鮮やかな色がこんもりと垂れていた。枯れた木に巻きついて咲く、朝鮮朝顔の橙色《だいだいいろ》の花も見事だ。

途中には、私が通った小学校があった。古い校舎のあとに、西洋のお伽話《とぎばなし》に出てくるような小さな鉄筋三階建が立ち、その分、運動場は広くなっていた。新校舎を初めて見たとき、何とも複雑な気持にさせられたのは、コンクリート壁に、キリンや象、シマウマなどの絵が描かれていたからだ。こんな片田舎にキリンやシマウマの絵は不釣合いだ。殺風景な校舎に親しみをもたせるためであれば、木造建築かログハウスにしておけばよさそうなものだと、無益な腹立ちをいだいてしまった。木材なら、まわりに腐るほどあるのだ。

とはいえ、夏休みにもかかわらず、校舎の周囲の花壇の手入れは行き届いている。

「あそこに垂れ下がったるとは、へちまですよ」運転手が指さした。

教室の日よけのためか、窓に立てかけられた竹にへちまのつるが巻きつき、長い実が五、六本ぶらさがっていた。

「沖縄ではあれを食べるとですが、うまかですよ」

運転手は、よく訪れるという沖縄の料理の話をし始めた。しかしやがて川向こうに焼けた家が眼にはいり、私は運転手の話が耳にはいらなくなった。

屋根は焼け落ち、黒くなった柱が十数本、傾きながら立っている。あまりにも変わり果てた医院の光景だった。

焼け落ちた自宅を運転手に見せたくない気持にかられ、私は手前でタクシーを停めた。二万五千円を払って外に出た。タクシーは一本道を上がって行き、医院の前の丁字路でUターンして戻って来る。すれ違うとき、運転手は会釈《えしやく》をした。

タクシーを見送ってから、おもむろに火事の現場に眼をやった。焼けた家の実物を見るのは初めてだった。もちろん商店街の一角のボヤの跡や、新聞や雑誌で火事の写真を見たことはある。テレビでも家の焼ける場面はよく放映されていた。

そうした記憶にある焼けた家と、今目の前にある火災の跡とはどこかが違う。それは、黒い残骸《ざんがい》が周囲の緑の多い風景になじまないからなのか、それともかつて自分が住んでいた家だからなのか。私はじっと眺めながら、足を運んだ。川岸にぽつんと建つ家屋なので、燃え盛るときの光景は、映画のセットを燃やすような派手さだったろう。夕暮れ時で、背景の山と棚田がうっすらと暗くなりかけた頃、この一点だけが赤い炎を上げて燃え尽きたのだ。

「若先生ですかの」

後ろから腰の曲がった老女が呼びかけていた。顔は覚えていたが、名前が思い出せない。私は最後の最後まで父が面倒をかけたと詫《わ》びた。

「ほんに大変なこつになってしもうて」老女は手ぬぐいを目に当てた。「先生にはずっと世話になりっ放しで」

そのまま通夜《つや》の席になりそうな気配に、私はうろたえる。公民館の場所が昔と変わっていないことを彼女に確かめ、そそくさと橋を渡り、焼け落ちた医院の前に立った。

消防隊が駆けつけるのによほど手間どったのだろう。主屋のほうはほとんど跡形もなく焼け落ち、以前診察室だった部分だけが、焦《こ》げた壁や梁《はり》を残していた。

私が立っている場所は正面の玄関前だったが、そこから裏庭が丸見えになっていた。

紅かなめの生垣やひいらぎ、あおいなどの緑がそのままなのに驚き、裏の方に回った。庭はほとんど無傷で残っていた。手前にあった椿《つばき》とさつきの植込みが少しばかり黒ずんでいるだけだ。

ほっとした思いで見回した庭の一角、築山《つきやま》に似せた岩組の脇で、ピンクの花をつけた百日紅《さるすべり》に眼がとまる。周囲が緑ばかりの中で、そこだけが目の覚めるような鮮やかな色を呈していた。

百日紅は父親が大切にし、毎年秋になると自分の手で剪定《せんてい》していた。同じ箇所で枝を切り、そこにできるコブが大きければ大きいほどいいのだと、何度も聞かされたのを覚えている。大きな無骨なコブのどこに値打ちがあるのか、さっぱり分からなかった。園芸に興じている大人そのものへの反発もあったのかもしれない。

私にとって大切だったのは、枝と枝がくっつき合ってできた輪だった。ちょうど子供がひとり抜けられるくらいの大きさで、高さも手頃な位置にあった。築山を駆け上がり、石を踏み台にして木に登り、百日紅の枝の輪をくぐってまたおりてくる。公園にあるジャングルジムのようなもので、同年輩の子供たちと庭にはいり込み、一緒に遊んだ。庭が荒らされるのに父親は気づいていただろうが、叱られた記憶はない。輪くぐりは身体《からだ》が大きくなるとそう簡単にはできなくなり、小学五、六年になるとやめた。父親もそれを見越していたのかもしれない。

枝の輪は、父親が丹精をこめて作り上げたコブとともに、健在だった。足腰が弱くなっても、父親はコブをつくるため毎年枝は切っていたのに違いない。子供の頭くらいのコブがいくつもできていた。しかし輪のほうは、周囲の枝が伸びてことさら小さく見え、本当にここを難なく通り抜けられたのか、首をかしげるくらいだ。

「若先生、見えとったですか」

黒いスーツに身を包んだ村長が後ろに立っていた。日焼けした顔は数年前より一層皺《しわ》が多くなっていたが、健康そのものという印象を与えた。

「いろいろご面倒かけました」私は頭を下げ、縷々《るる》礼を述べた。

「私共のほうが、至らんで――」村長は引退した父の世話を日頃おろそかにしていたことを、訥々《とつとつ》と詫びた。

「どうぞこちらへ」

村長から勧められて私は車に乗った。父の遺体が安置されている公民館は歩いて三、四分もかからない距離なのに、村長はわざわざ車で来ていた。

火の回りが速く、村の消防車が駆けつけたときは、もう手がつけられなかったと、村長は詫びを繰り返した。七、八十年は経ている木造建築だったので、当然だろう。

詫びを言わなければならないのは、父を放置していた私のほうだ。私は何度も慰撫《いぶ》しながら、茶色いなめし革のようになっている村長の横顔を眺めた。連続六期か七期、村長を務めていて、私には彼以前の村長の記憶がなかった。

公民館は一本道を登った村はずれにあった。改装されて屋根は青いセメント瓦《がわら》になっている。もうそこには五、六人の村人が集まっていて、私は次々に悔やみの言葉をかけられた。顔は知っていても名前は思い出せない。

公民館の中は花や提灯《ちょうちん》が飾られ、通夜の場に急ごしらえされている。父の柩《ひつぎ》は祭壇の前に置かれていた。

「遺体は相当傷《いた》んどります」

村長の脇《わき》にいた消防団の団長だという男が申し訳なさそうに言った。

いかに黒焦げの遺体でも、医師である私が実見しないわけにはいかなかった。

私は柩の蓋《ふた》を取り、中の遺体を凝視する。父親の姿というより、完全な焼死体だった。どこをとっても父親の形はない。これが父親なのだと自分に言いきかせているうち、急に涙がこみ上げてきた。〈こんな死に方をさせてすみませんでした〉と胸の内で詫びるごとに、涙は波が寄せるように襲ってくる。

「先生、もう閉めてよかですか」村長が言い私は頷《うなず》く。「村の者には見せんようにします」

そのほうがいいと私はまた頷き、勧められるままに柩の前に坐《すわ》り込んだ。ハンカチを出して涙をぬぐう。

にわかに玄関の方が騒がしくなっていた。黒い服を着た村人が二、三十人、靴を脱ぎ、板の間に集まって来ていたのだ。暗黙の了解があるかのように、村人たちは整然と膝《ひざ》を寄せあって並び、程なくそのうちのひとりが私の前に進み出て、額を畳にこすりつけるようなお辞儀をした。八十歳は超えたと思われる老女だったが、薄手の喪服を着ていた。

「あたしは先生に何度、命ば救われたことか」と、老女は父の名を口にした。「一番下の娘を腹の中に妊《みご》っとるときは肺炎、持病だった胃潰瘍《いかいよう》も薬で治してもらったし、六十歳過ぎて、膀胱《ぼうこう》の癌《がん》も見つけてもらいました。町の病院で手術して、今ではもうどうもありまっせん」

老女の脇に坐っていた女性は六十がらみで、長男の嫁だという。彼女も私の父から甲状腺《こうじょうせん》の病気を見つけてもらったらしかった。医院が閉鎖されてからは、町の病院に通わざるをえず、父にはずっと現役でいて欲しかったと、姑《しゅうとめ》ともども目にハンカチをあてた。

そのあとも、糖尿病でいつも父に説教されたという村役場の職員や、痛風もちの老人、リウマチで投薬を受けていた中年婦人、子供の頃、鎖骨を折って父からテープ固定された中年男性など、次から次に私の前に進み出た。

私は村人たちの話に耳を傾け、最後に頭を下げて返礼をした。中には黙って私の両手を握りしめ、「先生には本当にお世話になりました」とだけ言い、涙を流す者もいた。

「先生にこの村で生きとってもらうだけで、あたしたちは心強かったとです」

日焼けした顔と、ゴッゴツした手からいかにも農家の婦人と分かる七十がらみの女性から言われたとき、私はそれまでこらえていた涙を不覚にも流してしまった。涙が出るととまらず、私は嗚咽《おえつ》を何度かして、肩を震わせた。こんなざまを女房子供には見せられず、ひとりで来てよかったと思った。

その後も板の間に集まる村人たちの数は減るどころか、増えるばかりだった。帰らずにそのまま畳の間に坐る者もいて、大きなクーラーの効きめもそがれ、スーツの下はじっとりと汗ばんだ。

私は村人たちの語る父の思い出話のなかに、自分の知らない父親を見ているような気がした。家の中ではあまりしゃべらず、どちらかと言えば無愛想な父が、村人たちの記憶のなかでは、いつもにこやかで気さくに声をかける医師に変わっていた。

百人は優に超すと思われる村人たちから、ひとりひとり弔問を受けたあと、私は本当は父親を十分の一も理解していなかったのではないかと思い始めていた。本当の父は、息子である私のなかではなく、村人の間で生きており、これからも生き続けるのではないか――。そう思わざるをえなかった。

畳の間の隅の方に、小一時間も前から正座して動かない中年男性がいるのに、私は気がついていた。年齢は私と同じくらいで、頭髪は黒かったが、額が禿《は》げ上がっていた。村人でないと見てとれたのは、縁なし眼鏡をかけた顔が日焼けしておらず、灰色の身丈にあうスーツがおそらくは麻の混紡で、涼しげな皺がはいっていたからだ。

先方でも何か声をかけたそうに、時々私の方を見た。

その彼が膝を立て、私の前に進み出たのは、村人たちの弔問が大方終わったときだった。

「コウちゃん」

彼は私の幼い頃の呼び名を口にした。その瞬間、私は相手の名前を思い出していた。小学校のときの同級生のトシちゃんだ。最後に会って三十数年になるのに、丸っこい鼻と尖《と》がった顎《あご》に特徴が残っていた。

彼は再会を懐《なつか》しがったあと真顔に戻り、悔やみの言葉を述べた。

「これは先生に縫ってもらった痕《あと》」

彼はやにわに膝をくずし、衆人環視のなかで左足のズボンの裾《すそ》をまくり上げ、靴下をずりおろした。

「中一のとき、孟宗竹《もうそうちく》に登って落ちて、切り株で怪我《けが》した。七針縫った」

その細かな縫い傷が彼の向こう脛《ずね》にあった。

「お前は悪さ坊主《ぼうず》だったからのう」

誰かが後ろの方で言い、笑いが起こった。

「コウちゃんとは、よく遊んだろうが。医院の裏庭に百日紅があったろう。あそこでよく輪くぐりした。友達のひとりがストップウォッチを持っといて、走って登って百日紅の輪をくぐってまた戻ってくる競争ばしたことがある」

「それは忘れた」私は思い出せず、頭をかく。

「確かそんときはコウちゃんはおらんかった。何回か繰り返すたびに要領が良くなって、時間も短くなるので、みんな熱ば上げてね。ワイワイ言っているところに先生が出て来て、他の連中はさっと逃げ出した。ぼくだけ逃げそこのうて、もじもじしていたら手招きされた。こりゃ大変なことになったと頭を下げて、叱《しか》られる覚悟ばしとると、『お前は逃げないで立派だ。別に悪いことをしているわけではないからな。子供が面白い遊びを見つけるのは当たり前だ』と言われた。それから奥さんば呼んで、菓子箱を持って来させて、中からごっそり砂糖菓子をぼくのポケットに押し込んだ。『逃げた連中にも分けてあげなさい』と言われたときは、ついしゃくりあげてね。あの菓子は、舌がとろけるほどうまかった。

あれ以来、夏になって花盛りの百日紅を見るたびに思い出してね。しかしどこに行っても、あれくらい見事な百日紅はなか。先生に最後に診てもろうたのは十五年ばかり前だったか。里帰りしているとき、家内が夏風邪ばひいて、ぼくが診察に付き添って行った。その折、先生には百日紅とお菓子のお礼ば言った。先生はそんなことあったなと言い、ぼくを縁側に連れて行って裏庭の百日紅ば見せてくれた。そんときも、花は盛りじゃった」

トシちゃんが目に涙をためて言い、私はうんうんと頷いた。

「実はさっき、ここに来る前に、お宅に行って見たと」トシちゃんの顔が少しほころぶ。「そしたらあの百日紅、無傷で残っとった。花もいっぱいつけて。火事のとき、風向きが逆になっとったとじゃろ。あ、先生はここに生きとる、とぼくは思った」

そこまで言うと、トシちゃんの笑顔がまた歪《ゆが》んで、ぐっと涙をこらえる。

「コウちゃん、本当にご愁傷さまです」

頭を下げながら、トシちゃんはこぶしを目にあてた。

「あとでちょっと二人で百日紅のところに行ってみようか」

私は自分も今しがた百日紅を見たことを言いそびれ、トシちゃんの手をとって、何度も頷いた。

お互いに中年太りにはなっていたが、シャツ一枚になれば、輪くぐりも可能かもしれない。私はそれが今できる一番の供養《くよう》のような気がした。

チチジマ

宛先《あてさき》が横文字で書かれた航空便を郵便箱に見つけたとき、何か悪い予感がした。老夫婦二人暮らしの陋屋《ろうおく》には、日頃からダイレクトメールや雑多な新聞雑誌類はよく届く。私書はほとんどなく、外国郵便が混じることは稀《まれ》だった。裏を返すと案の定、住所はサンディエゴ、差出人はシンシア・ローリィとなっていた。シンシアの筆跡はこんなに小さくて几帳面《きちようめん》だったのかと感慨を覚えながら、家に上がり、机についてから封を切った。

夫、マイケル・ローリィは去る一月四日、家族が見守るなかで永眠しました。ここに生前の御《ご》交誼《こうぎ》に対し、深く御礼申し上げます。――そうした文面がカードに印刷され、余白に彼女自身がペン書きしていた。〈夫はあなたをチチジマにおける唯一《ゆいいつ》の日本人戦友として、本当に愛しておりました。四半世紀にわたる友情に感謝致します。シンシア〉。

十二月の初めに、こちらから出したクリスマスカードに返事が来なかった理由も、それでのみこめた。三十年近く、手紙のやりとりがない年でも、クリスマスカードだけはマイケルから律儀《りちぎ》に送られて来た。出しそびれたとみえる年でも、一月中旬までには、〈新しい年が、貴方《あなた》および近親の人々にとって喜びと幸せと健康に満ちた年でありますように。近いうちに会えるのを願いつつ。マイケル〉といった内容のカードが届いたものだった。ところが今年は二月にはいっても音沙汰《おとさた》がなく、もしやと考えていた矢先だったのだ。

一月四日は何をしていたのだろうと、ぼんやり思い起こしてみる。二日に娘夫婦が孫を連れて来て、五人でデパートに行った。福袋を三つ買ってやり、寿司屋《すしや》で食事をしたあと、彼女たちは車で帰って行った。三日は年賀状の返事書きでつぶれていた。マイケルへのカードは別として、国内の友人知人に対しもうこちらから賀状を出さなくなって十年になる。返事のみを書いていると、貰《もら》う賀状は年々減る。それでも五十枚近くを手書きしてぐったりとなり、郵便局に歩いて投函《とうかん》しに行った。そして四日は、正月三が日の疲れが出て、テレビをつけてみたり、ソファに横になったり、縁側から冬枯れの庭を眺めて過ごした。マイケルはそうしている間に太平洋のむこうで亡《な》くなっていた。

いくつだったのだろうか。私より四つは年下だったはずで、八十歳になったかならないくらいだろう。

私はシンシアが書いたチチジマの〈戦友《フェロー・ソルジャー》〉という単語をもう一度眺める。米国人のマイケルと日本人の私が戦友というのもおかしいが、それは知り合った日に彼のほうから言い出した言葉だ。そしてマイケルが小笠原諸島のひとつ父島にいたのは、わずか二時間程度だった。

しかしながら、北朝鮮に拉致《らち》されていた日本人の帰国報道が去年なされて以来、私が頻繁にマイケルを思い出していたというのも事実だ。北朝鮮から帰国したのは五人だが、実際に拉致された疑いのある日本人は二百人以上いるのではないかとも言われている。一桁《けた》でも大変な数なのに、それが三桁にのぼるとなれば、国を根底から揺るがす大事件だ。もっと唖然《あぜん》とさせられるのが、拉致されたのが四半世紀前であり、家族は当局に対して絶えず捜査を依頼し続けてきたという点だ。日本の領土から自国民が何人かいなくなっても地元の警察はとりあわず、ヨーロッパ旅行中の日本人が消息不明になっても外務省は相手にしない。地元選出の代議士も頬かぶりしたままなら、四つも五つもある政党も無視し続ける。そうした事態が長々と続けられたところに、この国の本質が表われていた。そしてそれは、先の大戦中から一貫して受け継がれている冷たい体質なのだ。

＊

私が感染症国際学会での発表を思いたったのは、県立病院の院長になって間もなくのころだ。当時は昨今のように公立病院の統廃合の話もなく、院長が海外出張のために一週間程度病院を留守にしたところで、事務方や組合の反発もなかった。私としては、院長に祭り上げられてどこか自分が現場から遠ざけられた気がして情けなく、臨床医としての自負を学会発表で確認したかった。医局の若い医師に範を垂れる意図もいくらかあった。院長が国際学会に演題を出せば、彼らものほほんと日常業務だけにかまけてはいられないはずだ。

私自身、海外での学会参加は初めてではなかった。大学病院にいた三十代、市立病院の外科部長だった四十代に、何度か外国へは出かけていた。しかしそのときは他人の発表を見聞きするだけで終わっていたので、あの二十八年前のロサンゼルス学会が実質的には初舞台だった。

県立病院に赴任してから、似たような症例をたて続けに三例経験したが、どこにも発表していなかった。日本にしかなさそうな症例なので、国際学会で発表すれば、余興程度の面白さを添えられる自信はあった。とはいえ、大発見でもなければ、画期的な治療法でもない。口演発表よりはポスター発表がいいと判断し、その旨《むね》を演題申し込みの際に付記した。ポスター発表なら下手な英語を大勢の前で披露して失笑を買う心配もない。症例の内容は英文にしてボードに貼《は》りつけてある。発表者はその前に立ち、興味をもった会員からの質問があれば、仕草も交えて何とか意思を通じ合わせればいいのだ。

演題は〈臍《へそ》の垢《あか》による破傷風三例〉とした。もちろん三症例の病歴や治療経過、転帰、そして考察と結語、すべてを英語で書かなければならない。臍や破傷風、開口障害、嚥下《えんげ》困難、気管切開、筋弛《きんし》緩薬《かんやく》などの医学用語はスラスラと英語が口をついて出るが、〈垢〉だけは辞書をひいて〈dirt〉だと見当をつけた。以前、耳垢は〈earwax〉と言うのを調べて知っていたので、同じ垢でも耳と臍では言い方が違うのだと妙な感心をした。

三症例ともに七十歳代で、男性が二名、女性一名だった。三例に共通していたのは、子供の頃から臍を洗ったことがなく、臍窩《さいか》につまった垢の厚みは一センチから二センチもあり、この垢栓塞《こうせんそく》から破傷風菌を分離することができた点である。

もともと破傷風菌は土の常在菌で、埃《ほこり》や湯舟の中にも存在する。三症例では、それが五十年、六十年にわたって臍の垢に棲《す》み続けたと考えられる。ただ棲みつくだけなら何のことはないが、垢塊《こうかい》が硬く大きくなって臍窩を塞《ふさ》いでしまうと、そこに酸素がいきわたらず、破傷風菌の好む嫌気的環境ができ上がる。菌は増殖し、破傷風毒素を大いに産生し始める。そうした条件下に臍窩の皮膚表面に微細な傷や炎症が生じると、毒素が体内にはいって全身にまわることになる。

三例ともに初期症状は開口障害と嚥下困難で、第一例にはこれに四肢の強直、第二と第三例には頸部《けいぶ》硬直が加わった。初めは近所の内科医や歯科医を訪れて診断がつかず、いよいよ重症になり呼吸困難も生じて、県立病院に搬送されてきていた。第一例目のときは臨床症状から破傷風に間違いないと睨《にら》んだものの、外傷部位がない。その女性患者の腹部触診のとき、臍に黒い垢が盛り上がっているのに気づいた。ピンセットではどうにもならず、コッヘル鉗子《かんし》を使って垢を取り除くと、その下にも灰白色の垢がたまっているのが見えた。悪臭がひどく、思わず顔をしかめ、ついていた看護師が診察室の窓を開け放ったほどだ。

この第一例の経験があったので第二例、第三例のときは、まず臍が怪しいと考えて視診し、確定診断が比較的速やかについた。あとの二人も、臍の底にたまった白い垢は容易に取れず、消毒液やオリーブ油で一日二日湿らせたあと、ようやくコッヘルの先で垢塊を崩すことができた。

治療法は気管切開と人工呼吸で、一例目と二例目は十日、三例目は一ヵ月で自発呼吸に戻った。二例目と三例目が入院中に軽度の嚥下性肺炎を起こし、化学療法を要した。

以上のような臨床経過を症例毎《ごと》に短く記述し、三例を比較した表も作成して英語に翻訳した。もちろん私ひとりの力では不可能で、若い医局員が手伝ってくれた。最終的には、大学から派遣されている非常勤の医師に頼んで、医学部嘱託で英語論文の添削を担当する英国人の助力もあおいだ。

珍しい症例だから、発表するだけでも有意義には違いないが、結論はつけなければいけない。苦肉の策で次のようにまとめた。

——日本には昔から、臍の中は洗うなかれという言い伝えがある。提示した三例はいずれもその因襲を後生大事に半世紀以上にわたって守ってきた犠牲といえる。臍は日頃から時折洗うべきである。

英文を読みながら、国際学会で発表する内容にしては格調が低いと、我ながら情けない気持になった。しかし学会は参加することに意義があると思い直し、抄録を送ったところ、一ヵ月後にすんなり採用の通知が届いた。

それからあとは、医局員の手助けで英字を写植で拡大したり、写真を貼りつけたりしてポスターを作った。

ポスター発表は夏祭の夜店と似ている。おおよそ畳三分の二くらいの広さが自分のシマで、そこに要領よく言いたいことを書き並べなければならない。でき上がったポスターは、スーツケースで運べるようにくるくると丸め、段ボールの筒に入れた。

病院事務局では、医局員をひとり連れて行くなら旅費の半分は出せますとまで言ってくれたが、断った。若い医局員が私に気をつかうのは目に見えている。将校と当番兵の関係のようになってしまうのは必至だ。

出かける前に、医局で発表練習をしてみた。口演発表ではないのできちんとしゃべる必要はない。念のためにポスターの英文を読み上げる。医局員には、ひとり一問ずつ英語で質問を考えるように頼んでみた。しかしこれは反発を招き、結局は日本語でのやりとりに落ちついた。日本語で質問を受け、私も日本語で答え、あとで問答を適当な英語に直して本番に備えようというわけだ。

質問は、こちらがメモをするのにやっきになるほど多く出た。

通常、破傷風の症状は牙関《がかん》緊急・後弓反張《こうきゅうはんちょう》というくらい開口障害とけいれん発作、呼吸困難が重篤《じゅうとく》になるのに、三例では比較的軽い症状ですんだのはなぜか。臍帯感染といえば、新生児破傷風が頻度としては多いが、日本ではどうか。三例とも臍がへこんでいたので垢がたまったと思えるが、出臍であればこういう騒ぎも起こらなかったのではないか。患者は肥満体であったかどうか。成書には開口障害から全身けいれんの出現までをオンセットタイムと定義づけてあるが、各症例で何日であったか。日本人は乳幼児のときに三種混合ワクチンで破傷風の予防接種を受けているが、有効免疫《めんえき》期間は何年なのか。

医局員ひとり最低一問という注文が功を奏して、卑俗な疑問から専門的な質問まで飛びかい、私は即答できず、何度も立ち往生した。しかしそれを資料にして作った三十問近い想定質疑応答集は、力強い味方になってくれた。これだけ用意しておけば、たいていの質問はそのいずれかにおさまるはずであり、仮に訳の分からぬ質問が出ても、その中の似たような英文解答を口にして煙に巻くことも可能だと、妙な自信もっていた。

事務局のほうからは、エコノミークラスの往復旅費とホテル滞在費、学会費は、出張費として計上できるという話だったので、私費を加えてビジネスクラスのチケットを奮発した。

ロサンゼルス市内にある国際会議場とそれに隣接するホテルは、地方都市に住む私にしてみれば度胆《どぎも》を抜かれる大きさだった。ホテルと会議場をつなぐ広い通路には、空港さながらの動く歩道が付属していて、胸にIDカードをぶら下げた学会員たちが群をなして移動する。大小三十近くある会場はホールから放射状に広がり、目的の場所を探すのにもひと苦労だった。

日本人の参加者は五十名足らずと思われたが、優に一万人を超す参加者の中では存在しないも同然の少数派で、お互い声をかけてみる気にもなれなかった。

発表するポスターの貼り替えは前期と後期に分かれていて、前期発表の私は学会第一日目に所定位置にポスターを貼り、二日目の午後、その場に立つことになっていた。

発表会場は体育館なみに広く、パネルで迷路のように仕切られている。自分の分をひとりで貼り終わったあと、他のポスターを見てまわったが、色つきでレイアウトも工夫されたものが大半で、私のように写真は別として、モノクロで字を連ねただけのは珍しかった。みすぼらしさが目立つところなど医局員に見せたくはなく、ひとりで来てよかったと思った。

掲示が終わると、三冊に分かれたぶ厚い抄録集をめくりつつ、面白そうな発表を聞きに行った。演者がしゃべる英語は、チンプンかんぷんのものから、少しは分かるものまで、大きな差があった。おしなべてアメリカ人やインド人の英語は速くて分からず、イギリス人やドイツ人がしゃべる英語はところどころ理解できた。分からない部分は、壇上に映し出されるスライドや、手元にある抄録で補い、なんとか三分の一か二分の一くらいまでは内容を摑《つか》めたような気になった。

参加することに意義があるのだ、と何度も自分に言いきかせつつ、申し分のないホテルの調度やレストランの食事、会議場をとり囲む公園の美しさを楽しんだ。夏なので外は暑かったが、大きな樹《き》の下にあるベンチに坐《すわ》ると汗もひいた。リスが枝から降りてきて木の実を拾い、幹の向こう側を登ってゆく様子を眺めていると、いかにも外国に来たという感慨がした。

学会二日目の午後、いよいよ私たちのセクションの順番が回ってきて、それぞれが自分の持ち場に立った。屋台が並ぶ参道と同じで、学会員たちは歩きながらポスターを見ては立ち止まり、気が向けば二、三の質問をし、屋台の主人が受け答えをする。共同発表をしている組は何人か連れ立って、あるいは交代で立ち、私のような単独発表者はぽつねんとひとりで立っていなければならない。ざっと見渡したところ東洋人は三、四人と少なく、しかもほとんどが二十代、三十代の若い医師たちで、五十歳過ぎたと思われる初老の発表者は私ひとりくらいだった。

ぽつりぽつり立ち止まって、私のポスターを見るか読むかはしてくれる参加者はいるものの、質問はない。おそらく、私に英語で話しかけてもろくな英語は返ってこない、と見越したうえでの行動のように私には思えた。

三時過ぎになって、参加者を引率した座長が一方の端から順にポスターを紹介し始めた。帯同しているのは十四、五名だろうか。全員でポスターを眺め、座長が質問を促す。質疑応答が長くなると、その質問者だけを残して次のポスターに移動する。市場のセリにも似ている光景だが、私としてはポスターと一緒に自分までが値踏みされるような気がして気持が昂《たかぶ》った。

ぞろぞろついてまわる参加者は途中で増え、私の手前に来る頃には二十人くらいになっていた。私はポケットからそっとカンニング用のメモを取り出し、医局で予行演習した折の質疑応答の英訳文を読み直した。

いよいよ私の番になって緊張は最高潮に達し、これなら壇上に立って原稿を読み上げるだけの口演発表のほうがよかったと悔やんだ。

ポスターを真中にして座長が私と反対側に立つ。「質問はないでしょうか」座長が参加者を見回し、私も胸の動悸《どうき》を隠して笑顔をつくった。しかし手は挙がらず、社交辞令気味に座長が私に向かって質問した。

「現代の日本の若者は、もうみんな臍を洗う習慣をもっているでしょうね」

「はい、そう思います」私は咄嗟《とっさ》に答え、すぐつけ加えた。「いちいち風呂場《ふろば》で確かめたことはありませんが」

誰かがクスッと笑い、座長も満足気に頷《うなず》いた。一行が隣のポスターに移動するのを見届けて、私は虚脱感にとらわれていた。一世一代の晴れ舞台は、あっけなく終わっていた。ハンカチを出して額の汗をぬぐう。意気込んだ割には拍子抜けする幕切れで、参加したことを後悔する気持さえわいてくる。もともと英語を使って米国で発表するなどという思いつきが、自分にはふさわしくなかったのだ——。

「もしかしてあなたは軍医《アーミィ・サージョン》だったのではありませんか」

突然、目の前に立った紳士が問いかけてきた。欧米人にしては小柄で、私より五、六センチしか高くなく、気さくな雰囲気をもつ初老の男性だった。

「破傷風に興味をもつのはまず軍医だからです」男は言い添えた。

「はい。先の戦争では」私は答えた。

相手の男性が、先刻の一行の端に立っていて、じっとこちらを見ていたのを私は思い出した。おそらく、私の英語がどのくらいのものか、値踏みをしていたのに違いない。軽い問答くらいならできると判断して、私的な質問をしてきたのだろう。

「先の戦争では」と相手はゆっくりしゃべり出した。「ぼくはチチジマにいました」

「チチジマ？」

仰天して私は訊《き》き返していた。「あの硫黄島《いおうとう》のそばにある父島ですか」

「そうです」相手はにっこり笑った。

「私がいたのも父島です。そこに陸軍病院があって、私は一九四五年の一月から敗戦まで軍医として働きました。しかし――」私はありったけの頭の力を働かせて英語を口にした。「しかし父島には、米軍は上陸しませんでした。何人かの米軍捕虜がいたのは確かですが」

「ぼくがチチジマにいたのは、そうですね――」と相手は微笑をくずさずに首をかしげた。「二時間そこそこでしょうか」

「二時間？」

二日かふた月の間違いではない。そのくらいの英語は、私の耳でもきっちり聞き分けられる。

「はい。その間ずっと海につかっていました。チチジマの港の真中にある小島の近くです」

「すると、あなたは戦闘機乗りではないですか。硫黄島に帰るグラマン戦闘機が故障して火を噴き、パイロットがひとり落下傘《らっかさん》で二見《ふたみ》湾に着水しました。彼はすぐに小島まで泳ぎ着き、島陰に隠れました。そのあとです。グラマンの編隊が続々と現れたのは」

私は夢中でしゃべった。一部始終を陸軍病院のあった高台から眺めていて、その光景は強く脳裡《のうり》に刻まれていたのだ。

「私が操縦していたのはグラマンではなく、P－51ムスタングです。あなたはそれを見ていたのですか」

驚いたのは相手のほうだった。

「見ていました。編隊は次々と急降下してきて、湾に沿って作られた日本軍の陣地に銃撃をあびせかけました。戦闘機が湾内をぐるぐる回って機銃掃射するので、日本軍は反撃できませんでした」

私はマシーンガンやカウンターアタックなどの単語を懸命に並べたてた。それでも話の内容が伝わっていることは、紅潮し始めた相手の顔から予測がついた。

「日本軍の反撃がないと分かると、飛行艇がやって来て、湾内を旋回し、小島のすぐ傍に着水しました。島陰に隠れていたパイロットはゴムボートで飛行艇に近づき、収容されました。飛行艇は来た時と同様、慌《あわ》てる様子もなく湾の中を外海に向けて滑走し、飛び立ちました。あとには焼かれたゴムボートの煙が白く立ち昇っていました。日の暮れ方のあっという間の出来事だったので、今思い出しても、夢ではなかったかという気さえします」

しゃべり終わると、相手の男は握手を求めてきて強く手を握り、ついには私を抱きしめた。

「そうです。それがぼくです」

「しかし、あなたがあのときのパイロットだとは——」私は何度も嘆息した。

「あなたは正真正銘の戦友《フェロー・ソルジャー》だ、チチジマの」

男は感極まったように言い、自分はマイケル・ローリィだと名乗った。

私は学会用に作っていた横文字の名刺を、この時とばかりに取り出した。

「ドクター・イサオ・タンノ」彼はその名刺と私のポスターを見比べて名前を口にする。

「イサオとマイケル。我々はチチジマの戦友だ。思い切って話しかけて本当によかった。これで証人ができた」彼はまた〈戦友〉を繰り返した。

私は彼に名刺を請《こ》うたが、持ち合わせがないと言い、もう一枚の私の名刺の余白に名前と住所、電話番号を書き記してくれた。

「明日の夜のレセプションには出席しますか」彼が訊いた。

「出るつもりです。せっかくLAに来たのですから」

ロサンゼルスをLAと言い換える余裕が、私には生まれていた。これも相手がかもし出す人なつっこさのせいに違いなかった。

「では、またそのときに、きっと」彼は私の手を握り、ポスターを見やって、「この破傷風の症例報告も実に面白い」とつけ加えた。

私の肩に手を置いて立ち去る彼の後姿を眺めて、私はまだ夢見心地のままだった。

＊

その日の夕方、私はポスターを撤去してホテルに戻った。発表を無事にやりおおせたのはともかく、マイケル・ローリィと会ったことで、学会以上の大事件を経験したような気がしていた。レストランで食事をすませたあと風呂にはいり、早々とベッドにはいった。しかしなかなか寝つけず、さまざまな古い記憶が頭のなかに立ち現れた。

私が見習士官の軍医として、他の軍医や衛生兵とともに父島の二見港に入港したのは昭和二十年の一月だった。医学専門学校を出て、母校の外科教室で修練を続けているときに召集された。内地で二ヵ月の即席の戦陣教育を受けただけで、食糧その他の積荷を載せた五隻《せき》の船団の一員として横浜港を出航していた。途中、潜水艦の雷撃で護衛艦一隻を失い、四隻だけが無事に父島にたどり着くことができた。

前年の七月、米軍の艦砲射撃を蒙《こうむ》って、人家はすべて破壊され、全島民と看護婦は本土に強制疎開《そかい》させられていた。全島これ要塞《ようさい》といっていい島に残っているのは、軍人と陸軍病院関係者、そして患者のみだった。

その頃米軍は既にサイパン、テニアン、グァム島を陥《おと》し、本土空襲の拠点を確保していた。そのためちょうど中間点に位置する硫黄島が、日本の航空基地の最後の砦《とりで》となった。父島はその北方わずか二百八十キロにあって、一蓮托生《いちれんたくしょう》の運命を強いられていた。

陸軍病院は二見港から八キロばかり登った大滝地区にあり、松林の中や岩陰に病舎や宿舎が散在していた。収容されている傷病兵は約三百名、大半は硫黄島の野戦病院から後送された栄養失調症の患者だった。陸軍病院とは名ばかりで、薬剤とてなく、骨と皮だけになった患者に与える食糧さえこと欠いていた。たまに虫垂炎や痔疾《じしつ》の患者も出て、外科医として覚えたての腕をふるうこともできたが、私の仕事の大部分は死にゆく患者を看取《みと》ることだった。

軍の規定で、収容患者の診察は四日に一度と定められている。医師は軍医中佐の院長も含めて九名いた。診療主任や外科主任、内科主任の上級医師はほとんど患者を持たず、私を含む下っ端《ぱ》の三、四人で増えるばかりの患者を分担した。最下級の見習士官である私の担当患者は百五十人を下回ることはなく、毎日四十人近くを診察しなければならない。歩ける患者は空襲の切れ目に医務室にやって来るからいいものの、大半は就床患者なので、曜日毎《ごと》に訪れる病舎を決めて回診した。

病舎は虱《しらみ》の巣窟《そうくつ》だった。駆除薬などない。対処法は爪《つめ》でつぶすか、衣服の煮沸かであり、それができない寝たきりの栄養失調患者は、全身虱にとりつかれている。寝ている患者の肌着を開くと、胸一面にへばりついていた虱の大群はぞろぞろと背中の方に移動していく。そのうち、立っている私の足にも、床から虱が這《は》い上がってくる。宿舎に戻るとき、この虱も土産に持ち帰る仕儀になる。

同僚医師の中にはこれを嫌い、担当の患者が虫の息になっても腰を上げず、代わりに衛生兵を行かせる者もいた。親兄弟、あるいは妻子から生木を裂くようにして出征させられ、戦うどころか、戦う前に食い物不足で栄養失調になり、治療法もなくて放置され、死に目に医師にも看取ってもらえない兵隊――。

新米の外科医である私にできることといえば、虱などにめげず、ことあるごとに病舎を見回るくらいしかなかった。夜中でも異変があれば病床に駆けつけ、患者が息を引き取るまでじっと手を握りしめていた。

あのときの私を支えていたのは、いずれ時が来れば自分も患者と同じように栄養失調になり、この父島の土となる運命にあるという諦念《ていねん》だったような気がする。その自覚があったからこそ、せめて五体が動ける間は、何もしてやれないものの、できるだけ患者のそばにいてやろうと思ったのだ。

客観的に見て、父島や硫黄島は本土の捨て石のようなものだった。いずれ米軍の餌《え》食《じき》になって玉砕は免れないと、口には出さなくても、将兵の誰もが考えていたはずだ。

二見港に着いて二週間ほどたった頃、米軍の大艦隊がウルシー環礁《かんしょう》に集結、北上を始めたという報がもたらされた。小笠原諸島が目的地であるのは明らかで、父島でも迎撃体制が固められた。

はたして四日後の早朝、艦砲射撃が島を揺るがし始めた。艦砲射撃が一段落すると、艦載機の爆音と機銃掃射の音に代わる。攻撃は一時間あまりも続いただろうか。その間、私たちは搬送した患者とともに、防空壕《ぼうくうごう》の中で息をひそめていた。米軍が上陸してくれれば、数日でカタがつく。私も患者も同じ運命をたどるのは明白だった。その思いは、島のあちこちに布陣していた第三百三から三百八までの六大隊でも同じだったに違いない。無駄な反撃はせず、兵力を温存するのを第一義とし、島内での持久戦を期していた。

ところが、敵襲が終わって警報が解除されたとき、艦隊は忽然《こつぜん》と姿を消していた。将兵一同胸を撫《な》でおろしているところにもたらされたのが、米軍の硫黄島上陸の報であった。二月十九日だったと記憶している。

その日以降、硫黄島での戦況は無線で逐一父島にもたらされた。彼我の圧倒的な戦力差により、苦戦の報ばかり続いた。

米軍は硫黄島上陸に先立ち、東海・関東地区の軍事施設をそれこそ虱つぶしに破壊していた。援路を断つためだ。それでもたまには、本土からの重爆撃機やそれを援護する戦闘機が父島の上を通過した。その帰途、四式重爆や月光が父島に不時着することがあった。しかし父島の飛行場は小さいうえに、爆撃で穴だらけになっているので、たいていは破損するか大破して、大怪我《おおけが》をした搭乗員が病院に運び込まれる。搭乗員の口ぶりからも、本土の防衛力がもはや底を尽きかけている様子がうかがわれた。

硫黄島での戦闘は約一ヵ月続いた。大本営が陥落を公表したのが三月二十一日で、栗林《くりばやし》中将以下二万人からなる硫黄島守備隊の玉砕は十七日夜とされた。

とはいえ、父島の無線受信機は、その後も一週間近く、硫黄島の地下壕に潜んで抵抗を続ける日本軍の発する微《かす》かな無線を捕捉《ほそく》していた。日一日と間遠になり弱まりゆく電波は陸軍病院にも届いた。私はそれを耳にして、臨死患者の下顎《かがく》呼吸にも似ていると思い、落涙せずにはいられなかった。

これは何年もあとになって知ったことだが、硫黄島攻略に動員された米軍は二十八万人、そのうち上陸を敢行したのが海兵隊六万人だった。そして上陸兵の一割強に当たる六千八百人が戦死、負傷者は二万人を超えた。

米軍にしてみれば予想外の大苦戦であり、このために父島攻略は白紙に戻された。早くから要塞化されている父島を占拠するには、硫黄島以上の損害を覚悟しなければならない。それよりは、放置して監視だけしておく作戦に変更されたのだ。

そんな米軍の胸算用を知らない父島では、硫黄島陥落後、次は自分たちが攻撃される番だと確信し、戦々恐々としていた。

ところがひと月たってもひと月半たっても、上陸作戦が行われる気配はない。沖では潜水艦が見張り、日に一、二度グラマン戦闘機が偵察飛行にやって来る。食糧確保のために小舟を出そうものなら、たちどころにグラマンが飛来して機銃掃射する。釣りさえできなくなり、食糧はいよいよ底をつき出した。漁ができなければ蛋白源《たんぱくげん》は鮭《さけ》の缶詰くらいで、それも量は少ない。野菜は白菜と玉葱《たまねぎ》の乾燥野菜があるが、古紙のような代物《しろもの》で食べられたものではない。栄養失調の患者に与える栄養物などなく、彼らが餓死していくのを私たちは傍観するしかなかった。

全員が食糧探しにやっきになっている父島の上空を、連日のように硫黄島から発進したB－29の編隊が本土爆撃のために通過していった。

二見湾に戦闘機の搭乗員が落下傘で着水したのはそんな戦況のときだったのだ。たったひとりを救出するためにあれだけの大作戦をたてるとはよほど重要な人物に違いないと、高見の見物をしていた私たちは噂《うわさ》し合った。

硫黄島の玉砕から二ヵ月ほどたった頃、敵の大船団が北上し始めたという報がはいった。大本営からも迎撃の命令が出た。今度こそ父島が攻略される番だ。陸軍病院では、重症患者に自決用の薬品を配り、独歩患者には武器を渡して戦列に加わらせた。

敵の艦砲射撃が始まったのはまだ暗いうちで、耳をつんざく爆発音と地響きに、硫黄島の再現を私たちは覚悟した。

しかし、夜がすっかり明けきってしまうと砲弾の音が止《や》み、またしても警報解除となった。海上に艦隊の影はなく、戦闘機も飛んで来ない。そしてその三日後、船団が沖縄海面に現れたとの大本営発表がもたらされた。米軍が作戦変更をしたのは明らかだった。小笠原諸島を完全に掌握してから本土攻撃に移るのではなく、まず沖縄の制圧をめざしたのだ。

沖縄の悲劇の幕は切っておとされ、反対に父島は戦線から完全に脱落し、文字通りの孤島になってしまった。

終戦までの五ヵ月、私たち陸軍病院の敵は米軍ではなく、栄養失調とアメーバ赤痢だった。特効薬のエメチンは使い果たし、職員のほとんどもアメーバ赤痢に罹患《りかん》した。とめどない水様便が特徴で、患者は終日厠《かわや》通いを余儀なくされる。体力は消耗する一途となる。私自身も下痢に悩まされた。栄養失調の患者がアメーバ赤痢にかかると、もう救う手立てはなかった。

皮肉なことに、父島の患者と職員を救ったのは、終戦と同時に米軍から支給された治療薬だった。敗戦があと一ヵ月遅ければ、私自身、命拾いできたかどうか疑わしい。

そんな虱と飢えとアメーバ赤痢に対する戦いに明け暮れた父島での生活で、最も鮮明な記憶として残っていたのが、あの米兵の救出劇だった。そこだけが他の日常の記憶と切り離されて、あたかも映画の一シーンのように保存されていた。それはおそらく、日本軍であれば決して起こりえない救出作戦だったからに違いない。どんな重要な人物であろうと、ひとりの軍人を救うために戦闘機の編隊を繰り出すなど、日本軍ではとうてい考えられなかった。

しかし、よりによってあの救出された本人と今頃になって出くわすとは――。いくら世界が狭くなったとはいえ、そうそうありえることではなかった。しかも、敵兵であった彼から気安く〈戦友〉呼ばわりされるなど、私はホテルのベッドの上で何度も首を振った。

＊

翌日のレセプションの開始は夜の九時だったので、夕食をとるべきか否《いな》か迷った。日本の学会なら六時か六時半の始まりが通常で、全《すべ》ての発表の終了後、会場に直行すればよかった。

結局、レセプション会場のうまいものを思い切り腹に入れるつもりで、空腹のままホテルの三階に降りて行った。会場前のロビーは既に人だかりがしていて足の踏み場もないくらいだった。それぞれシャンパンやワインのグラスを手にして談笑している。こんな人だかりの中で例のマイケル・ローリィを探し出すことなど不可能に近く、向こうがこちらを見つけてくれるのを待つしかないと肚《はら》を決めた。カウンターでシャンパンのグラスを受け取り、ちびりちびり口にしながら、ロビーの雰囲気を楽しんでいた。夫人同伴の参加者が多いせいか、日本の学会と違って女性の姿が目立つ。両肩を露《あら》わにしたドレスで着飾り、濃いめの化粧をした、肌色と髪の色の異なる女性群を眺めながら、空《す》き腹を紛わした。

会場の扉が開けられたのは定刻を三十分過ぎてからだった。もう空腹は頂点に達していて、チーズでもサーモンでも、何かとりあえず口に入れたい気持で、中にはいった。

鏡をふんだんに使っているせいで、会場は広くきらびやかに見えた。シャンデリアも凝っていて、ヨーロッパの格式のあるホテルを一生懸命なぞっているような印象があった。周囲をそそくさと見回したあと、中央や四隅の大テーブルに満艦飾に盛られた料理に眼をやる。なるほどハムやロブスターやローストチキン、ビーフなどが所狭しと並べられてはいる。しかし日本の学会でのパーティと比べて品数が少ない。私はマイケルを探すことなど忘れて、ローストビーフの横に陣取り、開会のスピーチが始まるのを参会者の肩越しに眺めた。幸い、日本の学会と違ってだらだらとしゃべる役員はいない。手短かに会の成功を称《たた》えて壇上を降りた。

しかし三人目の小柄な役員がマイクの前に立ったとき、私はわが目を疑った。マイケル・ローリィだった。

マイケルは寛《くつろ》いだ態度で、世界各国からの医師が一堂に会し、日頃の成果を披露し合えたことは実に有意義だったと述べ、乾杯を促した。

日本の学会での乾杯は単にグラスを宙に持ち上げるだけだったが、そこでは、近くにいる者同士がかわるがわる互いのグラスをつき合わせるようになっていた。そしていよいよ歓談に移ったのだが、私はローストビーフを頰ばりながら、正面の方に眼を走らせるのを忘れなかった。

マイケルの姿は壇の近くにあって、他の会員と談笑し合っている。話の合い間にそれとなく会場の中を見渡している様子が見てとれた。私のほうは別に話す相手もいないので、ローストビーフの次には、ロブスターのオイル焼きを皿に取り、腹の中におさめた。なかなかの味で、空腹にしていた甲斐《かい》があったと思った。ハムやソーセージの類《たぐ》いも口に入れて、ようやくひと息つき、お代わりのシャンパンを手にした。

さてと、正面を眺め直したところ、マイケルの姿がない。私は人垣をかき分けて前の方に進み、壇の傍に立った。改札口の出口と同じで、そこにいればマイケルのほうが見つけてくれるはずだった。

「私の戦友《フェロー・ソルジャー》はここにいた！」

横あいから声をかけられたのは、ほどなくしてからだ。マイケルは、最初にスピーチをした役員と一緒で、私を紹介してくれた。私のフルネームを覚えていてくれたのが嬉《うれ》しかった。

「やっと生き証人が現れたと、マイケルは喜んでいます」

今回の学会長とおぼしき巨漢の役員は、私にも理解できるようにゆっくり言って、笑った。「何しろ、彼のチチジマでのドラマは何十回聞かされたか分かりませんから」

「救出劇は、父島の高台にあった陸軍病院から一部始終を目撃しました。映画の一シーンを見るようでした。しかし、当の本人にこの学会で会うとは」

私は私で、ありったけの英語をつなぎ合わせて必死でしゃべった。何日間か英語ばかり耳にしていたので、文法はともかく、単語だけは口をついて出た。

そのうちマイケルの友人が集まって来たのに違いない。人だかりができ始めた。話を聞きつけて、マイケルと私を取り囲むようにして、グラスを手にして話に聞き入り、私に直接質問する番が回ってくるのを待っている。

「チチジマに米軍は上陸しなかったのか」

「終戦の日に反乱は起こらなかったのか」

「本土に残したあなたの家族は無事だったか」

「本土にはいつ帰ることができたか。捕虜生活はなかったか」

「日本はどうして米軍に負けたと思うか」

「終戦後米軍とじかに接して、どういう感想をもったか」

「あのとき、もしマイケルが救出されずに日本軍に捕えられていたら、どうなっていたか」

そうした問いかけが矢継ぎ早に飛んできて、私は考え考え、頭のなかにあるものを英語にして絞り出した。単語に詰まったり間違えたりすると、横にいたマイケルが助け舟を出してくれた。

八月十五日の玉音放送のあと、上層部の命令で重要書類の焼却がかれこれ一週間も続いた。富山にいた私の母と妹からもらった手紙四通も、このとき焼いた。私にとってこれは母と妹の最後の手紙になった。富山は八月二日未明の大空襲で九割九分が灰《かい》燼《じん》と帰し、母と妹は死に、たまたま市外にいた父だけが助かった。しかしこの事実は復員してから知ったことだ。

私はまた手帳に、自分が受け持って死の転帰をとった患者の住所氏名と病歴も書きとめていた。仮に私が生き永らえて内地に帰れた場合、患者の遺族を訪ね、せめて最《さい》期《ご》の様子くらいは伝えたいと思っていたからだ。その数、五十名くらいはいたろう。

しかしこの手帳も、院長命令で炎の中に放り込んだ。

父島の正式降伏は九月三日だった。グァム島からはるばるやって来たという二級駆逐艦ダンラップに、立花陸軍中将と森海軍中将がそれぞれ正使、副使として赴いた。病院側から、アメーバ赤痢の患者が多数いるとの報告がもたらされたためか、米軍の上陸は全くなく、すべての伝達交渉は日本側の陸軍参謀が駆逐艦に出向いて行われた。

この駆逐艦は見るからに古く、第一次大戦時のものではないかと疑いたくなるほどの老朽船だった。にもかかわらず、マストでは大きなアンテナがぐるぐる回っていた。船はオンボロでも、科学の粋はちゃんと備えていたのだ。

降伏調印後、米軍が最初にとった行動は島全体の消毒で、飛行機がＤＤＴを惜しみなく撒布《さんぷ》した。アメーバ赤痢の治療薬も大量に手渡され、患者はみるみる回復していった。戦いがまだ続いていれば、あと四、五十人の患者は死出の旅に発《た》たなければならなかったはずで、降伏はまさに旱天《かんてん》の慈雨だった。

汚染地区宣言が解除され、米軍が上陸してきたのは九月の中旬になってからだ。衛生環境の点検のために、陸軍病院にも武装兵に守られた将校団が訪れた。訪問は五、六度あったが、私はそのとき妙な光景を見た。兵士が胸ポケットからタバコ大の箱を取り出し、箸《はし》のようなものを箱から引き出して、しゃべり始めたのだ。これが、今で言うトランシーバーを見た最初だった。

私はまた、米兵がひとりひとり鎮痛剤入りの注射器を携行しているのにも驚かされた。キャップをとると短い針が出て、そのまま筋肉注射ができるようになっている。このおかげで、自分が負傷したときでも周囲の誰かが戦傷で苦しんでいても、応急に鎮痛の処置ができる。痛みを忘れて救援を待てるので、医学的にみても文句のないやり方だった。

瞠目《どうもく》させられたのは、米軍の携帯食糧についてもだ。日本軍が乾パンと数個の金平糖《こんぺいとう》だったのに対して、向こうは食糧そのものにブレックファスト、ランチ、サパーの区別があり、コーヒー、チーズ、キャンディの他、タバコ二本もついていた。

日本が戦争に負けたのは、懐《ふところ》具合の差プラス知力の差であるのは、もはや火を見るよりも明らかだった。

本土への帰船は九月下旬から十二月にかけて行われた。その間は惨めな捕虜の立場に置かれていたのではなく、今まで通りの、いや今までより食糧も医薬品も豊富な生活が続いた。上陸してきた米兵は、整備の終わった飛行場で野球をしたり、バスケットボールに興じたりした。帰還する人員名簿の作成や梱包《こんぽう》作業に追われている間に、そうした光景を遠眼に見て、ようやく戦争が終わった嬉しさがこみ上げてきた。その時点では、母と妹の死は知るよしもなかった——。

そうした体験を私は必死で伝えた。周囲の参会者も、日本人の口から戦争について聞かされるのは初めてだったのに違いない。こちらがびっくりするほどの忍耐強さで、私のひどい英語に耳を傾けてくれた。

質問のなかで、私がおざなりにしか答えなかったのは、もしマイケルが救出されなかったらどうなっていたかという点だった。

「たぶん、殺されていたと思う——」

私はそれだけ答えたのだが、予期に反して、理由を求めるさらなる質問は出なかった。

ようやく質問攻めから解放されたのは二時間くらいたってからで、司会者が閉会を告げるために壇上に上がったときだ。

「ところであなたの今後の予定はどうなっているのか」マイケルが訊《き》いた。

「今夜を入れてホテルにあと三泊して帰国する」私は答えた。

「それじゃ、明日うちに来ないか。家内にも子供にも会わせたい」

「しかし」

「住んでいるのは、LAから二百キロばかり南に下ったサンディエゴという町で、車で二時間もあれば充分。明日うちに一泊して、翌日またこのホテルに送ってこられる」

肩を抱くようにして誘われ、私はすべてを任せようと思った。

マイケルが泊まっているホテルは別だったので、こちらのホテルのロビーに朝八時半という約束をして別れた。マイケルはまだ私をどこかに誘いたいらしかったが、これ以上英語をしゃべらされると発熱しそうで、丁重に断った。

別れ際《ぎわ》にマイケルは、私がポスター発表した分の原稿があれば持参するように促した。面白い発表なので、米国の学術誌に載せる価値があるというのだ。

部屋に戻っても身体《からだ》中の火照《ほて》りは収まらず、シャツは汗びっしょりになっていた。

シャワーを浴びてベッドに横になると、めまいを覚えた。

マイケルは私のことを気軽に戦友などと言ってくれたが、私はまだその呼称にこだわっていた。相手は、交戦国の元兵士なのだ。簡単に仲間などと言えるものではない。

しかし旧知の仲のように振舞ってくれるマイケルの気配りは、いったい何に由来するのか。私は何とか頭のなかを鎮《しず》めようとし、そのうちアルコールのせいもあって眠りにおちた。

翌朝食事をとり、学会で貰《もら》ったバッグに身の回りの物を詰めてロビーに降りた。部屋の荷物はそのままにして、他所《よそ》で一泊だけする旨《むね》をフロントに告げるべきだと思ったが、面倒くさくなってキィだけを預けた。

マイケルは半袖《はんそで》にジーンズという軽装で待っていた。昨夜のことで疲れていないかと訊き、私がホテル側に一泊空けることをまだ告げていないのを知って、フロントとかけ合い、何か電話がはいればサンディエゴの自宅まで連絡するよう話をつけてくれた。

駐車場にあったマイケルの車は日本製だった。市内からハイウェイに出るまで、マイケルはひとしきり日本車の優秀さを口にした。

「いや、本当にすまなく思う。きみの家族が先の戦争で亡《な》くなったなんて」

ハイウェイにはいって、マイケルは改まった口調で言った。「最初のほうこそB－29は戦闘機の掩護《えんご》が必要だったけど、あとになるともう護衛なしで日本本土を空襲していた」

「あの空襲は効果的だった」

私は〈ひどかった〉という代わりにそう答えた。「日本の家屋は木と竹と紙でできているので、焼夷弾《しょういだん》をばらまかれたらひとたまりもない。落とすのは住民が寝静まった夜間がいい。都市によっては、空襲の前に、空からガソリンを撒《ま》かれたところもある。そうすると焼夷弾の効果が倍加したそうだ」

マイケルはハンドルを握りながら、黙って私の話を聞き続けた。軍事施設のあるなしにかかわらず、日本の四百の都市と町が空襲で焼かれ、死者合計は五十万人を超え、その大半が一般市民だったことも、私はつけ加えた。

この五十万人のなかには、硫黄島陥落のあとの沖縄戦の犠牲者、軍人・市民それぞれ十万人は含まれてはいない。もちろん広島と長崎の原爆犠牲者の数も除外した数字だ――。アメリカという国は、見えない敵を大型兵器で攻撃するときは、戦闘員も非戦闘員も見境がつかなくなるようだ。敵国人はすべて敵として大量殺人をする。それも私は言い添えた。いつの間にかマイケルの母国を非難する口調になっていることに気がつく。しかしこれだけは言っておかねばならない気がした。

「父が翌日、富山市内に戻ってみると河原は死屍累々《ししるいるい》、川の傍に停めてあった乗合バスは直撃弾を受け、中に逃げ込んでいた者は全員死亡。町中に行くと死体は一糸まとわぬ裸体で、一酸化炭素の中毒死によるものかピンク色をしていたそうだ。倒れたところを炎が衣類を焼きつくした結果だ。道の真中にピンク色の全裸の女性が両肘《りょうひじ》と両膝《りょうひざ》をつき、四つん這《ば》いの姿勢で伏せ、その下に何か転がっているので、近づいてみると、まだ一歳にも満たない乳児だった。その子もピンク色の裸で、もちろん二人とも死んでいた——」

私は父から聞いた話も口にした。

「それで、亡くなったきみの母親と妹の遺体は見つかったのか」

マイケルの声は心なしか震えていた。

「いや見つからないままだ。黒焦《くろこ》げになって見分けがつかなくなった死体も山のようにあった。富山は人口十一万で、そのうち死者だけで二千三百人にのぼった」

そこまで答えると私はどっと疲れを感じた。日本人に対してならともかく、米国人に空襲について語るなど、英語の苦労は抜きにしても、心理的に何倍かのエネルギーを要した。

「空襲を生きのびたきみの父親は、今でも元気か」

長い沈黙のあとで、マイケルが訊いた。

「五年前に死んだ。戦争が終わったあとも別々に暮らしていた。私が結婚して勤務地に呼ぼうとしたが、富山に残った。国鉄の職員だったせいもあるが、妻と娘を失った町を去ることができなかったのではないかと思う。再婚もせず、定年でやめたあともひとり暮らしだった」

「生きておられれば、会っておわびを言いたかった」

ぽつりとマイケルが言ったとき、私は完全に言葉を聞きとれなかった。しかし真剣なマイケルの横顔を見て、発言を理解したと思った。こいつは並の男ではないと直感したのはそのときだ。

話を続けるうちに、マイケルがお互いをファーストネームで呼び合うことを提案した。その後は話の切れめごとに〈イサオ〉が挿入された。サンディエゴの町が見え始めるまでに、私は半世紀かけて日本で〈イサオ〉と呼ばれた回数と同じくらい、マイケルの口から自分の名を聞くはめになった。

「マイケル」私も負けずに相手の名を呼んだ。「父島に、米軍の捕虜が何人かいたのを知っているか」

「知らない。しかしイサオ、いても不思議ではない。チチジマ上空は艦載機や戦闘機、爆撃機の通り道だったのだから。機体に故障が起きれば、搭乗員は脱出する。捕虜は、昨夜イサオが言ったように殺されたのか」

「殺された。生き残った者がいたとは聞いていないので、全員処刑されたはずだ。私は陸軍病院付きの軍医だったから幸いしたが、部隊付きの軍医のなかには、部隊長の命令で、殺された捕虜の遺体から肝臓を剔出《てきしゅつ》させられた者もいる。上官の命令には、軍医とて反抗できない。その肝臓は料理されて、将校たちが食べたそうだ。硫黄島の攻防が開始された直後で、士気を高めるために蛮行に及んだのだろう。知人のその軍医は、本土帰還後、米軍によって起訴され、B級戦犯として禁固四年の刑を受けた」

「肝臓剔出の罪で？」マイケルの暗い顔が私に一瞬向けられた。

「いや剔出そのものの罪は問われなかった。殺害現場にいたのは中隊長の大尉《たいい》とその軍医、そして下士官、兵ばかりだった。軍医は私と同じ見習士官だったが、大尉に次ぐ階級だったので責任ありとみなされた。第二の階級にある者は第一の階級にある将校の悪業《あくごう》を阻止する義務があるのに、それをしなかった罪を問われた。しかし日本軍の軍律では、見習士官が大尉にたてつくなど全くもって不可能だった。私が陸軍病院でなくその部隊に派遣されていれば、同じことをしていたと思う」

「運命が少し違っていたら、ぼくが捕虜になり、イサオから肝臓を取られていた」

マイケルはしばらく黙ったあと言った。

確かにまかり間違えば、私とマイケルの関係はそうなっていたはずだ。私は背筋が冷えるのを覚え、その事実を反芻《はんすう》し続けた。

ハイウェイをおりて、サンディエゴ市の外辺を半周ほどして住宅地にはいった。私の眼を奪ったのは、どの庭にも咲き誇っている黄色い彼岸花だった。真赤な彼岸花は日本の田舎のどこにもあり、白い彼岸花も時々見かけるが、黄色いのは初めてで、カリフォルニアの特産かと思った。

「あれは日本原産で、うちの庭にもたくさん植えている。戦後、日本から大量に輸入された。カゴシマ産と聞いている」

「鹿児島? なるほど」鹿児島原産であれば、私が眼にしたことがないのも頷《うなず》けた。

私はマイケルに、日本ではあの花が咲く頃に墓参りするのだと説明した。いいことを聞いたとマイケルは答えた。自分もこれから先、あの花を見ては死んだ人々のことを思い出すことにすると――。

瀟洒《しょうしゃ》な二階建のポーチに車をつけると、三人が玄関から出て来た。妻のシンシアは高校の数学教師、長男のフレッドは大学生、長女のマーガレットは高校生だった。なるほど庭の一角には黄色い彼岸花が咲き揃《そろ》い、ピンクや真紅のバラと好対照をなしている。

家の中を隅から隅まで案内されたあと、木陰でアペリティフを飲み、昼食になった。

日射《ひざ》しは強かったが、大きな樫《かし》の樹陰は快適だった。長い食事が終わったあと、マイケルはアルバムを何冊も出してきた。中には軍隊時代の写真も何枚か混じっていた。大学在学中に志願して入隊し、除隊後、大学の法科を出て、さらに医学校に進学、在学中にシンシアと知り合って結婚したことが、一連のアルバムによって理解できた。

もちろん妻子の前でも、私は二見湾での救出劇をしゃべらされた。二度三度ともなると私の語彙《ごい》も増え、微に入り細をうがち詳細になってゆくのを、マイケルは満足そうに眺めていた。

「本当に、まあ。こんなことってあるのかしら」

シンシアは、目撃者が目の前にいること自体がまだ信じられないふうだった。

「もしそのときパパが救出されなかったら、フレッドもわたしもこの世にいなかったのね」

マーガレットが言い、私も改めてその真実に気づかされた。

今度は私がマイケルに質問する番だった。どうしても確かめておきたかった疑問とは、米軍があれほどの大がかりな救出作戦を組んだ理由だ。マイケル自身がかけがえのない人物だったのか、それとも何か重要な任務を帯びていたかどうかだった。

その質問にはマイケルだけでなくシンシアと二人の子供も笑った。

ゃないか。「ぼくはただの少尉だったさ。軍としては、パイロットを失うのが惜しい気持は多少あったかもしれない。パイロットの育成には金と時間がかかるから」

マイケルはこともなげに答えた。

「ぼくはパパがたとえ普通の二等兵だったとしても、飛行機で助けに来てくれたと思う。アメリカ合衆国はそういう国なんだ」

フレッドは父親の横で胸を張った。こうした返答のできる若者が米国にはいる。そのことが私には驚きであり、羨《うらや》ましかった。

ひるがえって日本軍のほうはどうだったか。パイロットも所詮《しょせん》は使い捨てだったのではないか。敵地に不時着したあと、苦心惨憺《さんたん》して帰隊した戦闘機の搭乗員が歓迎されたという話は聞かない。命が惜しかったのだろうと、陰口を叩《たた》かれ、はては再び苛《か》酷《こく》な戦地送りになるのが通り相場だったのではなかったか。ましてただの二等兵なら完全に無視だ。日本では、国民ひとりひとりがかけがえのない存在ではなく、その他大勢の中のひとりでしかない。それは戦後もまだ続いている。フレッドのように自国に誇りをもつ若者も、日本では探すのがむつかしい。私は暗然たる思いでそう結論せざるをえなかった。

日が傾きかけると、マイケルは客室に私を連れて行き、二時間ばかり休ませてくれた。私はシャツとズボンのままベッドに仰向けになり、家族や病院の職員の顔を思い浮かべていた。カメラをホテルに忘れてきたことに気がついたのはそのときで、このままでは土産話の証拠を欠く。

夕食の席では、マイケルに頼んで写真を撮ってもらった。カメラを忘れるなんて、イサオは日本人ではないねと、マイケルから冷やかされた。

翌日の午前中は、例の樫の木の下でマイケルと顔をつき合わせ、論文作成に取り組んだ。私の英語の原稿を見ながら、マイケルがタイプライターで打ち込んでいく。不足の部分は、私が日本語のデータに戻って、何とか拙《つたな》い英語で伝える。マイケルがそれを立派な英語に直すというわけだ。

「これで八十パーセントでき上がり。あとはぼくが適当な文献を探し出して、考察をふくらませておく。ところで――」

マイケルはようやく元の柔和な表情になった。「臍《へそ》に関しては、ぼくも不思議な症例を経験している。LAの医療センターでレジデントをしていたときのことだ。当直の晩、中国人男性が妻と一緒に駆け込んで来た。臍が爆発したので診てくれと言うのだ。何でも、大きな咳《せき》をしたとたん、前腹部で鉄砲玉のはじけるような音がして、温かいものが飛び出したらしい。臍を視診しても正常で、穴があいているわけでもない。

着衣を脱がせて服の内側を調べると、黒褐色の着色があり、その中央に二ミリくらいの石のようなものが見えた。さらにその辺縁に約三センチの広がりで粉状の物質が付着していた。その位置が臍とぴったり合うので、臍孔《さいこう》の奥に詰まっていた垢《あか》が、咳の腹圧で散弾のように飛び散ったことが分かった。やはり中国人も日本人と同じで、臍は洗わないものだろうか」

中国人の風習まで私が知るはずはなく、二人で大笑いした。

臍の論文は半年後、私も読んだことのある米国の外科学雑誌に短報として掲載された。私の名前で出た生涯で唯一《ゆいいつ》の英語論文だった。

＊

このときの出会いがきっかけになって、マイケルとの交際は続いた。私が幹事役となった県医師会の講演会や、自治体病院の学術集会などに、マイケルをはるばる西海岸から呼び、特別講演をしてもらった。国際的にも名が通り、内科教科書のウィルス性肺炎の章を執筆するくらいの一流学者が、日本のマイナーな学会に来てくれるなど、普通なら願ってもかなわないことだった。しかも謝礼は土地の特産物、航空券はエコノミークラスでいいというのだから、国内の有名教授を招聘《しょうへい》するより安くついた。一度はシンシア同伴で来てくれ、そのときは舟を借り切って鵜飼《うか》い見物をした。鵜が一生つがいの相手を替えないと聞いて、その鵜も米国に連れていけば変わるかもしれないとマイケルが言い、シンシアと顔を見合わせて笑った。

私が心打たれたのは、来日して小都市を訪れるたびに、マイケルが必ず戦争の被害を訊《き》くことだった。

「先の戦争でここは米軍の空襲を受けましたか」

そう質問された接待する側は、戸惑いながらも、空襲の被害について語り、マイケルは居住いを正して聞き入った。私はそんなときのマイケルの眼に、火炎の中を逃げまどう日本人の姿が想起されているのを感じとった。

マイケルの影響か、娘のマーガレットのほうも日本に興味をいだき、大学四年の夏休みに友人と二人で日本旅行をした際、我が家に三日間滞在した。

私はといえば、定年退職をした翌年、家内と二人でサンディエゴに行き、マイケルの家で一週間を過ごさせてもらった。庭に咲き誇る黄色い彼岸花には家内も魅了された。帰りがけに二株分けてもらい、スーツケースの底にしのばせて持ち帰った。日本から米国に渡り、また里帰りした彼岸花は、今も我が家の庭で、毎年忘れずに花をつけてくれる。

＊

私はシンシア宛《あ》てにお悔やみの手紙を書くことにした。文法や用語の間違いはいつものことで、シンシアはそのなかから私の気持をくみとってくれるはずだった。

——親愛なるシンシアへ

あなたの良き伴侶《はんりょ》、そして私の戦友であったマイケルの逝去の報を、これ以上はない悲しみで受け取りました。クリスマスカードの返事が届かなかったので、もしやと案じてはいたのです。

マイケルという知己を得て二十八年、いえマイケルの姿を遠目に見てからは五十八年たちましたが、マイケル、そしてあなたたちと知り合わなかったら、どんなに味気ない後半生を送っていたことでしょう。マイケルは私にとって、あなたの国の最良の部分を体現していました。

私の関与する日本の小さな学会でも、マイケルは招待講演を気軽に承諾し、はるばる太平洋を越えて駆けつけてくれました。私だけでなく日本の同業者と会い、話をすることを、マイケルは最上の喜びとしていたようで、日本の風物にも興味をもち、賞《め》でてくれました。いつかの夏、学会のあとの花火見物のときは、夜空に火の花が開くたびに「素晴らしい」を連発し、翌日は声を嗄《か》らしていたくらいです。

私はマイケルのそんな献身の底に、私に対する、いや日本国民に対するひそかなつぐないの気持があったのだと思うのです。マイケルと初めて会ったLAでの学会を終え、サンディエゴに向かう途中、彼は日本の空襲について私に語らせました。富山の空襲で死んだ私の母と妹、そしてその他の都市で亡《な》くなった人々に対して、はっきりと謝罪しました。いやあれは戦争だからお互いさまだと、私は言おうとしましたが、マイケルの暗く深刻な横顔を見て口をつぐみました。私の慰めなどはねつけるくらいの真剣さだったのです。

マイケルと会っている間、いつも私は奇妙な感情に浸っていました。父島の隣の硫黄島や、本土の空襲で死んだ人々が、何か私たちの関係を祝福してくれているような気がしたのです。母までが「お前よかったね」と言い、「兄ちゃん、わたしも嬉《うれ》しい」と妹が耳の後でささやいてくれている錯覚がしました。

初めて会った日に、マイケルは私を父島の戦友と呼んでくれました。しかし私は、そんなに急にマイケルを戦友だとは思えませんでした。少くともマイケルの国は、私の国を軍人民間人の区別なく徹底的に叩きのめし、母と妹の命も奪ったのです。そんな国の兵を戦友などと呼べるはずはありません。

しかしマイケルと接するうちに、マイケルもまた戦争大国のアメリカによって、戦いに駆り出された犠牲者だと思うようになりました。そして私も当然ながら好戦的な国によって戦場に連れ出された兵士でした。いわばマイケルと私は理不尽な国と国との戦いの中で出会ったという意味においては、確かに戦友でした。それからです、マイケルを心から戦友と思えるようになったのは。

もしマイケルやあなたたちと知り合うことがなかったらと、時折考えます。私の父島体験と、父と共に味わった肉親の死の悲しみは、慰撫《いぶ》されないまま一生くすぶり続けていたでしょう。

シンシア、私ももう八十四歳になりました。老妻と二人で今のところつつがなく暮らしてはいますが、頭は順調に耄碌《もうろく》しており、足は弱るばかりです。すぐにでもサンディエゴに飛び、あなたとともにマイケルの墓前にひざまずきたいのですが、それも今はかないません。

マイケルのいる所に旅立つまでのあと何年間かは、せめて毎年庭の隅に咲いてくれる黄色い彼岸花を眺めながらマイケルをしのびたいと思います。
フレッドやマーガレットにも、私と私の妻からの衷心よりの弔意を伝えて下さい。

マイケルの戦友　イサオより

顔

その日の外来も忙しく、耳鼻咽喉科《いんこうか》の部長から診療依頼があったとき、半ば上の空で受け答えしていた。

「じゃ、頼んどくよ。一時半頃、そっちの外来に行かせるけん」同僚は念をおした。

「仕方なか。午前中の診察もその頃には終わっとろう。今日も昼飯は二時過ぎになる」私はボヤいた。

「それはこっちもおんなじ。そいでひとつだけ注意しておくけど、患者を見て、あんまりびっくりせんどいて」

「どういう意味ね」

「会えば分かると」

院内電話はそこで切れた。私の手元の用紙には、〈佐渡島《さどしま》京子、52歳。胸写上の異常陰影〉と自分でメモしていた。要するに、肺の異常陰影の原因を気管支鏡で精査してくれというのが同僚の依頼だった。

外来の患者を診終《みお》わったのが二時少し前で、私は看護師に耳鼻咽喉科の患者が来ているか訊《き》いた。

「見えています。ご主人と一緒に」若い看護師は言葉少なに答えたが、まだ何か言い足りない様子だった。

「そうか、入れてくれ」

十五分くらい待たせておいて、職員食堂でそそくさと昼飯をかき込むこともできたが、夫婦ともに十五分待たせれば、三十分待たせるも同然になる。私は少しばかり不機嫌にカルテとフィルムを受け取り、椅子《いす》に坐《すわ》り直した。

胸部の断層写真をシャウカステンに掛ける。腫瘍《しゅよう》らしいコイン状の陰影が右下肺野にあって、その性状を突きとめるのが私の仕事だ。

「先生、お願いします」看護師が入室させたのは、いかにも品の良い、高級外車が似合いそうな初老のカップルだった。

夫は六十少し前だろうか。仕立の良いオーシャンブルーのスーツに薄茶の靴、やや白いものの混じった頭髪をオールバックにしていた。背も百八十センチ近くはあり、私のように腹が突き出ているわけでもない。通信販売の洋装のモデルとしても通用するような紳士だ。

　患者も長身で、やや派手めの花柄のワンピースをさり気なく着こなしている。ただひとつ尋常でないのは、肌色のマスクを顔につけ、その上にサングラスをかけている。私は何年か前に見た〈オペラ座の怪人〉の仮面を思い出した。しかしそれとも微妙に違う。俳優がかぶっているマスクはその下に生身の顔があり、眼の光もうかがえ、鼻の先も出ている。彼女の場合、仮面の下に顔の実質がある気配がない。

　同僚が言っていたのはこれかと、私は納得しながら二人に椅子を勧め、気管支鏡検査の手順を説明した。

　検査の目的は何なのか、痛みは伴うのか、どのくらいの時間がかかり、どういう副作用があるか。少なくとも検査に要する時間と同じくらい、説明に手間暇をかけ、最後に「何か訊きたいことはありませんか」と尋ねるのが私のいつものやり方だ。いわゆるインフォームド・コンセントであり、私にとっては慣れ切った段取りではあった。とはいえ、しゃべっている途中、いつにない胸の高鳴りがおさまらなかった。

「いえ、質問はありません。よろしくお願いします」

　患者はやや鼻にかかったおだやかな声で答え、会釈《えしゃく》をした。ワンピースの花柄と同じくらい若々しい声だった。

通常なら患者だけを検査台に横たわらせ、家族には診察室から出てもらう。しかしこのときは夫も同席のほうがいいと判断した。

横になっても、彼女はまだサングラスとマスクをつけている。気管支鏡をまさかそのまま口から突っ込むわけにはいかない。私は冷静さを装《よそお》いながら、二つとも取るように言った。

彼女は一瞬、身を硬くした。しかし付き添っていた夫が手を伸ばしたので、自分からサングラスをはずし、マスクにも手をかけた。

私は気管支鏡を手にして立ったまま、何か患者の最も大切な秘密の場所を蹂躙《じゅうりん》している思いにかられた。

そして実際にそのとおりの光景が、彼女の顔のまん中に現出していた。

炎症性の病変はまず鼻腔《びくう》から始まり、その周辺の組織を次々と壊死《えし》させていったのだろう。耳鼻咽喉科、そして眼科でも、その病変の進行を止められず、組織の腐った部分を後手後手にデブリードマン(切除)していくしかなかったのだ。その過程で鼻が失われ、ついで両眼球までが剔出《てきしゅつ》されたのに違いない。

サングラスを掛ける耳、物を咀嚼《そしゃく》する口、そして額だけは残されているものの、顔の中央が根こそぎえぐりとられていた。

ぽっかりあいた穴を見つめながら、解剖学的にどういう状況かを頭のなかで冷静に考え、また一方で、ここまで顔がなくなっても命には別条ないのだと妙な感慨にとらわれた。

「今からスプレーで麻酔薬をかけます」

私は自分が我を忘れ、身動きしないでいるのに気がつき、取りつくろうように言った。

丸見えになっている咽頭や喉頭にリドカインを噴霧するのは雑作なかった。本来なら、患者に大きく口を開けさせなければいけない手間が、そっくり省けた。

続いて行った気管支鏡の気管への挿入も、あっけなく終った。蛍光ランプのガイドに沿ってファイバーを進め、レントゲン写真にあった銭形陰影の箇所に先端を到達させる。見たところ悪性腫瘍ではなく、膿瘍《のうよう》のように思われた。病理検査にまわすために周辺組織の一部を採取し、付近を洗滌《せんじょう》してファイバーをゆっくり抜き取った。一連の手技を終えるのに十分もかからなかった。

患者の後処置と気管支鏡の消毒を看護師にゆだねて、私は夫のほうを別室に招き入れた。患者はどこか観念したように天井を向いたままだ。夫にはどうしても訊いておきたいことがあり、それはとうてい患者本人の前では口にしにくかった。

「鼻腔内部のつけ換えに、毎日通院されているのですか」私は夫に椅子を勧めて、尋ねた。

あれほどの傷なのに悪臭もないのは、日々の管理がゆきとどいているからだ。

「いえ、私がします。初めのうちは近くの外科のクリニックに毎日通っていましたが、自分でもやれると分かってからは、ピンセットやガーゼを買ってきて、家でつけ換えをします。家内もそうするほうを好んでいるようです」

夫は表情を変えずに淡々と答えた。

「毎日となると大変でしょう」私は心から同情した。

患部からは滲出液《しんしゅつえき》も出るし、それを柔らかいガーゼで拭《ふ》きとり、壊死して黒ずんだ痂皮《かひ》を慎重にはがすのも、大仕事に違いない。

いやそれ以上に辛《つら》いのは、がらんどうになった妻の顔を覗《のぞ》き込むことではないのか。そうした入院患者がいたとして、医師の私でさえ、毎日平常心でやれるかと問われれば、自信がない。繰り返しの単純な処置だと言い訳して、早々に若い医師に仕事を回してしまいかねない。いやきっとそうするはずだ。

「処置には毎朝三十分かかります」

溜息《ためいき》をつくようにして夫は言い、静かにつけ加えた。「それから朝食の仕度をして家内に食べさせます。そのあと外に出て近くの公園を散歩し、気を鎮《しず》めて家に戻り、遅めの出勤をします」

私は圧倒される思いで頷《うなず》いた。確かに、あの空洞を眺めたあとでは、身も心も平静ではいられまい。朝の空気を吸い、若葉の緑を目に入れ、小鳥のさえずりでも聞かなければ、妻の許《もと》には戻って来られないはずだ。それに加え、朝食の仕度まで彼自身がこなすとは——。

私は、彼が仮面をつけた妻とテーブルをはさんで食事をする光景を思い浮かべた。

「日中はヘルパーが来てくれ、夕食の準備もしてくれます」

夫は問わず語りに言い、私はそこでも頷くばかりだった。

「でも家内は、自分の顔が見えなくて、幸運といえば幸運でした」夫は小声で付言した。

反射的に私は思った。眼球を失った妻は、涙さえも流せないのではないか。

鏡の前に立っても、自分の顔を見ることができない。たとえ、それを眺めたとしても、泣くことができない。

涙を失ったのも、あるいは幸運だったといえるのだろうかと、私は立ち上がった夫の背中に無言で問いかけていた。

ドアの向こうには、来たときと同じようにマスクをつけ、サングラスをかけた患者が、どこか心細そうな姿勢で立っていた。夫は肩を抱くようにしてこちらに一礼させた。

二人を見送って診察室に戻ると私は椅子に坐り込んだ。空腹さえもどこかに吹き飛んでいた。既に病棟診療の時間になっており、食事をとるのは諦《あきら》め、電話で耳鼻咽喉科の主治医を呼び出した。

「さっき診させてもらったけど、癌《がん》性のものじゃなか。ともかく試料は病理部に回しといた」

私は何の感情も交えずに告げた。

「で、どげんて、どげんやった」部長が問い返した。

「どげんて、何が」私は空とぼける。こちらとしても妙な意地があった。

「びっくりしたろう」

相手はしかし私の強がりを見抜いて、鎌《かま》をかける言い方になっていた。

「ああ、あの亭主には恐れ入った。並の人間には、あそこまで介護はできん」

私は故意に患者本人への言及を避けたが、夫への感嘆は本心から出たものだった。

それは同僚にもすんなりと伝わった。

「俺も感心する」と真面目《まじめ》な声が返ってきた。「ケア・テイカーの見本じゃろな」

「子供はおるとね」

「おらん」

それから彼は、夫について縷々《るる》私に話し始めた。

佐渡島氏は元大手商社マンであり、彼女を航空会社の客室乗務員をしていたときに見初めて、結婚したのだという。その後、二十代から三十代にかけては外国生活が長く、四十代になって東京本社の部長を務め、五十歳過ぎで大阪支社の支社長になったが、夫人の病気のために要職を退いていた。

「四、五年前に子会社の監査役になったのも、奥さんの介護に専念するためらしか。あんたが言うように、実際頭が下がる」

「あの患者、スチュワーデスだったのか。なるほどね」私は夫人の可憐《かれん》な姿を想像した。

「亭主から手術前の写真を見せてもらったことがある。そりゃ美人だった」

「手術はうちでしたとではなかね」

「いや、東京。うちではあげな大手術はでけん」主治医はそう答えて有名大学病院の名を挙げた。

電話を切り、私はカルテを前にして患者の夫の心情を思った。つけ換えと朝食のあと、息抜きに公園を散歩せざるをえないと告白してくれたが、そのとき彼は何を考えているのだろうか。

マスクをはずし、がらんどうになった顔の中から、ピンセットで壊死組織をつまみ出す。その前後、妻は何と言い、夫はどんな言葉を返すのか。夫は美しかった妻の顔を想像のなかで重ね合わせることができるのだろうか。

献身的な介護は、子供に恵まれなかった夫婦の間に生じた義務的な責任感に基づくものなのだろうか。それとも、何か信仰上の信念に支えられているのか。あるいは、夫として妻に何らかの負い目があり、贖罪《しょくざい》の意味が込められているのだろうか。たとえ信仰があったとしても、こんな理不尽な仕打ちに、神や仏を怨《うら》みたくならないものだろうか。

いずれも下司《げす》の勘ぐりのような気がして、私は自分の浅薄さを恥じた。あの献身ぶりは、本当の夫婦愛からしか生まれ出ないものだと、結論せざるをえなかった。

病理に出した試料の結果は、予測していたとおり癌性のものではなく、炎症性の所見だった。大きさからして、手術よりも抗菌剤で叩《たた》きながら経過をみるのが適当と判断された。

カルテに英語で書かれた〈致死性正中肉芽腫《リーサル・ミッドライン・グラニューローマ》〉という診断名は私には初めてだったが、成書を開くまでもなく、予後が良くないことは病名そのものが示していた。

佐渡島夫妻と偶然再会したのは、ひと月ばかりあと、病院の駐車場でだった。私は最寄りの地下鉄から病院まで歩いて通勤する。花の季節には、少しばかり迂回《うかい》して駐車場の脇《わき》を通るようにしていた。芍薬《しゃくやく》や牡丹《ぼたん》の他に薔薇園《ばらえん》があり、花壇の縁取りには金盞花《きんせんか》や鶏頭《けいとう》、日々草《にちにちそう》などが植えられていた。

佐渡島氏は車から降りて、夫人の手を取り、通路に向かうところだった。夫妻の車は想像に反して外国車ではなく、国産の小ぶりなハイブリッド車で、私はやはりそのほうが彼らしいと思い直した。

私は後方から声をかけた。顔は覚えられていた。

「連休には、ちょっと足を延ばして熊本まで行って来ました」

並んで歩きながら佐渡島氏は、アーチ状の有名な石橋の名を口にした。

「家内が是非一度、行ってみたいと言うもので、連れて行ったのです。つつじが花盛りで、それはきれいでした。家内には花も橋も見えませんが、ちょうど放水中で、豪壮な水音だけはじっくり聞けたようです」

「ぼくの田舎もあの近くで、小学校や中学校の遠足でよく行きました。四季折々に、見所があります」

石橋は、農業用水路として江戸末期に建造されていた。たまったゴミを洗い流すため、高さ二十メートルの橋の中央から放出される水の勢いと形、轟音《ごうおん》は、下から見上げる者をおし黙らせる迫力があった。

「家内も、高校一年から三年の始めまで、近くの高校に在籍していたものですから、思い出深いのでしょう」

「そうでしたか」

私は頷き、夫人にその高校名を訊《き》こうとして、思わず絶句してしまった。

あの近くの高校といえば、ひとつしかなかった。

私はその場にへたり込んでしまいたいほどの衝撃を覚えた。

佐渡島夫人の名は京子だ。高校時代、三クラス百五十人ほどの同級生に、藤田京子という女子生徒がいた事実に思い至ったからだ。

それから先、佐渡島氏とどういうやりとりをして病院玄関まで行き着き、待合いホールで別れたかは覚えていない。私は頭のなかで記憶を辿《たど》り、時々夫人のほうに目をやるのに精一杯だった。それでも、豊かな胸、まだ若さを保っている腰のくびれ、ワンピースから出ている形のよい脚などを見届け、頭から血の気がひくのを感じた。幸い、目の見えない夫人には、私の狼狽《ろうばい》ぶりをさとられる心配はなかった。

医局で着替え、外来におりて診察を始める前、看護師に命じて佐渡島夫人のカルテを診療情報室から取り寄せることはできた。

しかしいまさらどう考えたところで、同級生だった藤田京子が佐渡島夫人であるのは、もう火を見るよりも明らかだった。

藤田京子が私の母校に転入して来たのは、入学してすぐの頃だ。林野庁勤めの父親の転勤に伴うもので、言葉づかいも物腰も、地の者たちとは違って垢《あか》ぬけていた。しかもすらりと背が高く、女優になれそうなほどの容貌《ようぼう》だったので、またたく間に学校中の評判になった。同学年の男子生徒はもとより、上級生たちの注目も集め、休み時間など、わざわざ階下まで降りて覗きに来る手合いもいた。

私が驚いたのは彼女の成績で、それは学年毎《ごと》に張り出される定期テストや実力テストの結果で知ることができた。数学や理科はまあまあだったものの、国語と英語、とくに後者が抜群にいいために、総合順位では常に十番以内を確保していた。

彼女にはもうひとつの特技があった。二年生の夏に、平泳ぎで県大会に出場した。

母校の水泳部としては初の快挙だった。というのも、校内のプール自体が競泳用とはいえない代物《しろもの》であり、本格的な練習や指導など望むべくもなかったからだ。

夏になると、校舎のすぐ脇を流れる川を堰《せき》とめ、岩とセメントで造ったプールに水を流し込む仕掛けになっていた。流水プールだから、雨が降れば水が濁り、上りと下りでは当然泳ぐ速さも違った。

そんなプールも、私たち地の者には貴重だった。もともと小学生の低学年で泳ぎを覚えるのは近くの川でであり、クロールも平泳ぎも背泳ぎも正式に習う機会もなく中学を卒業していたからだ。

彼女は学校かスイミングクラブで正式に指導を受けていたに違いなく、水泳部の顧問教師も思わぬ逸材の出現に狂喜していた。

二年生の夏休み、補習授業をやっている二階の教室から、私は幾度も水泳部の練習を見おろした。流水プールは校庭の横を下った川べりにあった。窓からは全体が丸見えだった。県大会に備えての練習らしく、他の部員はプールサイドに上がり、彼女だけがスタート台脇に立っている。

不思議なことに、部員でない男子生徒たちも十数人、プールを囲む金網の外に押しかけ、練習を見守っている。炎天下をものともせず、彼女目当てにわざわざ集まって来ている連中だった。

彼女は臆《おく》するでもなく、顧問教師の合図でスタート台に上がり、上体をかがめた。そして飛び込む。

黒い水着から伸びた長い手足が、水面下でゆっくりと伸縮する。リズミカルに頭が水面から出る。顔はこの距離からは判別できるはずもないのに、私は彼女の美しい顔を見たような気がした。私は夢見心地になっていた。そしてなぜか、自分はこんな田舎で一生を終えてはいけない。何が何でも医学部にはいるのだと胸の内で反芻《はんすう》した。

そんな私に気がついた数学の教師も教壇から降り、窓の下に目をやった。他のクラスメートは配られた問題用紙にかかりっきりで、それどころの話ではなかったのだ。

「早く問題が解けた者の特権だな。楠本《くすもと》、そうだろう」

教師からそう言われ、私は頭をかいた。

彼女とは結局同じクラスにはなれなかった。三年になるときには大まかに就職組、文科系進学組、理科系進学組に分けられるので、またしても別のクラスになった。彼女はもちろん文系だった。しかしそれも束《つか》の間《ま》で、四月のうちに岐阜県の方に転校して行った。学校中の男子生徒が、火の消えたような寂しさを味わったのはいうまでもない。

その後の消息は、大学を卒業して何年か経《た》った頃にあった初めての同窓会で知った。転校したあとも、彼女と年賀状のやりとりを交わしていた女子生徒がいたのだ。東京の女子大を出て、花のスチュワーデスになっていると聞き、なるほどなと思った。彼女なら天職に等しかろう。以来、学会出張や旅行でその航空会社の飛行機に乗るたび、もしやと期待しながら乗務員の顔に眼をやったものだ。

その後、同窓会はなかなか開かれず、毎年開催される卒業生全員の大同窓会にも参加しなかったので、彼女のことは記憶の底に沈んだままになっていた。

あの藤田京子が佐渡島夫人だとは──。私はそれまで介護者である夫の苦悩ばかりに同情してきた自分を責めた。

夫以上に苦しんでいるのは、病いに襲われた本人に決まっている。

顔がないせいで、私はその事実に気づかずにいたのだ。それはどうやら主治医である耳鼻咽喉科の部長も同じことのような気がする。顔をなくした人間はいくら口がきけても、意思も感情もないものとみなされる。

仲睦《なかむつ》まじく順風満帆の夫婦生活を送っていたとき、突然病いを得た。それが楽観できない病気だと知らされ、やがて顔の中心が溶けていくという恐ろしい事態に見舞われる。幼い頃から美人と言われ続けてきた顔に穴があき、ついには両眼の剔出《てきしゅつ》までも宣告される。神仏さえも呪《のろ》いたくなる自問自答と、同じくらいの量の涙が流されたのは間違いない。

胸の内で何度も反芻した。彼女を最初に診察したときの衝撃と、三十数年前のプールでの光景との落差があまりに大きかったからだ。医師としていかに詰めようとしても、その差はいっこうに縮まらない。人智《じんち》を超えた運命の手が関与しているとしか考えようがなかった。

耳鼻咽喉科の部長から二度目の依頼があったのは、その四、五ヵ月あとだ。彼女は既に入院していた。胸部レントゲンの縦隔《じゅうかく》寄りに新たな陰影が見つかり、診断がつけにくいとのことだった。

個室の扉を開けたとたん、薔薇の甘い香りが鼻腔《びくう》にはいった。

夫人はベッドに横たわっていた。サングラスはかけておらず、マスクだけが顔の中央部を覆《おお》っていた。昼間は勤務なのか、夫の付添いはなかった。床頭台の上に大型の花瓶が置かれ、真紅の薔薇が二十本ほど生けられている。

私は前に診察したことのある呼吸器内科の医師だと告げ、わざわざフルネームの楠本英夫を口にした。ひょっとしたら彼女に反応があるのではないかと期待した。しかしマスク越しでは、反応の有無さえも分からなかった。

彼女がマスクを取る間、前回より職業的な口調で話しかけた。とはいえ、顔の中央にぽっかりとあいた空洞には、やはり胸を衝《つ》かれた。しかも前より大きくなっている。わずかに残っていた硬口蓋《こうこうがい》の中央がなくなり、舌が丸見えになっている。これでは食事の摂取もままならず、流動食を流し込むくらいが関の山に違いない。

麻酔をし、ファイバーを挿入する処置は前回よりは早く、五分もかからなかった。陰影の原因は膿瘍《のうよう》で、気管支壁との間に瘻孔《ろうこう》をつくりかけていた。

試料を容器に入れ、器具をたたみながら、夫人が看護師の手助けでマスクを装着し終るのを待った。顔ががらんどうのときは、まだ話しかけてはいけない気がした。しかし、マスクをつけた夫人を前にしても、口をついて出てきたのは、ありきたりの診療言葉でしかなかった。

「お大事に」

私は夫人の肩に手を置いて言い、部屋を出た。

詰所で主治医と会い、所見を報告する際も、自分が夫人と同級だったことはとうとう言い出せなかった。

翌年の夏の終わり、職員食堂で顔を合わせた主治医から夫人の死を知らされた。

「あのあと一度退院したが、再入院せざるを得なかった。最期《さいご》は敗血症と髄膜炎だった。それでも、よくもったほうだよ。全経過六年だからな。あの亭主も、やっと介護から解放されて、ほっとしとるはずだ」

私は頷《うなず》きながらも、主治医までが患者本人の苦痛より、夫の献身ぶりに気をとられているのを再確認した。私がかつてそうであったように、顔がない人間は、もう生身の人間とは感じられない。その意味では、病いそのものの苦しみと周囲の誤解という二重苦を、患者は背負わされて死地に赴かなければならない。

九月にはいってすぐ、私は短い休暇をとって家族四人でベトナム旅行をした。就職している娘も、大学生の息子も東京から参加してくれたので、賑《にぎ》やかな三泊四日の旅になった。高校時代、耳にタコができるくらい聞かされたベトナム戦争だが、この国の文化と歴史について、自分がいかに無知であったかを思い知らされる旅だった。

戦争記念館や解放戦線の地下トンネルを見学したあと、ホテルの屋上にあるプールでひとり泳いだ。ゆっくりと平泳ぎしているとき、突然死んだ佐渡島夫人のことが思い浮かんだ。

二度目の診察のとき、同級生だったと伝えるべきだったのではないか、そうすれば、いろいろ思い出話ができたのではないかと、後悔の念が頭をもたげた。それをしなかったのは、こちらの度量が小さかったせいだ。早く言えば、逃げたせいだと、プールサイドで息を整えながらまた自分を責めた。

十月、例によって遅い昼食をとったあと、病院の庭を眺めてみる気になり、駐車場の方に足を向けた。来がけに、日頃から目にかけている薔薇《ばら》が咲いているのを目にしていた。春と秋にしか花をつけない薔薇だが、黄金色《こがねいろ》をした花びらに深紅の縁どりがあった。名札などないので、どんな種類かは知らない。

空にはすじ雲が刷毛《はけ》ではいたように広がり、暑くも寒くもない昼下がりだった。私は目当ての薔薇の近くに置かれたベンチに、佐渡島氏が腰かけているのを発見した。

挨拶《あいさつ》をし、悔やみを言いながら並んで坐《すわ》った。

「主治医に書いてもらう書類があったものですから、お礼かたがた来てみました」そう言う佐渡島氏は、心なしか痩《や》せ、肌にも艶《つや》がなかった。

話題は自然に目の前の薔薇に及んだ。

「家内も薔薇が好きでした。もちろん交際期間中も、私は薔薇攻勢に出ました。薔薇で釣ったようなものです」

照れも、けれん味もない口調に、私は素直に頷いた。

「手術であんな風になってからも、薔薇を買っては、花瓶に生けていました。見えもせず、匂《にお》いもかげないくせに、家内は花びらと葉っぱ、棘《とげ》に手をやっては、喜んでくれました」

そこで氏は湿っぽい声になり、言い澱《よど》んだ。ハンカチをとり出して鼻に当てた。

「家内は気丈でした。病気を宣告されても冷静だったし、あんな顔になっても泣き言ひとつ言いませんでした。私だったら正気を失っていたかもしれません」

「確かに」私はまた深く頷いた。

「思えば、あれが最後の遠出になってしまいました。ほら、先生の故郷の近くにあるアーチ橋」

佐渡島氏はそこで私に顔を向けた。「マスクをしなければならないようになって、家内は外出を嫌がりました。それはそうでしょう。あんな見かけのうえに、目も見えないのですから。それでも私には、外出すると手取り足取りになって迷惑かけるからと、屁理屈《へりくつ》をつけていました。しかし、あのドライブは良かった。私には初めての場所でしたが、家内が懐《なつか》しがっていたのもよく分かります」

今こそ、自分がクラスメートだった事実を告白すべきだと直感した。にもかかわらず言葉はここでも口をついて出なかった。今更白状しても、却《かえ》ってこれまで隠していた卑怯《ひきよう》さが明るみに出るだけのような気がしたからだ。

私は再度悔やみを述べ、佐渡島氏と別れた。

あれからちょうど一年たち、病院の庭には同じ薔薇が咲き誇っている。

佐渡島夫人のことは、いまだに誰にも口外していない。

これから先、母校の大同窓会に出席することがあっても、彼女のことは一切話さないつもりだ。その代わり、最期まで泰然としていた彼女の闘病生活と、その夫の献身的な介護は、流水プールで泳ぐ彼女の十代の姿とともに、これから先、私の人生の指針になるような気がする。

かがやく

「先生が宮田さんと植えたチューリップ、咲きましたね」

アルコール病棟の前を歩いているとき、見覚えのある患者から話しかけられた。

コンクリート壁の向こう側は認知症病棟になっていて、金網のフェンスをとおして赤紫のチューリップが二輪ほど見えた。他にも五、六株が蕾《つぼみ》をつけている。

「今日は外来日ですか」

「いや、おととい入院したとです。また飲んでしもうて。三ヵ月と、もたんじゃったですが、おかげでチューリップが見られます」

患者は頭をかきつつ会釈《えしやく》した。

フェンス沿いに、幅一メートル、長さ十数メートルの花壇がある。三年前に病院に赴任した当初、デイケアの患者数人と草取りをし、土を耕して作ったものだ。一年目は金盞花《きんせんか》を植えた。患者と近くの園芸店まで行き、偶然目にはいった苗を選んだに過ぎなかったが、濃い黄色の花がやがて咲き揃《そろ》うと、認知症病棟の高齢患者も喜んでくれた。ことに毎朝七時にラジオ体操をするアルコール病棟の患者たちの間では、その美しさが評判になった。

宮田さんはそのアルコール病棟で一番の長期入院患者だった。着任して早速主治医を引き継いだとき、すでに二十二年が経《た》っていた。長期入院しているからといって、何も病院内で飲酒して退院が長びいているわけではない。現にこの病院のアルコール病棟は全くの開放処遇であり、院外には自由に出て行けた。そしてもちろん、酒を持ち込んで病棟内で飲んだり、外で飲んだりすれば、問答無用で強制退院になった。

こうした患者に自己責任を問う治療方針は、一年目の大学病院や二年目の医療センターでの研修とは異なっており、ぼくの目には新鮮に映った。

精神科医の道を踏み出したときから、アルコール依存症が気になっていた。というのも父方の伯父に大酒豪がいて、離婚や失職を重ね、父親がそのたびに苦労させられたのを見てきたからだ。精神科的治療を拒否した伯父は五十代半ばで、胃癌《いがん》で死んだ。未治療のアルコール依存症患者の平均寿命が五十二歳だと、研修一年目で知り、なるほどと思った。

だから、この病院に来て、宮田さんの主治医になったとき、普通の性懲《しょうこ》りもない酒飲みとは少し様相が違うので面くらった。宮田さんは本来ならとっくの昔に退院させて、通院治療に切り替えておくべき患者だった。

ただ、若い頃の大酒と無頼の生活がたたり、C型肝炎と肝硬変を患《わずら》っているのが懸念材料ではある。とはいえ、外来通院のアルコール依存症の患者にも、そうした合併症をもつ者は少なくない。宮田さんが二十年以上入院する根拠などないに等しかった。

主治医になって四ヵ月ほどした頃、ぼくは思い切って退院を切り出してみた。

「宮田さん。もう長いこと断酒をしておられるし、社会に出てみたらどうですか。年金で不足する生活費は福祉が面倒をみてくれます。アパート探しは、病院のソーシャルワーカーが手伝います。精神科病院というのは、一時的にいるべき所で、終《つい》の棲《す》み家《か》ではないですよ。あとは通院と自助グループへの参加で、断酒生活を続けましょう」

なるべく丁重な言い方をしたが、肩に力がはいり声がふるえた。誰が何と言おうと、入退院の決定権は主治医がもつ。精神科ではその傾向が特に強く、いわば主治医の権威の見せどころでもあり、長期入院の患者を退院させるのは主治医の言わば功績ともなる。そのりきみが裏目に出たのだ。

宮田さんは困った顔をした。あえぐような表情をしたあと、うつむいた。

「退院せえというのは、わしに死ねということですね」

言ったあと、新鮮な空気を吸おうとでもするように顔をあげ、ぼくを睨《にら》みつけた。

ぼくはうろたえ、返事に詰まった。主治医に対する脅しでも怒りでもなく、宮田さんはただ事実を述べているのだと直感した。ひとり住まいのアパートで、酔いつぶれたままこと切れている姿までが思い浮かんだ。

「いえ、絶対にという訳ではないのです。宮田さんの療養態度は申し分ないので、もっと別の生き方もあるのではないかと思うのです。いちおう考えておいて下さい」

やっとの思いで答えたが、詰所の中にいた看護師たちが、緊張から解き放たれたように動き出すのを感じた。ぼくが退院を口にした瞬間、彼女たちも聞き耳をたて、事の成り行きを見守り始めていたのだ。

夕方、宮田さんのカルテを地下の保存庫に取りに行き、生育歴と病歴を読み直した。一年毎《ごと》に綴《と》じられたカルテは、積み上げると一メートル近くになった。

出生地は、病院からさして遠くなく、かつて炭坑銀座と言われた地区だった。父親は炭坑の労働者、同胞は四人で、姉がひとり、弟が二人いた。地元の中学を卒業して炭坑に働きに出たものの、すぐに過度の飲酒が始まり、二十歳までに何度も警察に保護された。最初の入院は二十三歳時で、酒を飲んで店の扉を壊し、駐車中の車の窓を叩《たた》き割って道路上に大の字になっていたところを警察に保護され、精神鑑定の結果、措置入院になっていた。その後も飲酒はやまず、借金してまで酒を求め、連続飲酒に至ると親方が病院に連れて来て入院させる。飲まないのは入院しているときだけで、退院後は通院もせず、二、三年後にはまた入院する。

精神科入院の間に、ヤクザと喧嘩《けんか》して背中を切られて外科に入院したり、肝臓を悪くして内科の入院患者になったりもした。それでも炭坑をクビにならなかったのは、坑内作業の腕が抜群によかったかららしい。

しかしその炭坑も、昭和三十年代の終わりには次々と閉山してゆき、宮田さんは建設会社の土木作業員になった。多量の飲酒が収まることはなく、四十歳までの精神科入院は十三回に及んだ。その間にC型肝炎と肝硬変を併発した。

十四回目となった今の入院は四十三歳のときだ。焼酎《しょうちゅう》五合を飲んだ後、道路脇《わき》に停めていた車のボンネットを丸太で叩き、駆けつけた警官とも大乱闘を演じた。二日間留置場に入れられ、離脱せん妄の症状を呈し始めたので、病院に移送されてきたのだ。半年ばかり閉鎖病棟で過ごし、そのあとアルコール病棟に移り、二十二年の歳月が流れた。

肝硬変に続発した食道静脈瘤《じょうみゃくりゅう》については、五十五歳時に硬化療法を受けていた。

同じ頃、気管支喘息《ぜんそく》も発症して薬物療法が始められている。

これだけの病歴をもっていれば、再び自由の身になることに不安を感じるのは当然かもしれなかった。

翌週の診察から、退院の話題を避け、もっぱら昔話と日常生活だけを聞くようにした。港町育ちのぼくには、宮田さんが喜々として話す炭坑の様子は耳新しかった。

「こう見えてもわしは掘進《くっしん》じゃ腕が良かったとです」宮田さんは目を輝かせた。掘進というのは込み入った炭層を見分けて掘り進む役割で、相当な目利《めき》きでないとなれないらしかった。

歴代の主治医が宮田さんに退院話をもちかけず、看護師やソーシャルワーカーもその方向で動かなかった理由は、その後少しずつ分かりかけてきた。

大学から派遣される医師が当直にはいった翌朝は、引き継ぎのために常勤医が早朝出勤しなければならない。新入りのぼくがその役目を受け持たされた。

七時少し前に病院に着くと、宮田さんはもう働いていた。

病棟と病棟をつなぐ渡り土間の長さは、二十メートルくらいある。中庭側には壁がなく、反対側も隔壁は半分くらいしか作られていない。いきおい中庭にある大楠《おおくすのき》と梅、外側にある桜の落葉が土間にはいり込む。

宮田さんはまず土間を掃いたあと、リノリウム張りの通路をモップで拭《ふ》き上げる。濡《ぬ》らしたモップの柄を持って土間を何度も往復する宮田さんと、ぼくはちょくちょく行き合わせた。

お早《は》ようの挨拶《あいさつ》を交わすだけだが、喘息もちの宮田さんの息が荒い朝もあった。

宮田さんの日課はそれでは終わらない。八時になると朝食の配膳車《はいぜんしゃ》が地下の調理室から上がってくるので、厨房《ちゅうぼう》職員と二人で病棟に運び込む。

午前中は、中庭の落葉かきをし、一輪車で病院の裏山まで運ぶと、谷の方に落とす。昼食の配膳手伝いのあと、今度は空き缶を集めてまわる。渡り土間にある四台の自動販売機は、入院患者や外来患者、デイケアに通う患者によって利用されている。一日の売り上げは駅構内の販売機をしのぐほどだと、庶務課長から聞いたことがある。専用のくずかごは販売機の横に三つ四つ置かれていたが、中庭のベンチや木陰でジュースを飲み、そのまま放置する患者があとをたたなかった。

「精神の患者は、ほんにだらしなか」

ビニール袋と炭バサミを手にした宮田さんは、ぼくにそんなグチをこぼした。

「夏は、一日二回まわらんとおいつかんです」

病院のスタッフにとって、宮田さんは準職員みたいな存在だったのだ。退院の話が職員から出ないのは自然の成り行きだ。

入院が長くなると、病棟の主と化して、威張りちらす患者も珍しくない。しかし宮田さんは、そんな素振りはみじんもない。

患者同士でもつミーティングでも、宮田さんの発言はいつも短く、控え目だと担当看護師が教えてくれた。十五歳から飲み始め、稼いだ金を全部酒に使い、親兄弟からも見放され、病気も三つかかえ込んでしまったのが自分だ。みんなは、こうならないうちに酒をやめんといかん――。ボソッと言うと、若い患者も真剣な表情になるらしかった。

そんな宮田さんに肝臓癌が見つかったのは、主治医になった年の秋だった。半年に一度測っていた腫瘍《しゅよう》マーカーの値が急上昇したので、市立病院の消化器外科を受診させた。超音波検査で小さな癌巣《がんそう》が判明し、直ちに入院を勧められた。

外科医の添書には、〈肝臓に腫瘍があるので、それを縮小させるための手術だと話しています〉と書いてあった。

〈腫瘍〉と〈癌〉の語感の違いは大きく、ぼくも腫瘍のほうを選ぶことにした。

「腫瘍につながっている動脈を油脂のようなもので塞《ふさ》ぐと、栄養が届かなくなり、腫瘍は消えてしまいます。手術は開腹でなく、足のつけ根からワイヤーを血管の中に入れて肝臓まで届かせ、先端から油を放出して終わりです」

宮田さんは顔色ひとつ変えなかったが、最後に言いにくそうに「むこうの入院費や手術費はどうなりますか」と訊《き》いた。

医療費については、これまでどおりすべて福祉が援助するので心配ないと答えると、ほっとした表情になった。

外科の入院は一週間だった。宮田さんは少し痩《や》せて病棟に戻って来た。添書には、今後、三ヵ月毎に外来受診させて欲しいと記されていた。

ぼくが金盞花のあとに、チューリップの球根を植えるのを思いたったのは、その頃だ。午後、診察時間の合い間をみて、枯れかけた金盞花と雑草を抜いた。

そこに姿を見せたのが宮田さんで、一輪車を押していた。

「わしが捨てときましょう」宮田さんは抜いた草花を一輪車に積み、裏山の谷まで二往復してくれた。

「先生、あそこはまた何か植えるとですか」

翌日の診察のとき、宮田さんが訊いた。

「手前にビオラ、奥にチューリップ」

「チューリップは今頃植えるとですか。咲くのは春でしょう」宮田さんの声には初めて知ったような響きがあった。

「今球根を植えておけば、あとは時々水をやるだけです」ぼくが答えると、宮田さんは妙に納得した顔つきになった。

翌週水曜日の昼休みに、チューリップの球根百五十球とビオラの苗、肥料を園芸店に買いに行き、フェンス脇の花壇で作業を始めた。下のアルコール病棟からそれを見ていたのだろう、呼びもしないのに宮田さんがやって来た。

「これが球根ですか。どうやって植えればよかとですか」

袋にはいった球根をしげしげと眺めた。

「巻きつけてあるテープをはがして、この溝に置いていくだけです」

ぼくが穴掘り役にまわり、植えつけを任せることにした。

「間隔はどのくらいですかね」

「十センチか十五センチもあればいいです」

宮田さんは律義《りちぎ》にテープをはぎ、球根を溝の中に並べる。色合いを全く考慮しない植え方だったが、ぼくは黙っていた。

宮田さんが植えたはしから、ぼくが土をかぶせていく。ついでにビオラ用の穴も手前に掘った。

「これがビオラちいうもんですか。スミレに似とりますね」

ビオラを植える要領も教えた。黒いビニールポットから出して、下三分の一の土を払い落として、穴に植え込むだけだが、半分くらい植え終わった頃、宮田さんの息遣いが荒くなった。

「もう休んでもいいですよ。あとはぼくがしておきます」

「このくらい、しょっちゅうです」

宮田さんはぜいぜい言いながら、最後まで腰を上げなかった。

その後、宮田さんがバケツで水を運び上げて水やりをする姿を時々見かけた。

「ビオラちいうのは強《つよ》かですね。霜がおりても枯れません」

宮田さんが感心した。霜どころか、雪の下に埋もれても、ビオラはびくともしない。

「しかしチューリップは芽が出ませんね。わしの植え方が悪かったとすれば、申し訳なかです」

「まだ出ませんよ。もう少し待って下さい」

診察中にそんなやりとりがあったのは正月過ぎてからだ。

「出ました。出ました」

二月の中頃、ぼくの出勤を待ち構えたようにして宮田さんが報告した。

「ずらっと芽が出とります。偉いもんです」

「偉いのは宮田さんですよ。冬の間ずっと水やりをしていたでしょうが」

三月になると確かにチューリップの茎がだいぶ長くなり、横に植えたビオラの株も大きくなって花の数が増えた。宮田さんは暇をみては、雑草抜きもしてくれているようだった。

「紫の蕾《つぼみ》が二つありました」

大発見でもしたような報告を受けたのは四月の初めだ。宮田さんは大忙しとなった。通路の清掃をし、中庭の落葉をかき集め、缶拾いもすませたあと、石段を上がってチューリップを見に行くのだ。

いよいよ花が咲き始めると、アルコール病棟の他の患者からも声をかけられた。外に出てラジオ体操をする際、フェンス越しにチューリップがよく見えるらしい。

「赤白黄のチューリップがあるのとないのとでは、えらい違いですよ。今までは殺風景な所でしたからね」

何回入院したか知らないが、そんな具合に誉《ほ》める患者もいた。

しかし当の宮田さんは、いささか不満気だった。

「先生、色合いば考えて植えんじゃったのは失敗でした。下から見上げるたびに、こりゃ幼稚園の子供が植えたのと、いっちょん変わらんと思います」

下手すると掘り返して並べ替えしかねないくらいの口惜しがりようだった。

チューリップが咲き終わり、茎だけになった株の先は、毎朝ぼくが手折った。葉の栄養をなるべく球根に行かせるためで、中学時代の園芸クラブで習った。その様子を窓から見ていた認知症病棟の患者が、「花をちぎりよる若い者がおる」と看護主任に告げに来たとも聞いた。

「認知症の患者さんも、チューリップのきれいさは分かるとでしょうね。朝から晩まで窓辺に立って見ているお婆《ばあ》ちゃんもいます」その主任はぼくに報告した。

ようやく百五十本全部が咲き終わるのを見届けた五月の連休明け、宮田さんは二回目の検診を受けに市立病院に出かけて行った。検診結果の添書には、新たに三個の癌巣が見つかり、再度の塞栓術《そくせんじゅつ》が必要、と書かれていた。

ベッドに空きができたので、宮田さんは風呂敷《ふろしき》包みに身の回りの品を入れて病院を移った。

市立病院の近くに住むアルコール病棟の看護師が、当直明けに見舞いに行くとことのほか喜んでくれたという。

「他の患者のところには、家族や友達が入れ代わり立ち代わり見舞いに来るでしょうが、宮田さんには誰ひとり見舞いがないからですよ」彼女は言った。

一度目の手術と同じく宮田さんは一週間後に、やつれた顔で戻って来た。しばらく休んだらどうかという病棟スタッフの助言も無駄で、翌朝から宮田さんの日課は再開された。モップを手にして渡り土間を何往復もする宮田さんの足取りは、さすがに大儀そうだった。

「この頃、配膳をして朝食をすましたあと、横になることが多くなりました」

そんな報告も看護師から受けたが、配膳や掃除をやめたらどうかと言う勇気など、ぼくにはなかった。

梅雨に入る前に、ぼくがシャベルを手にしてチューリップの球根を掘り上げていると、宮田さんが目ざとく見つけて上がって来た。

「ほう、球根ができとりますね」

これを年末に植えれば来年も花が咲くと聞いて、宮田さんはまた驚いた。

「いや全部ではなく、ものになるのは大きな球根だけです」

ぼくは選り分けて三十球ばかりを残した。ついでにビオラも二人で掘り起こし、宮田さんが一輪車で谷に捨てに行った。

あと地には、デイケアの患者と一緒に千日草と朝顔の苗を植えた。女性患者も混じって五、六人で大騒ぎしながら植える様子を、宮田さんは下から眺めていたが、加わってはこなかった。どうやら自分の出番はチューリップだと思い定めているようだった。

千日草が小さい毛玉状の花をつけ、フェンスを登った五、六色の朝顔が咲き誇る頃、宮田さんは定期検診から戻って来てぼくに告げた。

「驚きました。今度交代した外科の主治医は、わしが若い頃かかっていた末松内科の坊ちゃんですよ。名前が同じなんで覚えていたんです。わしが隆幸でしょう。坊ちゃんは隆之で、手紙に書いてあるでしょうが」

宮田さんは市立病院から託された返書を手渡した。なるほど、今度の消化器外科の担当医は末松隆之と記されている。しかしそれ以上にぼくの眼をとらえたのは、英語混じりで書かれた肝臓の画像所見だった。

門脈《もんみゃく》右枝《うし》近くにある癌がかなり大きく、予後はそれをどこまで縮小できるかにかかっているという行《くだり》に、不吉なものを感じた。

「その坊ちゃん、病院の玄関前でよく遊んでいました。外来の廊下をおもちゃの救急車に乗って走ってくるので、患者はみな微笑《ほほえ》ましく思っとりました。それがもう立派な先生です。もちろんむこうはわしのことなんか覚えとらんでしょうが」

三ヵ月毎《ごと》に検診に出かけていく宮田さんは、その坊ちゃん先生に会い、病院食堂で山かけそばを食べるのを楽しみにしていた。

夏の空き缶集めや、秋の台風での落葉掃きを、宮田さんは例年と同じようにこなした。看護記録には、そうした作業をしたあとぐったりして、ベッドに横になる時間が長くなったと書かれていた。もう奉仕作業はしなくてもいいよとドクター・ストップをかけるのは主治医の任務だったが、ぼくはその微妙な一歩が踏み出せなかった。

それどころか、十一月にはいると園芸店に出かけ、チューリップの珍種ばかりを百数十球も買い込んだ。ビオラも同様に、紫に白の混じる新種を選んだ。そして宮田さんを自分から誘ったのだ。もちろん宮田さんは二つ返事で応じた。

植えるときの手際《てぎわ》は前の年よりよくなってはいたものの、息切れがひどく、一列植えるのにもかなりの時間を要した。おまけに、前年の様子に懲《こ》りて同種同色のものをひとまとめにし、色合いも考慮している具合いなので、なかなか終わらない。ビオラはとうとうぼくがひとりで植えるはめになった。

ぼくの研修期間は二年で、翌年の四月までの予定だった。教授と医局長に事情を話し、もう一年間の延長を打診した。精神科の指定医資格をとるためには、精神科三年以上を含む全部で五年以上の臨床修練中に、厚労省が指定する重要疾患の症例を実際に経験しなければならない。ぼくの場合、あと二症例不足しており、大学病院に戻ってしまえば、そうした臨床例と出会いにくくなるのは明らかだった。

医局の許可が無事におりて、二年目のチューリップも宮田さんと心おきなく観賞できた。

花が咲き誇っている頃、宮田さんは申し訳ないという顔でぼくに言った。

「今年は去年と違うて、珍らしかチューリップばかりです。みんな初めて見たと言っている品種もあります。ですが、丈の低いチューリップはラジオ体操のとき、下から見えんので損します」

苦情は、認知症病棟からも出た。患者が車椅子《くるまいす》に乗せられてチューリップを見に来ている光景は毎日見られた。

「今年は先生、八重咲きのものや、花びらの縁がギザギザになっているチューリップが多いでしょう。認知症の患者さんは、手を叩きません。チューリップだとは思わんようです」

看護主任はそう言い、昔風の単純なチューリップを暗に推奨した。

値の張った改良品種の中にただひとつ、宮田さんがいたく気に入ったチューリップがあった。

「夫婦《みょうと》チューリップが咲いとるでしょう。あれはすっと背が高くて、なかなか花びらのもちもよかです」

宮田さんは目を細めた。めおとではなく〈みょうと〉と発音したのが、いかにも宮田さんらしかった。

宮田さんが勝手に夫婦チューリップと命名した品種を見るのは、ぼくも初めてだった。葉の間からすっと伸びた茎が、途中から二股《ふたまた》に分かれ、上の方に同じような花を同時につける。花の形は昔どおりの定型で、お年寄りからソッポを向かれる心配もない。今度植えるときには、夫婦チューリップずくめにしようと、ぼくは心決めした。

宮田さんは梅雨の前、チューリップの球根掘りとビオラの始末をぼくと一緒に終え、六月に三度目の入院をした。

一週間後に戻って来た宮田さんは、さすがにやつれた様子になっていた。「手術するたびに身体《からだ》が弱っていくごたる」と首をかしげた。

「術前術後と寝ていることが多いでしょう。その間に筋肉が衰えるのです」とぼくは答えた。

あたりさわりのない答え方しかできない自分が情けなかった。

末松医師の添書には案の定、余命は半年くらい、四回目の手術は無理だろうと書かれていた。門脈に食い込んでいる癌組織はいよいよ大きくなり、塞栓術も切除術も無理な段階にまできていた。

予後について、末松医師が宮田さんにどの程度説明しているのか、ぼくは一切知らなかった。末松医師に電話をするか、宮田さん自身に直接訊《き》けばすむことには違いないが、ぼくは二の足を踏んだ。そもそも発端の癌の告知がうやむやのままなので、ますます核心に近づきにくくなっている。臨床医としての自分の未熟さが苦々しかった。

宮田さんは弱った身体に鞭打《むちう》って、清掃や缶拾い、配膳《はいぜん》を続けた。横になっていればそれだけ体力が落ちる──。そんな主治医の忠告を守っているようで、ぼくはいよいよ自分の覚悟のなさを恥じた。

夏が終わる頃、ソーシャルワーカーに頼んで消息を調べていた彼の弟夫婦に連絡がついた。宇部在住で、宮田さんの病状を聞くと夫婦して来院してくれた。

定年退職して年金暮らしだという弟は、髪が真白だった。宮田さんはゴマ塩頭の短髪なので、どこをとっても似ている印象は受けない。兄とは入院前に会ったきりですと、夫婦が口を揃《そろ》えて言った。余命が年を越すか越せないくらいだというぼくの説明に、二人は老いさらばえてベッドに横たわっている姿を想像したらしい。開放病棟で他の患者と同じようにアルコール教育を受けたり、奉仕作業もしていると聞き、驚きの色を隠さなかった。

「で、私たちが来たのをどう説明したらいいでしょうか。兄は余命について知らないのでしょう」弟が訊いた。

「ご本人にははっきりと伝えていません」ぼくの返事は歯切れが悪かった。

「それじゃ、偶然近くまで来たので、病院に寄ってみたと言いましょう」弟のほうが提案してくれた。

「もしものときは——どうしましょうか」看護主任から必ず確めておいてくれと念をおされていたので、ぼくは尋ねた。

「無縁仏にして下さい」

後ろに控えていた弟嫁が身を乗り出していた。

「無縁仏？」

「そちら様にはお手間をかけますが、仕方ないのです」弟がうなだれる。

「あの人には昔から迷惑のかけられっ放しでした。他の親類もみんな毛嫌いしています」夫の援護射撃でもするように弟嫁は言い募る。

「ここまで生きているのが不思議なくらいです」弟がまた口ごもった。

「分かりました。そのときはいちおう連絡だけはさせていただきます」

面談はそこで終わった。

次の診察のとき、ぼくはさり気なく、弟さん夫婦がお見舞いに来たそうですね、と水を向けた。

「去年、甥《おい》が事故で死んだらしいです。よく可愛《かわい》がっとった甥だから、葬式には呼んでもらいたかったとですが――。八年前に姉が死んだときも、何も言うてこんで、あとで葉書で知らされたとです。わしはもう二十五年酒はやめとるとに、弟たちはまだわしが飲み助だと思うとります」

宮田さんは悄然《しょうぜん》とした口調で言った。

その後は黄疸《おうだん》が出、食も細くなっていった。秋が近づくにつれて落葉が多くなり、清掃は一日三回に増える。ときにはその合い間に鳩《はと》の糞《ふん》の始末もはいる。弱った身体で宮田さんは作業をこなした。

十一月の中頃、今度は宮田さんのほうから、チューリップの植え時ではないかと訊かれた。ぼくはすぐ園芸店に行き、宮田さん命名の夫婦チューリップばかり百五十球買ってきた。ビオラを植えるのは後日にして、宮田さんとチューリップを植えた。去年の球根三十球ばかりを加えると百八十球にはなり、ぼくがシャベルで掘った溝に、宮田さんが荒い息を吐きながら、球根を並べてゆく。

土をかけるのもぼくの受け持ちになった。

「来年また、夫婦チューリップが見られますな」

宮田さんは腰を伸ばしながら、土色の顔をほころばせた。「夫婦チューリップの黄色や赤が咲いとるところば見ると、みんなびっくりしますばい」

〈みんな〉という言葉にひょっとしたら自分を含めていないのではないかと、ぼくは背中に氷を当てられた気持になった。

チューリップの手前のビオラは、デイケアの患者三、四人が手伝って植え揃えた。下から見上げていた宮田さんは、もう身体がついて来ないと観念したのか、加わらなかった。

年末になると、体重がおち、腹水がたまりはじめた。看護主任の勧めで、奉仕作業は渡り土間の清掃だけになった。

病院の中には、寝たきりになった患者を受け入れる病棟があり、宮田さんにも看護主任が打診したらしかった。いよいよ足が立たんようになったら行かせてもらいますが、それまでは頑張りますと、宮田さんは答えていた。

外科の末松医師が告げていた余命六ヵ月は何とか越した。微熱が続き、宮田さんの食欲はいよいよ落ちていった。それでもぼくが早番で出勤するとき、濡《ぬ》れたモップを押して渡り土間を歩く宮田さんとよく行き合った。モップの幅は狭いので、少くとも四往復しなければならないが、宮田さんは端まで辿《たど》りつく途中でひと息入れ、モップに寄りかかって休んでいた。まるで、この仕事をやめたら、寝たきり病棟にやられると信じ切っているような頑張りようだった。

一月の下旬、宮田さんはとうとう土間の清掃を休んだ。そして朝の配膳をやり終えたあとベッドに横になった。上部消化管出血を示す黒色便の報告を受けたのはその日の午後だ。ぼくは宮田さんのベッド脇《わき》に行き、肝臓に負担がかかっているので転棟し、ゆっくり休んだらどうかともちかけた。

「仕方なかです。こげな身体になってしもうたら、迷惑かけるだけですけん」宮田さんは黄色くなった瞼《まぶた》をしばたたいた。

翌日、ストレッチャーに乗った宮田さんを看護師が北病棟に移した。持物の片付けやベッドの整理は看護助手がしてくれたが、二十五年入院していた割には荷物が少なく、ダンボール二箱《ふたはこ》分しかなかった。

北病棟の患者は精神科医の手を離れ、常勤の内科医が受け持つようになる。ぼくは帰宅する前に立ち寄り、顔だけは見るようにした。

宮田さんはいつもベッドに横になっていた。食事は流動食しか受けつけず、点滴で最低限の水分と栄養が補われていた。主治医の話では、相変わらずの黒色便だという。

「庭や渡り土間がこの頃汚くなりましたね」

寡黙《かもく》な内科医はそんな言い方で、宮田さんの功績をぼくに伝えた。

病棟や外来には朝方、専門の清掃会社がはいり、午前中のうちに清掃を終えていたが、渡り土間と庭の掃除は指定区域から除外されていたのだ。しかし宮田さんがやらなくなったからといって、会社の方においそれと頼むわけにはいかない。事務長もそれは心得ているようだった。

宮田さんの顔を最後にぼくが見たのは金曜日の夕方だ。

「先生、もう便所にも行けんようになった」

宮田さんは、こんなはずではなかったというように首を振り、視線を宙に浮かした。何と答えたものか分からず、ぼくは月曜日にまた来ますと告げ、逃げるように病室を出た。

土曜日の午後、宮田さん逝去の連絡がぼくのアパートにはいった。夕方、病棟から二度目の電話があり、遺体は弟さん夫婦が受け取りに来たと教えられた。

「無縁仏にならずにすんだのですね」

「当然ですよ。あんないい人を無縁仏にするなんて、あたしたちが許しません。あたしなんか、ずっと宮田さんを知っとります。本当に、若い頃と比べると別人にならっしゃったです」

以前アルコール病棟にもいたという古参の看護主任の返事には、力がこもっていた。

「しかし葬式はごく内輪でするだけらしいですよ」

月曜日に出勤すると、宮田さんの死はアルコール病棟のみならず他の病棟の患者にも伝わっていた。

「早かったですね。あの人、亡《な》くなる一週間前まで掃除をしておられた」

たいていの患者はそう言って、宮田さんの死を悼んだ。

庭の掃除と渡り土間の清掃、缶拾いは、さっそく清掃会社に委託された。社員であるおばさんたちが掃除を始めるのは七時半頃からなので、早番で七時頃出勤すると、土間には落ち葉が吹き寄せられたままになっている。

風の強い日など、午前中に中庭の落葉が掃き集められても、午後には同じくらいの落葉がもうたまっている。宮田さんが元気な頃には決してなかったことだ。

主治医失格ではなかったかと内心で自分を責め続けた。決然と癌《がん》の告知を行わず、予後さえも告げず、弟夫婦の面会も、偶然だったかのように仕組んでしまっていた。それだけならまだしも、ドクター・ストップをかけずに、死の直前まで働かせていたのだ。チューリップ植えも含めて、積み重なった疲労が体力を消耗させ、死期を早めたのは間違いがなかった。

三年の研修期間が終わりに近づき、ぼくは三月の中旬から、本棚や机の中の整理を始めた。本の間に挟んでいた宮田さんの手書きのメモが出てきたのはそのときだ。

赴任してすぐ、宮田さんの担当になって以来、ぼくは炭坑についていろいろ質問していた。宮田さんも面倒がらずに答えてくれていたが、ある日の診察時に、新聞のチラシの裏に書いたメモ二枚をぼくにくれた。

そこには、いすらやゑぶ、雁爪《がんづめ》などの用具が図入りで説明され、後山《あとやま》や先山《さきやま》、掘進《くっしん》や仕繰りの仕事の内容が書いてある。仕事をせずに昇坑することをノソンと言ったり、掘進の現場に出た鉄より固い岩を松岩というなど、今でも記憶に残っている事項が、丁寧な楷書《かいしょ》で記述されていた。極めつきは、二枚目に描かれたボタ山の図だった。稚拙ながらも精緻《せいち》な鉛筆画だ。頂上までボタ函《ばこ》用のレールが敷かれ、その脇に電柱が並んでいる。ボタ山の斜面にはボタ拾いをする子供までもが描かれている。もちろん殺風景なボタ山に花など咲いていない。

ボタといえども石炭が混じっているので自然発火する。そのため、枕木《まくらぎ》も電柱も鉄でできている、と説明してくれた宮田さんの口調と表情まで思い出された。

翌日ぼくはデジタルカメラを手にしてチューリップの咲くフェンス脇まで行った。

「チューリップ、満開ですね」

アルコール病棟の別の入院患者が、いつの間にか傍に来ていた。確か酒屋の主人で、幾度かの入院歴があり、顔は覚えていた。

「今度は何か、二本揃ったチューリップが多かですね」

「宮田さんが好きだった夫婦チューリップです」

「宮田さん好みですか」

患者は腰をかがめてチューリップを見、また背を伸ばした。「あん人からは入院のたび、よう話を聞かされました。自分は癌で退院もなかち言ってあったんで、覚悟のうえだったとでしょう」

「癌だと言ってありましたか」ぼくはいくらかほっとしていた。

「どうして退院せんとですかと私が訊いたとき、自分にとっては、病院の中が社会じゃけんと答えられとりました。二十五年もおらっしゃったとですね。教えられたのは私ひとりじゃなかと思います」

「どんなことを教えられたのですか」

「飲まん秘訣《ひけつ》は、飲まん人の真似《まね》をすること、腹を立てんこと、飲みたくなったら水で満腹にすること、暇をつくらんことらしいです。私の飲まん期間が少し長くなったのも、そんな教えのおかげかもしれません。本当は私も入院は二年に一回くらいにしたかとですが」患者は首をすくめてみせた。「それから、こんなことも言ってありました。迷惑かけられたほうはいつまでも覚えている。こっちは忘れていても、むこうの信用を取りもどすには年月がかかる――」

宮田さんは何から何まで分かっていたのだ。

「先生、転勤だそうですね」その患者が言った。「今度はどちらですか」

「大学に戻ります」

「宮田さんが言っとりましたよ。わしは最後によかお医者さんに会《お》うたと」

「よか主治医ではなかったです」かぶりを振りながらぼくは、宮田さんが〈最後に〉と言ったことに少なからぬ衝撃を受けた。

「これまでのお医者さんは、喧嘩《けんか》したときのことや留置場にはいったときのことばかり訊《き》いてきたらしいです。炭坑のことをいろいろ訊いてくれたのは先生が初めてで、それが嬉《うれ》しかと言ってありました。先生、私が写真撮りましょう。坐《すわ》って下さい」

酒屋の主人はぼくからデジタルカメラを取り上げた。

宮田さんに炭坑の体験を根掘り葉掘り訊いたのは、何もぼくの才覚ではなかった。

大学での一年目の指導医の教えを忠実に守ったに過ぎない。面接で話題がなくなったら、本人が一番輝いていた時期のことを聞く。そうすれば、治療は決して悪い方にはいかない――。

「チューリップが宮田さんと思うて下さい。はいチーズ」

チーズと口にしながら、泣き笑いの顔になったような気がした。歯をくいしばった心の内で、これから先、勤め先を何度変わるか分からないが、宮田さん手書きのメモとチューリップの写真は、いつも机の中に入れておこうと、強く思った。

アヒルおばさん

二年間の前期研修を終えた。三、四年目の後期研修の場は市立病院になった。歩いて十五分の所にアパートを借り、通い始めて十日ほどしてからだ。研修医のロッカールームで、そのおばさんが話題にのぼった。

面接や書類提出の際に市立病院を訪問して、わたしは驚いた。玄関の車寄せの前に、屋台の焼き芋屋があった。それでなくても病院にアクセスする道路は狭いのに、屋台が道路《どうろ》脇《わき》を占拠すればますます交通の邪魔になる。よくもこんな非常識なことが放置されているなあと、少し憤慨した。

しかし勤め始めて、焼き芋屋の主人と病院のもちつもたれつの関係が分かり出した。昼少し前に焼き芋屋の主人は屋台を引いて来て、店開きをする。同時に入院患者や外来患者、病院の職員がアツアツの芋を買いに集まる。時には四、五人が列を成して、主人は大忙しだ。

そして救急車がサイレンを鳴らして近づいて来るや、主人はいくら客が並んでいようとお構いなく、誘導を始める。他の車を停め、歩行者を脇に寄せたところに、救急車はサイレンを消して円滑にはいり込み、正面玄関脇の救急外来に担架を運び込む。搬入し終えた救急車が再び出て行くときも、主人は誘導を怠らず、最後には救急車に向かって最敬礼のお辞儀までつけ加える。

職員や外来患者とも顔馴《かおな》じみのようで、手もち無沙汰《ぶさた》でいるときなど、屋台の車の中から声をかけ、にこやかに挨拶《あいさつ》をする光景が見られた。

「おばさん、十年前からあの公園にいるらしいわ。その当時から渾名《あだな》はアヒルおばさんだって」

わたしと同じ大学出身で産婦人科志望の利花《りか》は、長い髪を器用に頭の上にまとめ上げ、ピンでとめた。

「わたしも見たけど、そう言えば裸足《はだし》のうえに、歩き方がアヒルそっくり」

放射線科にいるやはり同窓の広美《ひろみ》が応じた。

「それもあるけど、何を訊《き》かれても〈グワッ、グワッ〉としか言わないようよ。真紀《まき》はその声、聞いたことある?」

「ない。何回かその前を通ったけど」

「今度、話しかけてみようっと」

利花が早くもナースシューズにはき替えてロッカーに鍵《かぎ》をかける。

「そのアヒルおばさん、公園に寝泊りしているの？」広美がわたしに訊いた。

「公園にはテントなんかない。小さな公園だし。別なところに家があるのじゃないの」

「家？　帰る家があるのだったら、裸足なわけないわ」利花が言い添えた。

わたしは自分がアヒルおばさんの足元を見ていなかったことに気がつく。眼にしたのは、彼女が大きなビニール袋を地面に置いてベンチに横になっているか、ベンチに腰かけてクラッカーを食べているか、身動きせずにどこかをぼんやり眺めているかしている姿だけだ。

その日の帰り、また公園を横切った。園内には五、六本の桜があって、五分咲きというところだった。三、四ヵ所に花見用のシートが敷かれ、当番係が炭火の用意をしていた。アヒルおばさんは桜の近くを避けて、花壇脇のベンチに坐《すわ》っていた。いつもの大きなビニール袋を横に置き、桜の方角に眼をやっている。

わたしは花壇のチューリップやパンジーを眺めるふりをして近づいた。

目当ては足で、花壇から眼を上げる際に、灰色のレインコートの裾下《すそした》を一瞬見やった。

紛れもなく裸足だった。ベンチの下に靴も置かれていない。足首から先が汚れているせいで、ちょっと見には、その黒さが靴を履いているような錯覚を与えていた。

彼女がこちらを向く気配を感じたので、わたしは笑顔を用意して待ち受けた。アヒルおばさんの目が深い二重瞼《ふたえまぶた》なのに気がついたが、肝腎《かんじん》の視線は何の変化も見せず、周囲を巡ったあと、もとの位置に戻った。こちらの存在など無いに等しかった。

わたしのほうは、彼女のビニール袋から、ピンクのカーネーションが五、六本顔を出しているのを目に入れていた。

アヒルおばさんは花好きなのだ――。新しい発見に、少しばかり心が軽くなった気がした。たぶん利花も広美も知らないに違いない。これは自分だけの秘密にしておこうと思った。

そのカーネーションが本物か造花なのか見極めなかった迂闊《うかつ》さに、アパートに戻ってから気がついた。ビニール袋に無造作に突っ込んでいたくらいだから、生花とは考えにくい。

翌日、早朝にもかかわらずアヒルおばさんはもう桜の下のベンチに腰かけていた。

前夜の花見客の酒盛りの名残りで、地面には包装紙やビニール袋が散らかり、金網のゴミ箱も弁当の空きがらや空き缶で一杯になっている。

アヒルおばさんはゴミ箱には無関心といった様子で、前を見ていた。公園を横切る勤め人に眼をやるふうでもなく、前日よりは明らかに満開になりかけている桜を賞《め》でるふうでもない。自分にしか見えないものを見ているというような、悠然とした表情だ。わたしは通り過ぎながら、彼女の脇にあるビニール袋を盗み見した。

やはり造花だ。茎がまっすぐで、花が萎《しお》れていない。そしてもうひとつ、アヒルおばさんの裸足も再確認した。

花の謎《なぞ》は解けたものの、今度はアヒルおばさんがどこで食事をとっているのかが気になった。

内科病棟の東側の窓からは、その公園の三分の二くらいがよく見渡せた。わたしは病室を訪れるたびに窓際《まどぎわ》に寄り、アヒルおばさんの様子を確めた。

さすがに雨の日は姿を見せない。その他の日は、桜の下のベンチに坐ったり、寝ころんだりしていた。しかし昼になっても、何かを食べている姿はついぞ見かけなかった。

ところが連休過ぎのあるとき、焼き芋屋の主人が芋のはいった新聞紙の袋をアヒルおばさんに手渡すのを目撃してしまった。代金の受け渡しはなく、アヒルおばさんはぴょこりと頭を下げ、ひとことふたこと言葉を発した。それから焼き芋屋の主人は何事もなかったように、また屋台の方に引き返した。

二人の間では確かに言葉が交わされたはずで、アヒルおばさんが「グワッグワッ」と叫んだとは考えられない。増えた謎がひとつ減り、もうけものの光景を見させてもらったと、わたしは思った。

玄関前の焼き芋屋といい、公園に現れるアヒルおばさんといい、市立病院は、とり澄ました大学病院とはひと色もふた色も異なっていた。院内で診る患者にも同じことが言え、大学病院ではとうていお目にかかれないような患者が続々と現れた。

逆流性食道炎で検査入院して来た女性は、わたしと同じ年だったが、もう四人の子持ちだった。詳しい病歴をとっている間に、不正出血があることをわたしに告げた。局部の痒《かゆ》みもあるという。おそらく、外来担当の男性医師には言えなかったのだろう。

子供の年齢は四ヵ月から六歳だった。入院中、赤ん坊と三番目の子供は友人に預け、上の二人は夫が世話していると、彼女は答えた。

「これまでの妊娠回数は？」

人工妊娠中絶の回数を知るために、わたしは遠回しに訊いた。

「六回」髪を金色に染めた彼女から即答が返ってきた。

性生活についてもう少し立ち入った質問を続けていきながら、どうも何かが変だとわたしは感じた。現在の夫とは再婚だとは既にカルテに記載されていたが、話が合わないのだ。

「これまでパートナーは何人いました?」

「分からないわ」小肥《こぶと》りの身体《からだ》を少し揺らして彼女は答えた。

「というと」

「前の夫と別れて二、三年ばかり、いろんな人とつき合ったから」

「いつ」

「四年前までよ。それでお金を稼いだの。でも妊娠したからやめて、それっきりしていない」

要するに売春なんだとわたしは内心で合点する。

「これまで性病にかかったことはありませんか」

「例えばどんな?」こちらを試すような問いが返ってきた。

「淋病《りんびょう》とかクラミジアとか、ヘルペスとか、トリコモナスとか、梅毒とか」そう言いながら、指を折った。

「梅毒は覚えがないけど、あとは全部」彼女は屈託なく答えた。

入院時の検査に梅毒は含まれていて、カルテを繰るとなるほど陰性だった。

「HIV、つまりエイズの検査はしていますか」わたしは最後に訊くべき質問をした。

「していないわ。でもここでできるなら、調べて下さい」

いくらか神妙な返事だったので、次の質問はしやすくなった。わたしはどうやって避妊をしているか訊いた。

「四人目の子供を生んだあと、卵管結紮《けっさつ》をしてもらった」

「コンドームの使用は？」

「そんなの使ったことがない。これまでもずっとそうだったし、主人が嫌がる。主人は遊び人だから、よそでも使わないみたい」

わたしはコンドーム使用の大切さを説明した。彼女は分かっているという顔で、半ば義務的にこちらの話に頷《うなず》いた。

通常の知識を身につけており、社会性もそなわっているように見受けられるのに、自分の健康に対する無関心ぶりは、いったいどこに由来するのだろう。

自傷行為を含め、自分を過度に痛めつけるかネグレクトする患者は、幼少期に虐待《ぎゃくたい》された体験をもつ──。大学で精神科のローテートのとき、指導医から聞かされた言葉をわたしは思い出していた。

「あなたはこれまで虐待されたことはないですか」

わたしの質問に、彼女は突然笑い出した。

「どこから話したらいいの」

「初めから」

「物心ついたときから中学二年まで、母親に殴られっ放しだったわ。頭を怪我《けが》して二回、病院で縫われた」

そのうちの一ヵ所がこことというように、彼女は右額の上のほうを示した。ほんのかすかだが三針ほどの縫合痕《ほうごうこん》があった。

「中二のとき、母親が錐《きり》で刺そうとしたから、祖父母の家に引き取られた」

彼女は他人事《ひとごと》のように、母親の酒乱やシンナー常習だった兄の家出などについて述べた。

「その兄さんは今、どこに住んでいるのですか」

「ずっと会っていない。音信不通」

相変わらず何の感情も交えずに彼女は答えた。

反対にわたしのほうは衝撃を隠しきれないでいた。同じ年頃なのに、育った環境は月の表と裏のように様相を異にしている。酒乱で錐を振り回し、わが子を追いかける女の姿は、ありきたりの自分の母親からは想像もつかなかった。

「長男の父親からも、年がら年中、殴られたり蹴《け》られたりだった」

「やっぱり酒乱?」

「あの人は酒が飲めなかった。シラフで叩《たた》くの。やっと別れたけど、その次の男は、子供の見ている前で、わたしとしたがった。あるとき何が気に入らなかったか、わたしと子供を殺すと言って、包丁を突きつけたの。刺すなら刺せと、わたしが肚《はら》を決めたら、次の日、出て行った」

「それから?」わたしは最後まで聞くべきだと自分に言いきかせた。

「水商売していたときも、殴られては無理強《むりじ》いされた」

「無理強い?」

「セックスよ。今の主人と一緒になってからは、それがなくなってほっとしてる」

「御主人は暴力をふるったりはしないのね」

「飲んだとき以外はね。飲むと人が変わる」

最初の夫と大同小異ではないかと、わたしは言いそうになった。

「他の女とつきあってくれるなって言うと特に荒れるから、この頃は黙ってる」

そのときだけ彼女は、少ししんみりした顔つきになった。

殴られるより恐《こわ》いのはエイズなのだと思ったが、わたしはもう口にしなかった。

「でもまあ、子供には優しいから、これでいいかと思ってる。ホームレスになるよりはましだから」

「そうね」頷くしかなかった。

念のために行ったＨＩＶの検査結果は陰性だった。

食道炎の検査が終わって彼女は退院した。内科で薬物治療を続けながら、膣炎《ちつえん》のほうは婦人科の外来で治療を受ける段取りになった。

――幼い頃虐待され続けた人間は、自覚のないまま虐待する側にまわるか、または虐待される環境に引きつけられていく――。

これも指導医の教えだったが、的を射ているとわたしは思った。

夏が近づくにつれて、アヒルおばさんの話は出なくなった。三人ともお互いに忙しく、アヒルおばさんの公園における様子も相変わらずだったからだ。

ある日、出がけに靴箱を開けたわたしは、ここ半年ほど履いていないスウェードの靴に目をとめた。大学を卒業した年に買ったのだが、ベージュ色がどこか中年ぽくて、何回か足を通したきりになっていた。ヒールは高くなく、二十三センチなので、アヒルおばさんには合うかもしれないと思った。

その日の朝も、アヒルおばさんは公園にいた。土が耕されて何もない花壇脇《わき》のベンチに腰をかけ、公園を横切る通勤者を遠くから見るでもなく眺めている。わたしが近寄っても、こっちを向いてはくれなかった。

「これ、どうぞ」

彼女の足元にわたしは靴をそっと置いた。「はいるといいんですけど」

「ありがと」

〈グワッグワッ〉ではなく、ちゃんとした返事だった。アヒルおばさんは足の汚れを手でぬぐうようにして、右足をスウェードの靴に入れた。もともと素足で履いてもいい靴なので、違和感はない。左足も入れて、立ち上がり、足踏みをした。

「ありがと」もう一度言ってしゃがみ直す。そのままもとのように、整った顔を前に向けた。まるでさっきのやりとりはなかったという風情《ふぜい》だ。さらに言葉を重ねるのは押しつけがましく、わたしはその場を立ち去るしかなかった。いつもの大きなビニール袋に、ピンク色のカーネーションが突っ込まれているのだけは眼に残った。

その後も、わたしに対するアヒルおばさんの態度に変化はなかった。桜の下をくぐり抜けながら、向こうのベンチに坐《すわ》っている彼女を見やっても、会釈《えしゃく》が返ってくるわけでもない。近づいても、視線は見事にそらされる。それでも、彼女がいつもスウェードの靴を履いているのは分かった。

「アヒルおばさんがもう裸足《はだし》じゃないって言うから、きのう昼休みに公園でランチとったついでに見たら、やっぱりちゃんとした靴を履いてた」

ロッカールームで利花が報告したのは、研修医も一週間の夏休みがとれる旨《むね》の発表があった頃だ。

「どんな靴？」広美が訊《き》く。

「ベージュ色のスウェード。まさか買ったはずはないけど、似合ってた」

「拾ったのかしら」

「拾うのだったら、今までもそんな機会、いくらでもあったはず。貰《もら》ったのかもね」

「あたしも見に行こう」興味津々《しんしん》といった口調で広美が言った。「あのアヒル歩きにスウェードの靴か」

自分がプレゼントしたとは最後まで言えなかった。

夏休みは高千穂《たかちほ》の田舎で過ごして、八月の終わりに病院に戻った。

すぐにもたされた患者は、この二年間で十五キロも体重減少をきたした三十八歳の女性だった。

「夜中に救急部に運ばれて来たとき、骨と皮だったが、臭いのなんのって、玄関ホールまでにおったといいますからね」

指導医は引き継ぎのとき言った。「陰部の悪臭ですよ。膣洗滌《せんじょう》を何度もしてようやくおさまった。亭主の話では何年も前からそうらしい。亭主もまあ、よく我慢していたと思いますよ」

患者の病気は婦人科のものではなくて、CTスキャンから内分泌《ないぶんぴつ》疾患だと判明していた。生まれつき副腎《ふくじん》が肥大する病気で、腎不全や下腹部痛とともに、ホルモンのバランスがくずれ、無月経を伴う多毛症などの男性化現象も起こしていた。もちろん未経産婦だ。

臨床症状は二十歳頃から始まっていたはずなのに、一度も医療機関にかかっていない。

理由はすぐ分かった。保険証がないのだ。カルテの第一ページに被保険者資格証明書所持と書かれ、医療費全額負担のゴム印がおされていた。

国民健康保険税を滞納すると保険証がなくなり、医療費原則三割負担の権利も剝奪《はくだつ》されるとは知っていたが、実際にそのような患者を担当するのは初めてだった。十二年前に結婚した夫の職業欄には左官業と書かれていた。しかし常雇いではないのだろう。

医療費はかさむが、下腹部痛と腎不全の原因を調べるために、二度目のCTスキャンは不可欠だった。

「これは異物ですね」

指導医は画像を見ながら説明した。「骨盤内だけど、よく見ると膣に異物がある。生体反応が働いて異物を何重にも取り囲み、それが骨盤の半分を占めるくらいに肥大化している。腎不全の原因はこれが尿管を圧迫しているからです」

詳細な病歴聴取はわたしに任された。入院当初、「入院なんかしたくなかったのです」と言っていた彼女も、治療が始まって安心したのか、何ひとつ不満を言わない患者になっていた。

わたしが何としても訊かなければならなかったのは、膣内にあると思われる異物についてだった。

「思い当たることがあります」彼女は瘦《や》せた身体の背筋を伸ばして答えた。「あたしが二十六のときですから十二年前です。今の主人と結婚する少し前です」

パートで本屋の店員をしていた頃で、女友達数人で飲みに行き、意気投合した別のグループと一緒に、地下にあるバーまで場所を移したところまでは記憶にあるらしかった。

気がついたのは知らないアパートの一室、ベッドの上で裸だったと言う。シーツには血がつき、自分がレイプされたのは確かだった。しかも相手が何人で誰かも、全く記憶にない。ただ、局部の痛みだけが現実のものとして残っていた。

アパートには誰もおらず、床にちらばっていた洋服を身につけ、逃げるようにして外に出た。

警察に届けるなど思いもよらなかった。病院も受診しなかった。一週間後には、勤めていた書店も辞めた。

以来、下腹部の痛みは消えることなく続き、やがて悪臭を伴う帯下《たいげ》も始まった。その間病院に行かなかったのは、ひとつには恥ずかしさ、もうひとつには、保険料滞納のため保険証がなかったからだ。

六年前からは性交痛も感じるようになった。夫は一度婦人科で診てもらったほうがいい、金は何とか工面すると言ってくれたが、診察のときの痛みを想像すると、このままのほうがいいと思った。

「たぶん、十二年前のあのとき、相手が何か変な物を入れたとでしょう」最後に彼女は言った。「大酒を飲んだあたしがいけなかったとです」と目を潤《うる》ませた。

それを見て、彼女が医療機関を受診しなかった第三の理由が判明した。羞恥心《しゅうちしん》や金銭的不如意《ふにょい》以上に、彼女は治療を拒否することで自分を罰していたのだ。もしかするとそこに、レイプ後のうつ病も加わっていたのかもしれない。その証拠に事件後、家に閉じこもりがちになり、痛みをおさえるためにアルコールにも手を出していた。

膣内異物の存在は確認されたものの、目下優先しなければならないのは、腎不全と尿路感染症の治療だった。その時点で、手術費を含めた入院費が問題になった。

「病院事務から、患者に支払い能力があるかどうか心配だというクレームがつきました」

撫肩《なでがた》で仕草も女性的な指導医は、困った顔をわたしに向けた。「金銭的なことで、治療が左右されてはかないません」

「どのくらいの費用ですか」わたしは訊いた。

「十日間の入院と手術費、薬代だけで最低五、六十万はかかる。全額負担だから、取りはぐれたとなると、そのまま病院の損になります。それでなくとも赤字を出している病院ですからね。事務の言い分にも一理あります」

そもそも保険証のない患者を、救急外来が受けつけたのがまずかった——。指導医は遠回しにそんな言い方をした。

しかし放っておけば確実に死ぬ患者を、病棟から追い出すわけにはいかない。指導医は内科部長とかけあい、最小限の治療を施し、最短期間で退院させる方針を決めた。

外科で両側の腎瘻《じんろう》設置術を行ったあと、抗生物質と副腎皮質ホルモンの投与を継続した。腎不全は速やかに改善、患者の体重も増えていった。

腎機能の値がほぼ正常化し、平熱に戻った時点で、退院が決定された。

「膣内の異物はどうなるのですか」わたしは指導医に訊いた。

「あれは大手術になる。異物の周囲が組織化して、骨盤内にぴったりへばりついています。病院事務も部長も、今回の治療費が支払われれば、治療も考えようということで意見が一致しました」

「でも、下腹部の痛みと帯下は続いています」

「それくらい我慢してもらわないと。もう十年余り耐えてきているのでしょう。今は副腎機能もいいし、腎不全もないのだから、患者の抵抗力も上がっている。これ以上悪くなることは絶対ありません」

わたしは、性交痛のためにこの六年間性生活が営まれていない事実を指導医に伝えようと思ったが、言い出せなかった。そのくらいガマンガマンと一蹴《いっしゅう》されるのが分かっていた。

患者は二週間ちょうどで退院した。

退院後も内分泌の経過観察は必要で、わたしが外来担当になった。治療費の支払いがおぼつかない患者に、ベテランの医師はもったいないので、研修医でもあてがっておこうと判断されたのかもしれなかった。

彼女はきちんと二週間に一度、外来診察に訪れた。来るたびに当初のるい瘦《そう》は改善してゆき、薄化粧した表情には若々しさが戻っていた。

下腹部痛について自分から訴えることはなく、わたしが質問してからやっと、顔を歪《ゆが》めて「痛みは相変わらずです」と答えた。

十年以上耐えて来たのだから、これから先も大丈夫――。わたしは診察のたびに指導医の言葉を思い出した。

外来診療が四、五回を越えた頃、看護師を通じて、支払い状況がどうなっているか病院事務に問い合わせた。

「外来の診療費のほうは、毎回全額負担で支払われているそうです」看護師も驚いた顔をした。全額負担となれば、外来の費用は薬代も含めて七、八千円というところだろう。

「入院費用は？」

「外来に来るたび、二千円か三千円、入院費として支払われています。この分だと、全部払い終えるのに十年はかかると、事務では言っていました」

「十年」わたしは絶句した。

とはいえ、全く入金されないよりはましなので、事務方も黙認しているのに違いない。彼女と夫にとっては外来診療費だけでも大金のはずだ。それに加えて二、三千円を来院のたびに支払っている事実に、彼女の謝意が表われているような気がした。

「異物を放置しておいて、何が治療よ。内科では、よくもそんな残酷なことができるわね」

ロッカールームでその患者について話をしたとき、利花は言葉を荒らげた。

「でも、支払い能力がないのでしょう」広美はわたしの肩をもってくれた。

「そんなことは事務のほうで考えればいいのよ。第一、ここは市立病院でしょう。市立病院が支払い能力のない患者を追い出したら、貧乏な患者はどこへ行けばいいのよ」

わたしは頷《うなず》くしかなかった。

翌々日、利花が内科病棟まで来て告げた。

「産婦人科の部長に話をしたら、一度診察してみたいと言われたの。真紀の外来日に来たあと、産婦人科にまわしたらどう」

「でも診察料が高くなるし、本人がどう言うか」わたしは迷った。

「払えるだけでいいのよ。本人にもそう言えば気が楽になるでしょう。あたしたちは最善の医療をしておけばいいの」とりつく島もなかった。

次の外来のとき、わたしは患者にそれとなく産婦人科受診を提案した。

「代金はどうなるとでしょうか」案の定、彼女は顔をくもらせた。

「少し高くなるけど、払えるだけでいいと言っています。やはり一度、専門医に診てもらうべきです」

彼女は迷っていたが、最後にはわたしの勧めに従ってくれた。

二週間後の診察が終わったあと、産婦人科外来に連れて行った。紹介状にはこれまでの病歴を詳述し、ＣＴやＭＲＩの画像所見も添えた。

産婦人科部長の内診には、わたしと利花も同席させてもらった。

激痛があるはずなのに、患者は歯をくいしばり、顔を歪めるだけで、内診を耐えぬいた。

「異物が判明したのに、このまま辛抱せよというのは、拷問《ごうもん》と同じだよ」

患者を帰したあと、MRIの画像を一緒に見ながら、部長は利花と同じことを言った。

「今のままの支払いだと、内科入院の費用が帳消しになるまで十年かかるらしいね。うちで入院させて手術となれば、それが二十年になるかもしれないが、まあいいじゃないですか」

副院長でもある部長は、わたしに顔を向けて笑った。

次の外来日に、同じことを患者に伝えた。もちろん二十年云々《うんぬん》の部分は省略した。

「費用よりも自分の健康を優先させるべきですよ。元気になれば、働けるようになるかもしれないし」

彼女は、〈働く〉という言葉に劇的に反応した。今まで考えてもみなかったのだろう。顔が一瞬明るくなった。

「そうですね。働けるようになれば、今まで苦労ばかりかけた主人にも、お返しができます。先生すみません」彼女は最後のところで涙ぐんだ。

十日後の十二月半ば、その患者は産婦人科に入院になった。主治医は利花だった。そして二、三日あとの月曜日、わたしは思いがけない患者の主治医を命じられた。出勤すると指導医から呼ばれて、こう言われたのだ。

「アヒルおばさんは知っていますね。彼女が土曜日の夜、救急車で搬入されました。ベンチで苦しんでいるのを通行人が見つけて、一一九番したのです。歩いて三分もかからない所だけど、ちゃんと救急車に乗って来たらしい」

「病名は何ですか」

「気管支肺炎です。治療が早かったので、今は一段落している」

「アヒルおばさん、いえその患者、保険証は持っているのですか」

今度はわたしのほうから訊《き》いた。膣《ちつ》内に異物を残した患者が産婦人科に入院したことは、指導医の耳に入れていた。

「保険証はない。しかしこの十年、目と鼻の先にいて、病院の職員で知らない者はいません。事務も断るわけにはいかなかったのです。ともかく医師は、診察治療の求めがあった場合、正当な理由がなければ、拒否してはならない。医師法で規定されています。診察費が払えないのは、正当な理由にはならないのです。アヒルおばさん、いや、名前は――」

微妙に持論を変えた指導医は、開けたカルテの表紙を慌《あわ》てて見直した。「園田直子。彼女の場合もそれに当てはまる」

「分かりました」わたしは彼女の立派な名前と、六十三歳という年齢を眼にやきつけた。

「それから、彼女、誰に対してもグワッグワッとしか言わない。救急外来のドクターにもグワッグワッだったから、病歴も既往歴もとれていません。さっき私も行ってみたが、グワッとやられました。看護師たちもあきれている」

「やっぱりアヒルおばさんです」

近くにいた看護師がそう言って頷いた。

四人部屋にいる彼女の様子をわたしは見に行った。

そこから公園が見える窓側のベッドに彼女はいた。もともと彫りの深い顔立ちのせいか、ベンチに坐《すわ》っていたときとは見違えるくらい若返って見えた。いつものレインコートではなく、ベージュ色の病衣に身をつつみ、仰向けで点滴を受けている。

わたしは、ベッド下に例の靴がきちんと揃《そろ》えられているのに気がつき、さらに、いつも見かけたビニール袋にもカーネーションが首を出しているのを眼にした。

「園田さん」そっと呼びかけた。

「……先生ですか」グワッと言う代わりに、ちゃんとした言葉が漏れた。「覚えとります。靴をくれたでしょう」

そこで彼女は咳込《せきこ》んだ。

「話さなくていいです。今日からわたしが主治医です」

「ありがと」頷き、また咳をした。

「黙って」

わたしは彼女の肩に手を置き、脈と熱感を調べてから病室を出た。

「何か言いましたか、園田さんは」

「ありがとう、だって」

わたしの返事に、看護師たちは二の句が継げないようだった。

昼休みに地下の花屋でカーネーションを買い、ナース・ステーションにあった小さな花瓶に入れて、アヒルおばさんのところに持って行った。

「早く元気になって下さい」

「ありがと。やっぱ本物はきれいか」アヒルおばさんはじっと花を見た。

「園田さんはカーネーションが好きでしょう。いつも花を持っているから分かります」

「カーネーションは、娘から貰《もら》った花です。もう三十年以上も前のことですが」

それ以上は言いたくないというように、アヒルおばさんは口をつぐんだ。

「雪ですよ」

窓の外を見てわたしは言った。葉ボタンが植えられているだけの公園が、粉雪の向こうにかすんでいた。

病気が良くなれば、アヒルおばさんはあの寒い公園に戻って行く。もっとゆっくり入院しておくように言うべきだったと、わたしは反省した。

「ほんにここからは、公園がよく見える」

アヒルおばさんは外を見て目を細めた。病院よりも公園が恋しいような気持が、口調にこめられていた。

翌日、病室を訪れたわたしは、アヒルおばさんから、焼き芋を半分手渡された。部屋を見回すと、他の三人の患者も芋を食べている。わたしはベッド脇《わき》に坐って、一緒に芋を口にした。

その間に、彼女にこれまで病気になったことがあるか訊いた。

「病気したことはなか。これが初めてです」アヒルおばさんは答えた。

過去に関するそれ以上の質問は受けつけない雰囲気があった。

「園田さん、お金持っていたの？」

ナース・ステーションに戻ったわたしは看護師に訊いた。

「お芋でしょう？　焼き芋屋のおじさんが見舞いに上がって来たのです。ここにも焼き芋置いて行きました」

確かに棚の上に新聞紙の包みがあった。

「先生とは何か話していましたが、わたしたちには相変わらずグワッグワッだけですからね」

看護師長は諦《あきら》め顔で首を振った。

アヒルおばさんの咳もおさまり、食欲も出てきて、近々退院もよかろうと指導医から告げられた。彼女がどこに住んでいるのか、わたしはまだ訊いていなかった。質問しても答えは返ってこない気がした。それなら訊かないほうがいい。

産婦人科の利花から手術室に呼ばれたのはその頃だ。膣内異物を持つ例の患者に手術が組まれていた。

副院長が術者で、利花が助手についていた。

開腹されて石灰化した巨大な異物が剔出《てきしゅつ》されるまで、一時間とかからなかった。異物はその場で計測された。重さ七百五十グラムで、縦十五センチ、横八センチ、幅五センチのいびつな形をしていた。立ち合っていた病理医がカメラに撮る。

その病理医から手招きされて、わたしが異物に割《かつ》を入れることになった。術用の手袋をはめて、白いポリエチレン板の上で、石灰化した組織にメスを当てる。刃はしかし途中で何かにぶち当たった。病理医の指示で、別方向からも切れ目をつくった。最後に、果実の種をほじくるようにして、中の赤い固形物を取り出したとき、周囲から溜息《ためいき》が漏れた。底の直径三・五センチ、高さ四・五センチの口がやや広がったプラスチック製のグラスだった。

「ショットグラスですな」勝ち誇ったように病理医が言った。

「症例報告ものですか」腹部を縫合しながら副院長が声をかける。

「間違いなく。しかし生体というのは偉いもんです。こんな異物を幾重にも細胞で取り囲み、組織化していくのですからね。十二年で、三倍の大きさです」

わたしは麻酔をかけられている患者の顔を見やる。その十二年間は、細胞だけでなく、ひとりの人間としての闘いでもあったのだ。

クリスマスが過ぎて、その患者も内科病棟のアヒルおばさんも前後して退院した。

退院の日、アヒルおばさんは、スウェードの靴を履き、造花のカーネーションをビニール袋からのぞかせて、わたしに頭を下げた。

「風邪には気をつけて、寒くないようにして下さい」わたしは言い、看護師たちと一緒に見送った。

別れ際《ぎわ》に、スタッフに対してさすがに「グワッグワッ」とは言わず、足をそれこそアヒルのようにガニ股《また》歩きさせながら、ビニール袋をさげて病棟を出て行った。

もちろん入院費は未納のままだった。

その後もアヒルおばさんの姿は、以前どおり公園で見かけるようになった。わたしと眼が合っても、何の反応もないのは以前どおりだ。しかしスウェードの靴を履いてくれているところから、わたしは彼女の気持を汲《く》みとり、それ以上は立ち入らないようにした。

産婦人科でショットグラスを剔出された患者は、引き続きわたしが内科外来で診察した。患者はみるみる回復していった。下腹部痛や性交痛はもはやなくなり、痩《や》せ衰えていた身体《からだ》もふっくらとして女性らしくなった。化粧した顔は以前よりは十歳くらい若返り、何よりも笑顔が増えた。

春になって患者は、弁当屋にパートで勤め出したと報告した。

「お金が貯《た》まったら、健康保険の未納分も払い込みます」彼女は言った。

しばらくしてわたしは、入院費の支払いがどうなっているのか、病院事務に問い合わせてみた。外来通院のたびに払い込んでいく額が、以前よりは増えているらしかった。

「それでもこの調子でいくと、あと二十年はかかります」職員はつけ加えた。

そうやって一年が過ぎ、病院勤めの最後の日、わたしは昼休みに焼き芋屋で芋を買った。

その頃になると焼き芋屋の主人も、わたしの姿を見ると遠くからでも声をかけてくれるようになっていた。どうやらアヒルおばさんが病院での出来事を主人に話したようだった。

たった二百円分なのに紙袋の中には四本も芋がはいっていた。

焼き芋屋の主人に礼を言い、熱い袋を抱いて公園に足を向けた。陽だまりのベンチに、アヒルおばさんは腰かけていた。いつものレインコートを着、スウェードの靴を履いている。声をかけると顔を上げてくれた。焼き芋をさし出す。

「ありがと」

「園田さん、わたしはここの病院、今日が最後です。お元気で」

「いろいろ、ありがと」

彼女はぎこちなくお辞儀をすると、焼き芋の包みを開け、食べ出した。もうこちらには用はないという雰囲気が漂っている。ビニール袋から顔を出しているカーネーションに眼をやって、わたしはきびすを返した。

あれからもう一年たつ。市立病院でそのまま勤務を続けている利花と広美には、時々電話をかける。

「アヒルおばさん、まだ公園に来ている?」

「いるいる。レインコートを着て、スウェードの靴を履いて、グワッグワッと言うのも、前のとおり」広美が答える。

「カーネーションは?」

「カーネーション? 何よそれ」広美はカーネーションには気づいていないらしかった。

わたしが買った本物のカーネーションは、二週間後の退院までもった。アヒルおばさんが、毎日水切りをしたからで、少しずつ短くなっていったが、最後まで瑞々《みずみず》しかった。

「真紀待って。利花が話があるって」

二人とも職員食堂にいるのか、携帯電話はそそくさと利花に替わった。

「真紀、ショットグラスの患者を覚えている?」利花が訊いた。

「覚えている。どうしているかしら」

「この前、半年に一回の検診に来たのよ。部長の診察にわたしもついたけど、すごく元気。部長の話では、産婦人科の入院費、四分の一ばかり払い込んだのですって」

「彼女が？」

「そう。だからたぶん、真紀が主治医だったときの内科の入院費、もう支払いがすんでいるのよ、きっと」

「よかった」

「うん、よかった」

「利花のおかげ」

わたしは、膣内《ちつない》異物の話をしたときの彼女の怒った顔を思い出していた。早々に彼女が副院長にかけ合ったからこそ、二度目の入院が決まったのだ。

「何言ってんのよ。真紀が一生懸命だったからよ。患者の話をしたとき、真紀は泣きそうだった。そりゃそうよね。治る患者を治さないで診続けるなんて、医師としてこんなに悲しいものはないわ。特に女医としては見過ごせなかったの」

「それはそうだけど」

「そうなの。決まっているじゃない。彼女、真紀によろしくと言っていたわ」

「ありがとう」

「わたしからもありがとう。また近いうちに三人で会おうよ。電話するからね」

利花の声は暖かかった。

震える月

Eメールを開くのは毎日一回、朝のジョギングに出かける前で、だいたい六時頃になる。

メールを始めた十数年前から、やりとりは英語だけと決めていた。同僚や先輩、教室員から、日本語でメールがはいっても、返す文章は英語だから、最初の頃は大いにあきれられた。陰では顰蹙《ひんしゅく》も買ったようだ。

しかし、やせ我慢のようにして英語だけのメールを打っていて、損をしたかというと、全く逆だ。第一に、下手な英語が少しずつでもうまくなり、作文が苦にならず、定型文がすらすらと出てくるようになった。第二に、相手も日本語で打つのが気がひけるのか、どうでもいいようなメールが激減した。第三に、こちらの返事も長々と書かなくてすみ、要点だけを返信すればよくなった。英語であれば、眼科医になった息子やカナダに留学している娘へのメールの冒頭に〈わが愛する息子へ〉〈愛する娘へ〉

などと照れずに書けるし、臆面《おくめん》もなく〈ラブ〉と文を結んで悦にいることができる。

この十年くらいは、教室員や後輩からのメールの三分の二は英文になったのも、予期しなかった波及効果だった。

世間では、英語を話す能力の向上ばかりが強調されるが、こと医学の世界では、読み書き能力のほうがとび抜けて重要だ。話せなくても、英文で記せれば世界中の誰とでもやりとりできる世の中になっている。ついでに言えば、書けるようになれば必然的に話すのも楽になる。

四月上旬、例によってメールボックスを開いたとき、見慣れない名前とともに、〈ベトナム・HCM〉というタイトルのメールがはいっていた。

得体の知れないメールは、開かずに削除するのを常としていたが、そのときは、七月に開かれる環太平洋泌尿器科《ひにょうきか》国際学会のことが頭に浮かんだ。太平洋に面した北・中・南米、オーストラリア、ニュージーランド、そして東アジア、東南アジア諸国の専門医たちが、二年に一度集まる国際学会で、今回はベトナムのHCM、つまりホー・チ・ミン市が開催地になっていた。

差出人のラム・シアン・ディエンは、学会の渉外担当理事かもしれなかった。その学会では、私も三十分の小さなレクチャーを行うことになっていたので、細かい打ち合わせのメールだと見当をつけ、開いた。

しかし中味は、学会とは無関係の私的な通信文だった。

かなり流暢《りゅうちょう》な英語に私は驚かされた。

——親愛なる同業者にして、かつ親愛なる教授殿

不躾《ぶしつけ》な突然のメールをお許し下さい。小生はベトナム、ホー・チ・ミン大学医学部のラム・シアン・ディエンという医師です。このたび、わが都市で開催される環太平洋泌尿器科国際学会のプログラムで、貴殿の名前を眼にし、もしやと思い、このメールをしたためた次第です。

貴殿のお名前である〈オオモリ〉は、小生、小さい頃から父親によく聞かされておりました。〈オオモリ〉はフランス語で〈グラン・フォレ〉、つまり文字どおりに言えば〈大きな森〉で、父親はその名を決して忘れることはありませんでした。もしかしたら、貴殿は〈セイイチロー・オオモリ〉という医師をご存知ないでしょうか。おそらく〈オオモリ〉という姓は日本に多く、小生のかすかな希望など、全く根拠のないものかもしれません。しかし、父親の記憶では、もともと〈セイイチロー・オオモリ〉医師は泌尿器科医であり、貴殿も泌尿器科の教授であるの

で、もしやと考えたのです。

最後に、書き記しておかねばならないことは、そのオオモリ医師がわがホー・チ・ミン市に滞在したのは、一九四五年七月からしばらくの間だったはずです。

もし貴殿が、そのオオモリ医師をご存知であれば、ご一報いただきたいと切に願うものです。父親は五年前に鬼籍にはいりましたが、母親は健在であり、オオモリ医師への感謝の念を伝えたいと申しております。

もちろん、オオモリ医師をご存知ない場合でも、学会にてお会いし、歓談できるのを楽しみにしております。


親しみを込めて。

ラム・シアン・ディエン

私は文面を一読、二読、三読し終えてパソコンを閉じ、ジョギングに出かけた。

日頃から、ようやく息の上がる速度でしか走らないのだが、その朝だけは妙に動悸《どうき》がした。

メールの送信者が言及している〈セイイチロー・オオモリ〉は、七年前に八十三歳で亡《な》くなった私の父だった。

父は確かに軍医として召集されていた。東南アジアを転戦し、敗戦をサイゴンで迎えた戦歴については、彼自身の口から聞いている。しかし、サイゴンで何があったか、詳細は、息子の私に関心がなかったために、全く分からない。

十年ほど前に、父が古い手帳を持ち出して、自分の軍医体験を小冊子にまとめ上げたときも、ろくろく、その中味を読まなかった。

父がワープロを覚えたのは、大学を定年退職する前後だ。その後ワープロをパソコンに換え、手記を書き、プリンターで印刷して、冊子の形にしたのも自分の手だった。B5判の大きさで四十頁《ページ》近くになる小冊子を、全部で五、六十部、作成したのではなかったか。残り少なくなった戦友や、昔、教授会で一緒だった同僚、友人、後輩に配布し、三人の子供にも二部ずつ与えた。

私は一部をろくろく読まずにどこか本棚にしまい込み、もう一部は家内に手渡した。彼女がそれを読んだかどうかは分からないが、現物を探し出すには、本棚をかき回すよりも、家内に尋ねたほうが早いような気がした。

ジョギングから帰ると、すぐにメールの返事をしたためた。

――親愛なるラム・シアン・ディエン医師へ

貴殿の言われる〈オオモリ〉医師は、間違いなく私の父で、七年前に他界しました。生前、彼が残した従軍手記が、書斎のどこかにあるはずなので、探してみます。ともあれ、息子同士が六十年の歳月を経て、相見《あいまみ》える機会を得るということは、神仏の導きが働いているとしか思えません。追って、また一報致します。ホー・チ・ミンで、お目にかかれるのを心待ちにしております。

親しみを込めて

大森伸二

朝食のとき、家内に向かって、手記についてたずねた。

「あれは、仏壇にしまってあります」彼女は立って座敷に行くと、小冊子を手にして戻って来た。

「ベトナムの医師からメールがはいり、おやじについて訊《き》いて来た。その医師の父親が、おやじと知り合いだったらしい」

「ベトナムで？」

「そう。世の中狭いものだ」

「日本に引き揚げる前、サイゴンの病院にいたことは、お義父《とう》さまの手記に書いてあったような気がします」

私は小冊子を手に取り、目次を眺めた。目次があったことすら忘れていたが、最後の章は確かに〈ベトナム独立軍〉となっていた。

その日、私は小冊子を鞄《かばん》に入れて出勤し、教授会が開かれている間、改めて目を通した。

大学が独立行政法人化されて以来、教授会は形骸化した。医学部長や病院長からの達示事項が増え、もはや討議の場ではなくなっていた。

「大森先生、何を読まれているのですか」

いつもは教室員が書いた英語論文の添削に余念がない、右隣の循環器病態学の教授が訊いた。その日は珍しく、彼は手ぶらで来ていたのだ。

「おやじが残した従軍手記です。この手記に出て来る人物の息子と、この七月に会うことになったのです」

私は小声で答え、最終章を彼に見せた。

「〈ベトナム独立軍〉というのは、要するにベトコンのことですな」私より三つばかり年長の彼は言った。

ベトナム戦争が取沙汰《とりざた》されていたのは、私が中学生の頃で、年が上だけに彼のほうが記憶には深く刻まれているのかもしれなかった。

「おやじによると、ベトコンは米軍が言い出した呼び名で、本当は〈南ベトナム解放民族戦線〉という言い方が正しいようです」

彼は小冊子を私から取り上げ、教授会の残りの三十分で、全部を読み上げてしまった。

「しかしあの大森先生が、こんな苦労をされたとは、全く知りませんでした」

会議室の出がけ、彼はしみじみとした口調で言った。

「軍医時代のことは、ぼくにも言いませんでしたから。書き残していてくれて助かります」

「最後の章に出てくるベトナムの少年は、大森先生がいなければ、命を落としていることになりますな。そうなれば、その息子も存在しないはずで、先生は命の恩人の息子というわけです。ホー・チ・ミンの学会で出会ったら土産話、ぜひ聞かせて下さい」

そう言い残して彼はエレベーターを降りた。

その夜、私は父が自ら綴《と》じた小冊子を改めて精読した。それを貰《もら》ったときにちゃんと読もうとしなかった自分の気持が、読むにつれて氷解していくような気がした。

私が医学部生の頃、父は既に泌尿器科学会の大御所で、医学部生向けの教科書も執筆しており、ベッドサイドの実地用にも国家試験の受験用にも便利だという評判をとっていた。私はわざと英語の教科書を使った。

卒業の前年、父は日本泌尿器科学会の会長を務めた。その頃ちょうどベッドサイドで泌尿器科を回っていたので、教授や助教授、その輩下の教官たちからは、「あんたのおやじさんは偉い」とさんざん言われた。

ひとつだけ幸いだったのは、父が私の在籍していた大学の教授ではなかったことだ。父と私は同じ大学の出身だが、教授として転進した先は、私立大だった。

卒業が近づくにつれて、医学生たちは何科を専攻するか真剣に考えるようになる。医学部に入学した当初、私は父のあとを継いで泌尿器科医になるのだろうと漠然と思っていた。やがて、どの科の教官からも、「きみは大森先生の息子か」と訊かれるに及んで、辟易《へきえき》してしまった。大教授の息子にしては凡庸だな、という含意をその都度感じてしまい、反発だけがオリのように残る。いつの間にか家でも、父親とは最小限の会話しかしないようになっていた。

子供三人のうち医学の道に進んだのは私だけで、その息子があまりなつかない理由を父は自分なりに理解しているようにも見えた。医学の話をすることは一切なく、まして進路についても話題にしなかった。

いよいよ卒業間近になって私が泌尿器科に進むことを母から聞いた父は、口には出さないものの、傍目にも上機嫌に映った。

泌尿器科を選んだのは、その後私の恩師になった教授の人徳に魅《ひ》かれたからといっていい。通常卒業生のなかで泌尿器科に行くのは二、三人だが、私の同期からは七人も出たのだ。

泌尿器科に進むにあたって、私は私でマイナーな病気を研究しようと心決めしていた。メジャーな病気、例えば膀胱癌《ぼうこうがん》や前立腺《ぜんりつせん》肥大、前立腺癌、性感染症などは、多くの泌尿器科医が関心をもっている領域であり、それはとりもなおさず、父の得意とする分野だったのだ。要するに私は、父と同じ土俵で相撲を取らなくていいように、巧妙な戦略をとったといえる。

当時インポテンスは、泌尿器科では日陰の病気だった。患者も大っぴらには問題にせず、医師のほうも目をそらし続けていた。膀胱癌や前立腺癌の手術の後遺症として、インポテンスはほとんど必発の後遺症だったが、患者はそれを主治医に告げず、主治医の側でも、「命が助かったのだから文句は言うな」という態度で臨んでいたのだ。

私が大学院でテーマに選んだのは、平滑筋《へいかつきん》の収縮・弛緩《しかん》の機序だった。ペニスが勃《ぼっ》起《き》するのは平滑筋から成るスポンジ状の海綿体が弛緩し、そこに大量の血液が流入するからだ。

二十五年前、その分野の研究は手薄で、どんな小さな知見でも論文になり、欧米の専門誌に発表できた。大学院を修了して再び臨床に戻った一九八六年、血管を拡張させるのは内皮細胞由来弛緩因子としての一酸化窒素だという思いがけない発見がなされた。その数年後、陰茎海綿体の内皮細胞からも一酸化窒素が遊離していることが証明されて、性機能障害が一挙に脚光をあびるようになった。その後、インポテンス学会と呼ばれていた学会も、性機能学会に名称が変わった。

この名称変更には、私も大いに助かった。それまでは病棟でも看護師に、「先生、今度インポ学会に行かれるのはいつですか」とよく訊かれた。〈インポ〉という響きはどこか滑稽《こっけい》だ。〈性機能学会〉なら人聞きも悪くない。

私が泌尿器科の専門外来に性機能相談の窓口を設けたのもその頃で、患者も年を追うごとに増えた。インポテンスという用語にも日本語が当てられ勃起障害になった。

私が講師になったのは、父が七十歳で定年を迎えた翌年であり、その四年後には助教授に昇進した。そうしたポストを得る際に、父が密《ひそ》かに影響力を発揮したかどうかは知らない。しかし少なくとも、私から相談をもちかけたことはなかった。

性機能障害は益々《ますます》クローズアップされていった。日本人の十人にひとりと言われる糖尿病の合併症としての勃起障害が問題視され、また世界に先がけて高齢化社会に突入したせいで、年寄りの性が大っぴらに論議されるようにもなった。とどめの一発が、一九九九年に発売されたバイアグラで、これを契機として勃起障害もEDというモダンな呼び方に変わった。

私が運良く教授に選出されたのは五年前、四十七歳のときで、父はその二年前に他界していた。トントン拍子の昇進に対して、私は親の七光などなかったと自分に言いきかせていた。しかし教授になったあと、各科の先輩教授から、「大森先生には昔、大変お世話になった」と口々に言われ、その度ごとに背中に冷たいものを感じた。ひょっとしたら、私が泌尿器科医になって以来、父はことあるごとに、主だった後輩に「息子を頼む」と言い続けてきたのではないかと、疑心暗鬼にかられた。面と向かって息子に口をきけなかった分、陰で代償的な行為をしていた可能性は大いに考えられる。

改めて振り返ってみると、医学の道に進み出して以来、父は常に煙たい存在であり、晩年はおろか亡《な》くなってからでさえ、あまり思い出したくない存在になっていた。そんなぎくしゃくした関係だったから、父の口から軍医として従軍した太平洋戦争の話を聞いたのも一、二回しかない。今でも記憶に残っているのは、総理大臣が靖国神社に参拝するか否《いな》かで世情が揺れていたときに吐いた言葉だ。

「マスコミはA級戦犯のことばかり言うが、外地で消えたBC級戦犯を少しは思い出してもらいたい」と、いつになく強い口調で言った。あのとき、私が少しでも関心を示せば、堰《せき》が切れたようにしゃべり出す気配があった。しかし私は、故意にか無意識にか、頷《うなず》きさえもしなかった。

当時の私はBC級戦犯がどういうものか知らず、単にA級戦犯よりも軽い罪の戦争犯罪人くらいにしか思わなかったのだ。

父の従軍手記をメモをとりながら精読すると、あの戦争でひとりの軍医がどれほどの距離を移動したかに、ほとんど溜息《ためいき》をつかされた。

父が大学の医学部を卒業したのは、昭和十六年末である。その年の十二月八日に、日本海軍が真珠湾を急襲して太平洋戦争が始まっているので、まさしく開戦とともに医師生活の一歩を踏み出したのだといえる。

陸軍軍医学校で一年間戦陣医学を学び、十七年十一月に軍医中尉《ちゅうい》に任官、隊付軍医としてビルマに赴任する。門司《もじ》を出た船はシンガポールを経由してラングーンに入港、そこから鉄路でビルマの北部にあるミイトキイナに着くまで、一ヵ月半の長旅だった。昭和十八年、所属の大隊はミイトキイナの北部で中国軍、英国軍、地元の部族らと戦闘を続け、多数の死傷者と栄養失調者を出した。戦争だから死傷者が出るのは仕方ないとしても、栄養失調者に対する嘆きは手記の行間に溢《あふ》れている。食事が白米と食塩、そしてジャングルの野草だけとなれば、蛋白質《たんぱくしつ》と脂質《ししつ》不足から、浮腫《ふしゅ》を伴う栄養失調になるのは当然の成り行きだろう。

こうして昭和十八年は山中の戦闘で戦力を消耗しつつ、ビルマ北部の守備で終わった。翌十九年になると、ビルマ全域で連合国軍の優勢は動かしがたいものになり、制空権も英軍に移った。ミイトキイナの兵営は幾度となく爆撃され、そのたびに死傷者の数が増えた。

日本軍にもはや反撃の余力はなく、窮地を脱するために、北ビルマを担当する第十五軍の軍司令官が考えついたのが、インド進攻だった。まずはビルマ国境に近い町、インパールを占領し、そこからアッサム州まで進軍するという作戦が立案され、実行に移された。これが悪名高きインパール作戦である。

父の部隊がミイトキイナからインパールへ向けて西進するためには、死の谷として恐れられていたフーコン渓谷を渡り切らなければならない。高温多湿で人が住まず、風土病が蔓延《まんえん》している地帯である。父は従軍手記に、そのとき自分が図嚢《ずのう》に入れて携行した医薬品の名前を、律儀《りちぎ》に記していた。強心剤としてのビタカンフル、呼吸促進剤のロベリン、鎮痛薬のモルヒネと阿片錠《あへんじよう》、睡眠剤のヴェロナール、止痢剤《しりざい》のクレオソート、胃腸薬の重曹、抗アメーバ赤痢薬のエメチンとリマオン錠、それに解熱剤《げねつざい》、感冒薬なども加わる。

医薬品の詳細なリストに、父の生真面目《きまじめ》さと責任感を読みとらざるをえなかった。物心ついたときから私が父と接していて息苦しさを感じたのは、この生真面目さだった。食卓でも冗談を言わず、話題も堅苦しかった。そういえば、大口を開けて笑った顔を見たことがない。私はこうした父の性格を反面教師にして、不真面目と無責任を装《よそお》いながら生きてきたといえる。

フーコン渓谷の行軍は、予想どおり凄惨《せいさん》をきわめた。兵士は武器の他、二週間分の食糧を背負って、山を上り下りしなければならない。しかも山中には、中国兵とインド兵が潜伏し、迫撃砲で撃ってくる。頭上には英軍の偵察機が舞い、進軍は思うようにはかどらない。そのうち食糧が尽きはじめ、野草や山芋、ヤシの芽、バナナの芯《しん》を、米に混ぜて食べるようになった。栄養状態は日増しに悪くなり、脚気《かっけ》やアメーバ赤痢、マラリアに苦しむ兵士が多くなっていった。

弾薬も食糧も底をつきかけている日本軍を尻目《しりめ》に、英中印の連合国軍は飛行機から落下傘《らっかさん》で武器と食糧を補給し続けるので、彼我《ひが》の戦力は差が開くばかりである。

そこに追い撃ちをかけたのが、四月半ばに到来した雨期だった。ぬかるんだ道で兵士は泥まみれになり、全身濡《ぬ》れネズミと化す。栄養失調のため、足は浮腫で丸太のようになり、一度靴を脱ぐと二度と履けなくなる。靴下のまま行軍する兵士もいた。

敵陣からの砲撃は、上空に観測機がいるため、正確無比であり、味方の陣地は容易に破壊される。戦死者の遺骸《いがい》の後始末は軍医と衛生兵の役目だが、火葬の余裕などない。指を一本切り取って、遺骸は埋葬する。指は炊事の際に火葬にして、弾丸入れのアルミ缶に納めた。名札をつけた缶は戦友が首に掛けて歩くが、揺れるたびに骨が缶に当たって悲しげな音をたてた。

次々に担《かつ》ぎ込まれる負傷兵を手当てしようにも、もう父の手元にはヨードチンキさえなくなっていた。包帯は、敵の落下傘の布切れをさいて代用した。担架を担ぐ兵士もいないので、腹部貫通銃創や大腿骨《だいたいこつ》骨折の患者ですら、一本の杖《つえ》を頼りに、自力歩行するしかない。

フーコン渓谷に投入された一個兵団一万五千名は、谷を渡り切る前に連合国軍に包囲され、激しい砲火をあびせられる。敵は砲弾ばかりではなかった。マラリアと栄養失調が将兵を襲い、なぎ倒していった。父は手当てをした傷病兵を前線からはずして、後送させた。後方に送るといっても、よほどの重傷患者でなければ担架に乗せられず、大部分は杖にすがっての徒歩だ。

こうして何の戦果もあげられないまま、兵力は消耗していき、ついに四ヵ月後、渓谷からの撤退命令が下る。四方を連合国軍に包囲されているので、残された唯一《ゆいいつ》の脱出路は急峻《きゆうしゆん》な峠越えのみだった。撤退するにあたって、足手まといになる兵器や弾薬は捨て、崖《がけ》を登れない軍用車輛《しやりよう》も放棄するしかなかった。

父自身もその頃アメーバ赤痢にかかり、当番兵に肩を貸してもらいながらの峠越えになった。敗走する道すがら、父はかつて自分が後送したに違いない傷病兵たちの腐乱死体を目にする。杖をついたり、体力を失《な》くした将兵が登り切れるような山道ではなかったのだ。ぬかるんだ道の至る所に、半ば白骨化した死体が転がり、やっと辿《たど》りついた小屋ですら、床は死体で埋まり、異臭が鼻をついた。

頭上には敵機が飛んでいるので、その間隙《かんげき》をついて進むのだが、激しい下痢のため、

二、三十分おきに草叢《くさむら》に隠れて用を足した。しかし最後にはもうその余裕もなくなり、軍袴《ぐんこ》を汚しながら歩を進めた。

やっと峠を越え、フーコン渓谷から脱出したとき、一万五千の将兵は三千になっていた。八割の損耗率である。

からくも辿りついた師団司令部だったが、父の病状は悪化する。極度の下痢と高熱のため、中部のメイミョーにあった兵站《へいたん》病院に収容された。七月から九月までの入院治療で回復すると、待ってましたとばかり今度は守備隊の衛生部に配属される。その頃、連合国軍は既にビルマ北部を掌握しており、一気呵成《かせい》に南下を目論《もくろ》み、それを阻止しようとする日本軍との間で、戦闘が繰り返されていた。

父の所属する連隊は、ビルマ中部にあるメイクテラで連合軍を迎え撃つ。戦場は一転して砂漠地帯である。ここでも制空権は連合国軍側にあり、頭上を観測機が飛び、戦闘機が飛来する。包帯所を設けるとすれば、サボテンの群落の間にしかなかった。天幕の上は枯木や草で擬装した。日が落ちてようやく父の出番となり、天幕の中でろうそくの明かりを頼りに戦傷処置を行った。手当てが終わった患者は、通過する軍用自動車に託して野戦病院に後送するが、その許容数は限られ、夜の包帯所は血と汗の匂《にお》い、負傷者のうめき声で満たされた。

昭和二十年になると、機甲戦車力に優《まさ》る連合国軍の前に日本軍は総崩れになる。三年前、破竹の進撃で北上していった同じ道を、日本軍は敗走してゆく。

父の衛生隊は患者を収容しながら進むが、歩行できない負傷兵は牛車に載せて輸送しなければならない。そして再び雨期が訪れた。道はぬかるみ、途中の河は濁流と化しているため、浅い所を数珠《じゅず》つなぎになって渡河《とか》する。南に向かう道は一本しかなく、退却する前線部隊や後方部隊が入り乱れ、路上は混雑を極めた。

大砲のない砲兵隊、戦車のない機甲部隊、飛行機を失った航空隊、自動車を失った自動車部隊など、ありとあらゆる部隊が、今や歩兵と化していた。衛生隊も大同小異で、医療器具はもちろん、薬品も底をついていた。自分たちが移動するのがやっとの状態だった。所属部隊からはぐれた兵士は、村から調達してきた現地人の衣服を身につけ、食糧を載せた荷車を引いている。旅回りの芸人の一団そっくりだったという。

そして五月、父の部隊はほうほうの体で首都ラングーンに到着する。ここに滞在中の六月に、父は日本本土への転属命令を受け取った。これが、父の戦争体験を再び二転三転させるきっかけをつくることになる。

父は戦後母校の医局に戻り、そのまま講師、助教授と昇進し、私立大学の教授に転任した。泌尿器科医《ひにょうきか》でありながら内科外科全般に幅広い知識と技能をもっていたのは、ひとえに軍医としての経験ゆえに違いない。

父の従軍手記を丁寧に読んだあと、私は二度目のメールをラム・シアン・ディエン医師に送った。

――父が遺《のこ》した手記によると、彼がサイゴンにいたのは、敗戦の年の一九四五年七月から翌年六月までの一年足らずだったようです。手記の中に唯一ベトナム人の名前が出てきますが、〈タム〉としか書いてありません。綴《つづ》り字も分からないので、英語表記で書きます。ともあれ学会でお目にかかれるのを楽しみにしています。

このメールに対する返事は、翌朝私がメールを開いたときに届いていた。

――先生のメールによって私は狂喜しました。〈タム〉というのは、まさしく私の父親だからです。正式な名前はラム・カック・タムで、ドクター・オオモリには、覚えやすいようにタムとだけ言っていたのでしょう。息子同士がここで知り合うというのは、全く天の導きだとしか思えません。手記にどう書いてあったかは、先生が私たちの町に来られるまで、訊《き》かないことにしておきます。それまでに、楽しみをいやがうえにもふくらますことができるからです。

ホー・チ・ミンには、どうぞ奥様といらっしゃって下さい。学会の会期中は、私の妻が市内のあちこちを案内致します。

この最後の誘いは、妻に伝える必要もなかった。欧米かオーストラリアならともかく、高温多湿の国に彼女が興味を示すはずはなかったからだ。返事のメールには、先約のために家を留守にできないので、同行しない旨《むね》をしたためた。

日本軍が敗れたあと、どういう経緯でベトナム戦争にまで発展したのか、私は父の手記を真剣に読むまで、何も理解していなかった。父がサイゴンにいる間に、日本の敗戦とは別に、後に世界史を揺るがすことになる出来事が、目の前で繰り広げられる事態になったのだ。

本土西部軍司令部への転属命令が下ったとはいえ、ビルマから直接日本に帰るのは不可能だ。父はモールメンを通過して、泰緬《たいめん》鉄道でタイのカンチャナブリに到着し、バンコックに出る。そこから再び鉄道でカンボジアのプノンペンを経由して、サイゴンに到着した。二週間を要する旅になった。

サイゴンからは空路で本土に向かう予定だったが、制空権は連合国軍が握っており、迎えの飛行機は待てど暮らせど来ない。宿舎の日本ホテルには、父のような本土に転属命令を受けた将校たちが大挙して集まっていた。

やがて八月を迎える。サイゴンは雨期の真最中だ。日本ホテルではラジオが聞けた。アメリカ軍による英語放送のみで、英語を解せた父は、本土が連日のようにアメリカ軍の攻撃にさらされている事実を知った。

そして運命の八月十五日がやってくる。日本ホテル滞在中の将校は全員ホールに集まり、玉音放送を聞くように指令が出た。しかし放送が始まっても雑音ばかりで、内容がつかめない。敗戦の御言葉だと解する者と、そうではなく最終決戦に向けての決意を表明されたのだと理解した者が、半々に分かれた。父は英語放送を聞いていたので、降伏を告げる達示だと理解した。

やがて敗戦の事実が明確になり、将校たちは右往左往し始める。これまで手荒く扱ってきたフランス人やベトナム人が、報復のために蜂起《ほうき》するという噂《うわさ》も流れ、ホテルの部屋からこわごわと通りを眺める日々が続いた。

しかし一週間たち、二週間たっても、町の様子は何ら変わらない。武装解除はまだ実施されていなかったので、ベトナム人もフランス人も恐《こわ》くて日本人に近づかないようにしているのだ。

そのうち日本の南方総軍は、サイゴンで帰国待ちをしている将兵を、サイゴン駐留の各部隊に配属することを決定する。父が受けた命令は、捕虜収容所勤務だった。終戦後も、連合国軍の捕虜たちは各地にある日本軍の捕虜収容所にとどまっていた。サイゴンには二つの分所があり、四千人を超えるイギリス、オーストラリア、オランダ兵が収容されていた。

父の役目は、そうした捕虜の健康管理だった。まず捕虜になっている軍医に会い、要求を聞いて、医薬品と医療器械を集めることから始めた。毎日のようにトラックに乗り、日本軍の衛生材料廠《えいせいざいりょうしょう》や貨物廠に行き、品物を調達した。どの部署でも捕虜収容所だと言えば、二つ返事で品物を出してくれた。この時点で捕虜の扱いを間違えれば災難が自分たちにふりかかってくるのを、日本軍の将官は知っていたからである。

ほどなく捕虜たちは、旧日本軍の捕虜収容所から、旧フランス軍の兵営に移り、職員もそれに伴って移動した。父は医官として風呂《ふろ》付きの住宅を与えられ、毎日歩いて数分の距離にある医務室に通った。

医療品がふんだんにあるのと同様、医官に出される料理も様変わりした。魚肉ともに豊富になり、あばら骨が浮き出ていた父の身体《からだ》も丸っこくなった。あまつさえ、旧日本軍は父に対して運転手付きの乗用車さえ与えてくれた。車には尉官《いかん》を示す青い小旗が立っているので、町に出ると、兵隊は立ち止まって敬礼をする。この頃はまだ、サイゴンの治安を担《にな》っているのは、サイゴン駐留の旧日本軍だったのだ。

外《と》つ国《くに》の捕虜を診るわれ敗戦の窓辺に赤しハイビスカス花

父は下手の横好きで、医学生時代から短歌を詠んでいたらしいが、サイゴンに出てきて再びその余裕ができたようだ。従軍手記の所々に、当時の作がはめこまれている。おそらく医務室の窓の外にハイビスカスの花が咲き乱れ、父はその赤さに、これから先、自分自身が捕虜になる不安を投影していたのではなかろうか。

九月半ばになると、英仏《えいふつ》連合軍がサイゴンに上陸し、これがきっかけになって町は俄然《がぜん》不穏な様相を帯び出す。ベトナム人が蜂起して、旧宗主国フランスに対して反撃を開始したのだ。フランス人を襲撃したり、拉致《らち》したり、フランス軍が管理する火薬庫が爆破されたりした。

連合国軍の到着で、サイゴンの警備は英印軍が担当するようになり、旧日本軍の主力部隊はサイゴンの北のビエンホアに移動させられた。例外が、父のいる旧捕虜収容所の将兵で、そのまま捕虜の世話に従事させられた。

やがて捕虜の大半が帰国してしまうと、父は宿舎を貧弱な家屋に移され、専用の乗用車も没収された。

捕虜がいなくなり手持ち無沙汰《ぶさた》になった捕虜収容所部隊に、旧日本軍の司令部から新たな命令が下った。連合国軍への食糧調達に従事せよというもので、これには理由があった。

この頃、連合国軍のトラックや乗用車は、ベトナム独立軍のゲリラ戦術によって甚《じん》大《だい》な被害を蒙《こうむ》っていたのだ。

他方、旧宗主国のフランスを追い出した旧日本軍に対して、ベトナム独立軍は敬意を抱いており、日本軍の車輛は決して襲撃しなかった。

これは父が帰国後に知ったことだが、日本降伏の日の夕刻、ベトナム独立同盟、いわゆるベトミンは全国共産党大会を開催し、全国民に総蜂起を呼びかけていた。そして九月二日、ホー・チ・ミンがベトナム民主共和国の独立宣言を読み上げた。サイゴンにおけるフランス軍とベトナム独立軍の衝突には、以上の背景があったのだ。

その頃父は捕虜収容所の部下が運転するトラックに乗って、連合国軍のための食糧調達に奔走していた。郊外に出て、米と野菜、果物を買い、市場で魚肉を仕入れるのだが、資金の出所は旧日本軍司令部からだった。

この時期、旧日本軍の将兵が最も恐れていたのは、戦犯追及だった。特に捕虜収容所にいた軍人は、いつ捕虜虐待《ぎゃくたい》の容疑で呼び出しがかかるか、戦々恐々としていた。戦時中、捕虜に充分な食事を与えず、医薬品の補給を怠り、そのうえ道路や飛行場建設の労役も強《し》いたからだ。父が捕虜収容所配属になったのは敗戦後だったが、やはり心中穏やかではなかった。

十月のある日、トラックでいつものように食糧調達に出かけての帰りがけ、フランス軍とベトミン・ゲリラの市街戦に遭遇した。道は封鎖されているので建物の陰にトラックを停め、降りて物陰に身を潜めた。繁華街が近いこともあり、市民は逃げようともせずに、両軍の小銃による撃ち合いを見物していた。

そのうち五、六人のベトミン・ゲリラがこちら側に接近して来た。どうやらフランス軍の側面に迂回《うかい》する作戦をたてたのだろう。父は逃げる間もなく身を伏せた。ゲリラの若者をすぐ近くから見て、腰が抜けんばかりに驚いた。何度か市場の中で会った少年に違いなかったからだ。彼は日本語をどこで覚えたのか、簡単な挨拶《あいさつ》と数字が言えた。名前はタムと言い、思わず呼びかけようとしたが、彼らは厳しい表情のまま小銃を構えて走り過ぎた。

その瞬間だった。二発の銃声がし、タムがもんどりうって倒れた。他の四人は後ろも振り返らず、全速力で通りを渡り、建物の陰にはいった。

タムは動かず、父はどうしたものか、一瞬迷った。飛び出せば銃撃にあう。そのときだ。道路の向こう側から少女が二人、担架を持って走り出た。激しい撃ち合いの最中で、弾丸が道にめり込んで土埃《つちぼこり》を上げている。しかし少女二人はそれをものともせずにこちら側に渡り切り、タムを担架に乗せて、そのまま物陰に隠れた。そこは父のいる場所から十メートルしか離れていなかった。

「タム、私だ」

近寄った父は、担架を覗《のぞ》き込んで言った。タムに間違いなく、彼のほうも父を認めたようだった。

肩口からの出血はひどく、父は傷口に腰のタオルを詰め込んだ。

「このままだと危険だ。私の家に来い。手術もできるし、薬もある」

日本語と英語をチャンポンにして言い放った。タムも理解したようで、二人の少女にベトナム語で伝えた。

担架を運転手が待つトラックまで運ばせた。

「いつものタムだ。大怪我《おおけが》をしている。このまま私の家に行ってくれ。食糧を届けるのはあと回しだ」

父は運転席の部下に命じた。

トラックの荷台の隙間《すきま》にタムを横たえ、その脇《わき》に父が付き添った。少女のうちひとりが助手席に乗り、もうひとりには行き先を伝えた。

荷台の上で、父は傷口を調べた。弾丸は鎖骨下からはいり、肩口に抜けているようだった。幸い、大きな動脈が損傷されているような兆候はない。それでも出血は続き、家に着く手前で、タムの意識は遠のいた。

父は、一時期豊富に支給された医薬品を自宅に隠匿《いんとく》していた。ベッドにタムを横たえると、点滴を始め、傷口を消毒し、改めて充分な止血をはかった。

その日のうちにタムの意識は戻り、付き添っていた少女も安心して帰り仕度を始めた。市内まで歩いて戻るという。一時間はかかる距離だ。サイゴンに住む他のベトミンの兵士たちと同様、彼女たちも普段は郵便局員だったり、店員としての仕事をして、召集がかかると兵士に早変わりするのだという。

タムが父の家にいたのは三週間だったらしい。若いだけに回復は早く、右肩を動かすと痛みを感じるくらいの後遺症しか残らなかった。その間、同じ少女が一日おきに見舞いに来たが、そのたびに大きな果物をかかえており、父の家に置いていった。

　月白き川辺に集う群衆の声たからかに独立を唄《うた》う

　塀外《へいがい》に時折響く銃声に震える如《ごと》きサイゴンの月

　従軍手記に挿入された二首の短歌からは、そうした当時の不穏なサイゴンの情勢が伝わってくる。

　私は手記のこの件《くだり》を読んだとき、父がぼんやりと縁側に立って夜空を眺めていた光景を思い出した。十五、六年前のことで、アメリカがイラクを空爆し始めた頃だ。テレビでは、暗闇《くらやみ》に爆弾が赤々とはじける様子が繰り返し映し出されていた。

「どうしたのですか」

　私は後ろから呼びかけた。一月の寒さにもかかわらず、縁側のガラス戸が開け放たれていたからだ。その四年ばかり前に大学を定年退職して以来、父はどこか張り合いを失ったように、手持ち無沙汰の毎日を過ごしていた。まさか、呆《ぼ》けの始まりではないかという危惧《きぐ》が、私の脳裡《のうり》をよぎらなかったといえば嘘《うそ》になる。

「いやニュースを見ていて息苦しくなった。アメリカは簡単に戦争をしかける」父はまっすぐ私の顔を見返して答えた。

「イラクがクウェートに侵攻したのがいけなかったのですよ」

父の表情から呆けの兆候ではないと判断した私は、気楽に言った。

「そんな簡単なものではない」

怒ったように父は顔を私からそらし、夜空の方を見上げた。珍しく澄んだ空に三日月に近い形の月がくっきりと浮かんでいた。

縁側から引き上げようとしない父に、私は少しいらだった。

「戸を閉めないと、風邪ひきますよ」

言いおいて私は先に居間に戻った。しばらくして戸を閉める音がして、父は姿を見せた。テレビの画面はもう違うニュースに移っていた。

仮にあのとき寒いのも気にせず、傍に立ち続け、話に耳を傾けていれば、父はもっと話を続けたはずだ。夜空に切り込まれたような月を眺めていた父が、遠い昔サイゴンで見た月を想起していたかどうか、もう知るすべもない。

傷がほぼ癒《い》えたタムは、父に向かってベトナム独立軍に参加しないかと、何度も口説いたらしい。

「ドクター・オオモリなら、軍医中将に任命されます。見舞いに来ている同志がサイゴン地区司令官に具申して、確約を得たそうです」

繰り返しの慫慂《しょうよう》に、父は中将になるよりも、早く国に帰りたいのだと、苦笑しながら辞退した。

従軍手記全体が暗い色調に包まれているなかで、タムとの交流の部分だけは、闇夜の明かりのように心温まるものがあった。その感慨は父の次の一句にも表われている。


敗戦の我が身を案じベトミンの軍医になれと説きし少年

そのタム少年がどうやって戦後の混乱を生き抜き、その後、熾烈《しれつ》で長かったアメリカとの戦争をいかにして切り抜けたかは、私自身も大いに興味があった。

ホー・チ・ミン市を訪れるのは初めてだった。空港に降り立ってタクシーで市内に向かう間、六十年前この地に父がいたのだと思うと、胸にこみ上げてくるものがあり、私はうろたえた。

市内は人と自転車とバイクの洪水だった。信号機が少ないので、猛スピードで流れていくバイクの間を、器用に横断していく歩行者にも驚かされた。

近代的なホテルの前には、タクシーと並んで、ベトナム風人力車のシクロが五、六台待機している光景も珍しかった。

ホテルで荷を解《ほど》いた夕方、メールで約束した時刻に、ラム・シアン・ディエン医師が姿を見せた。太目の体格の私と違って、小柄で引き締まった身体《からだ》つきであり、白シャツ姿が若々しかった。

握手を交わして思わず西洋風に抱き合うとき、親子二代にわたって知り合う機縁が訪れた事実に、私は圧倒されそうになった。それは相手も同じらしく、「父が生きていたら、どんなに喜んだでしょう」と何度も繰り返した。

ロビーの脇にあるカフェテリアで、まずはコーヒーを飲むことにした。私は英語の読み書きは職業柄さして不自由はしないものの、しゃべるとなるとそう流暢《りゅうちょう》にはいかない。彼も似たようなものらしく、初めのうちは二人とも考え考え言葉を交わしていた。しかし、気心が知れると次第に会話が弾むようになった。

私は父の従軍手記をラム医師に献呈するとともに、タム少年が登場する部分の英訳も彼に手渡した。

「これがドクター・オオモリの手記ですか」

ラム医師は真剣な表情で英文に眼を通したあと、ようやく顔を上げた。

「このとき、ドクター・オオモリに会っていなければ、自分の命はなかった、と父はよく言っていました。日本人がベトナム人の少年を自分の家で治療するなど、普通ではできません。フランス人に見つかれば、罰せられたはずです」

「そのあたりについては、父は何も書いていません。軍医としてまがりなりにも家を与えられていたし、旧日本軍の兵士を部下にもっていたので、何とかやれたのだと思います。軍医としての特権です」

私は言い、さらにつけ加えた。「そこに書いているように、あなたの父親の勧めに従って、ベトミンの軍医中将になっていれば、帰国も遅れ、ひょっとしたら私も生まれていなかったかもしれません」

「それはそうです」

二人とも頷《うなず》き合って笑った。

「命を助けてもらった父親は、ドクター・オオモリの腕を確かだと思ったのでしょう。こんな医師がひとりいれば、一個師団が助かると考え、上層部に伝えたのだと思います。実は息子の私が医師になったのも、父親の願いだったのです。しかも、どうせなら泌尿器科医《ひにようきか》になれと言っていました。たぶんドクター・オオモリが、もとはと言えば泌尿器科医だったからだと思います。父に逆らっていたら、国際学会が縁でこうやってあなたともめぐりあえませんでした」

「確かに」

私は答えたものの、胸の内で狼狽《ろうばい》していた。もし私があのまま意地を張って泌尿器科とは別の科を選んでいれば、この邂逅《かいこう》はなかったはずだ。

「タム少年は、傷が癒えてからもサイゴンに留まったのですか」

私は失礼にならない範囲で話題を変えた。それが分かれば、今目の前にいるラム医師が混乱期のベトナムで、どういう教育を受けて泌尿器科医になったのかも、おのずから明らかになる。

「父がサイゴンにいたのは、日本軍の敗戦から一年間だけです」

ラム医師はゆっくりと単語を探すような口調で答え、説明を続けた。

ベトナムは独立宣言をしたものの、近代兵器もなく、充分に組織された軍隊ももっていなかった。まともに戦っては勝ち目がない。サイゴンを中心とした各地で、ベトミンがフランス軍にゲリラ戦法を仕掛けていたのが、ちょうど父がサイゴンに滞在していた時期にあたる。

このゲリラ戦に手を焼いたフランスは、懐柔策として協定を呼びかけ、一九四六年の七月から九月まで、フォンテンブロー宮殿で交渉がもたれた。結ばれた暫定《ざんてい》協定はしかし、ベトナムの完全独立を承認するものではなかった。そしてついにベトナム北部ハイフォンでフランス軍とベトミン軍が衝突し、これを機にホー・チ・ミンは全土における再蜂起《さいほうき》を指令した。クリスマスを前にして各地の発電所が爆破されて、ここにインドシナ戦争が勃発《ぼっぱつ》する。

ホー・チ・ミンは、当初からサイゴンに駐留するベトミン軍の強化に力を入れていた。

ハノイに拠点を置くベトミン軍にとって、南のサイゴン一帯はコメとゴムの宝庫だった。フランスのタイヤ会社ミシュランが世界的企業に成りえたのは、ひとえに南ベトナムにゴム園を持っていたからであり、他方、南部のコメなしではベトナム北部の工業も人的資源も立ちゆかない。

タム少年が十代にもかかわらず、独立運動に身を投じた背景には、そうした事情があったのだ。

近代装備の兵器に優《まさ》るフランス軍は緒戦を有利に進め、ベトミンの司令部はハノイを脱出し、山岳地帯に根拠地を移転する。皮肉にもこの都市部脱出が、ベトミン軍の足腰を強くした。コメとタケノコで生きる裸足《はだし》のゲリラ兵たちは農村部をおさえ、奇襲と待ち伏せ、毒を塗った竹槍《たけやり》でフランス軍を悩ませた。タム少年もその頃は、サイゴンの北西部にあるクチを本拠地としてゲリラ戦に従事した。

当初ベトミン軍を一週間で壊滅させると豪語していたフランス軍の指揮官たちは、やがて自分たちの見込みの甘さに気がつく。作戦は長引き、長期戦になるにつれ、ベトミン軍は組織を強固にしていった。

将兵と武器の消耗に悩んだフランスが考え出した窮余の策は、傀儡《かいらい》政府の樹立だった。一九四九年、バオ・ダイを中心としたベトナム国を誕生させる。この傀儡政権に軍隊をつくらせて、ベトナム人同士を戦わせる戦略に出たのである。

しかしベトミン軍にとって幸いしたのは、その年に中華人民共和国が成立し、翌年にはこの中国、さらにはソ連やユーゴスラビアがベトナム民主共和国を承認したことだった。中越国境からは、中国の支援による武器弾薬が潤沢に持ち込まれるようになった。

一方アメリカとイギリスは、サイゴンを首都とする傀儡政権のベトナム国を承認して、傀儡軍の軍事費を負担し始める。

フランス軍の基地は北部ベトナムの各地にまだ健在だったが、ベトミン軍によってまず連絡網が断たれ、孤立させられ、最後には殲滅《せんめつ》させられた。こうしてベトミン軍は解放区を拡大して、独自の農業振興策と教育重視の政策を浸透させていった。

この時期アメリカは、一九五〇年に勃発した朝鮮戦争に将兵をそそぎ込まねばならず、ベトナムのフランス軍に対しては、戦車と航空機を補給する支援のみを続けた。初めの頃は二万人だったフランス軍も、最後にはその八倍まで増兵された。にもかかわらず、フランス軍とバオ・ダイ傀儡軍の作戦はことごとく失敗し、一九五四年、起死回生策として、ベトミン軍司令部のあるディエンビエンフーに陸と空から総攻撃をかけた。しかしこれも、ベトミン軍の逆包囲作戦、地下トンネル内の移動による白兵戦戦術で計画どおりに進まなかった。フランスの空軍基地は破壊され、有機的につながっていた各陣地は寸断の憂《う》き目にあい、補給路も断たれた。フランス軍はついに白旗をかかげて降伏する。

この戦闘と併行して行われていたジュネーブでの停戦会議は、ディエンビエンフーの勝利から二ヵ月後に終了する。残念ながらこの決議はベトナム民主共和国側の意図を反映したものとはならず、国土は十七度線で北と南に分断されることが決められた。ベトミン軍側にとって唯一《ゆいいつ》の光明は、北緯十七度の軍事境界線が暫定的なものであり、二年後の一九五六年七月に実施される総選挙で、統一か否《いな》かが決定されるという条項の存在だった。

ラム医師は日本の敗戦から十年間にわたる母国の戦いを、訥々《とつとつ》としかし分かりやすく私に語ってきかせた。おそらくこのあたりの建国の歴史は、初等教育で詳しく教えられたのに違いなく、私自身がもっと突っ込んで質問すれば、フランス軍との戦闘のひとつひとつまでも、歴史絵巻のようにありありと説明してくれるはずだった。

「日本の敗戦からジュネーブ協定までの十年間、あなたの父親はずっと戦っていたのですか」私はタム少年の私的な行動のほうが気になって訊《き》いた。

「当時のベトミン軍、いや人民軍といったほうが正確ですが、これは三つに分かれて組織されていました。正規軍、地方部隊、民兵です。父は地方部隊の指揮官として、メコンデルタ一帯を守備範囲にしていました」

「まだ若いのに指揮官だったのは、戦闘歴が長かったからですね」

「そうだと思います。一九二九年の生まれですから、ジュネーブ協定の時ですら二十五歳だったのです」ラム医師は答えた。

「失礼ですが、あなたは何年の生まれですか。私は一九五五年の生まれです」

「一九六一年です。両親が結婚したのは五九年です」

ラム医師は遠くを見る目つきを、そのまま暗くなった窓の外に向けた。いつの間にか七時を過ぎる時刻になっていた。

「先生、お疲れでなければ、外で夕食をご一緒しませんか」ラム医師が誘った。

「時差は二時間しかないので、大した疲れはありません。どこかベトナム料理のおいしい店に行ければ嬉《うれ》しい限りです」

私は舌なめずりするようにして答えた。見知らぬ町では、現地の友人がつれて行ってくれる店ほど、安心して口にできる食事はない。ラム医師は携帯電話を出して、どこかに連絡を入れた。

「大森先生、シクロで行きましょうか」

ホテルの玄関先に待機しているシクロを眺めていた私に、ラム医師が言った。「シクロでも十五分しかかからない距離です」

ガイドブックには、なるべくシクロには乗らないようにと書いてあったが、ラム医師と一緒ならぼられる心配もない。

前のシクロにラム医師、そのあとに私のシクロが続いた。乗ってみて重心が低いのには驚いた。町の風景を下から眺める恰好《かっこう》になるのだ。しかも大通りに出たとたん、バイクと自転車の洪水に巻き込まれて二度びっくりさせられた。

その洪水の中を、シクロは平然と横切っていく。運転席の前方に客席があるので、猛スピードで走るバイクの流れに、客の方が先に突っ込んで行かなければならない。私は息を詰めつつ、ラム医師の乗るシクロの尻《しり》ばかりを見ていた。

交叉点《こうさてん》寄りにあるレストランまで、確かに十五分ばかりのシクロ乗車だった。私には二倍にも三倍にも長く感じられた。

レストランは単純な四角い建物ではなく、中二階や土間などを含む複雑な構造となっていた。小部屋や大部屋、土間に並んだテーブルに客が陣取り、賑《にぎ》やかに飲み食いしている。外国人らしい客は全くいない。

通されたのは三階にある窓際《まどぎわ》のテーブルで、庭に咲き乱れるハイビスカスの花の向こうに、車とバイクの行き交う大きな通りが見えた。

「ここはエビ、カニ、魚のうまい店です。嫌いなものはありますか」

ラム医師は訊いてきたが、あるはずがない。飲み物は、一刻も早くビールを喉《のど》に通したかった。

運ばれて来たのは缶ビールで、氷までおまけについていた。氷は生水なので心配になり、私は缶のままで乾杯する。

「明日は学会の歓迎パーティですから、次の日、うちに来ていただけませんか。母も妻も楽しみにしています」

ラム医師の誘いに、私は二つ返事をした。

次々と大皿が運ばれて来る。カニを丸ごと揚げたものや、蒸したもの、壺《つぼ》のような鍋《なべ》の縁にエビがびっしり置かれたものなど、どれも食欲をそそる。果たして、味も絶品で、こういうものを日本で注文すればいくらになるだろうかと、私はつい頭のなかで計算してしまった。

「父がドクター・オオモリに助けられたのは、ちょうどあの交叉点の先あたりです。父親からじかに聞きました。そして先生のお父様の住居は、ここから一キロほど行ったチョロン地区にあったはずです。父が生きていれば、どんなに喜んだことでしょう」

ラム医師は感慨深げに同じ科白《せりふ》を繰り返した。

「再会させてやりたかったですね。学会が十年早くあればよかった——」私はこみ上げてくる感慨をそのまま口にした。

「十年前だと、ベトナムには国際学会を開けるような力はなかったはずですし、仕方ありません」

顔をつき合わせて飲み食いし、話しているうちに、私は自分が父になり、かつてのタム少年と再会しているような錯覚にかられた。

「さきほどご両親の結婚が一九五九年で、その二年後にあなたが生まれたとおっしゃいましたが、その頃は、もうアメリカとの戦争が始まっていたのではないですか」私はおぼろげな知識をたどって尋ねた。

「一九五四年のジュネーブ協定で決まった統一選挙の実施を、反対したのはアメリカです。十七度線の南は傀儡のバオ・ダイの国でしたが、その後アメリカの後押しでゴ・ディン・ジェムが大統領になり、新たな傀儡政権ができました。一九五五年のことです。アメリカはこのジェム政権に軍事援助をして、アメリカ式の軍事訓練で軍隊をつくり上げました。その一方で、政権に反対する同じベトナム人を捕えて殺害する暗黒政治を主導したのです。それに対抗して一九六〇年、南ベトナム解放民族戦線が結成されました。父親はそのときもゲリラ兵の地区指揮官としてメコンデルタにとどまりました」

「解放軍の将兵は、戦いながら結婚もして子供も育てるという生活をしていたのですか」

「戦闘がないときは農作業もしていました。アメリカとジェム政権は、自分たちの保護下にある村を増やそうとしていましたが、一時は保護下においても、すぐ解放戦線側が奪回しました」

「子供たちの教育も当然、続けられたのでしょう？」

「もちろんそうです。教育と農地改良、工業生産は解放戦線の主要な政策でした」ラム医師は頷《うなず》き、器用な手つきでエビの皮をむき、指先を碗《わん》の水で洗った。「父が帰って来るのはひと月に一回がせいぜいで、一年以上顔を見ないときもありました」

「各地でのゲリラ戦に参加していたのですね」

「そうです。武器の質と量では劣っても、士気の高かった解放戦線は、サイゴン政府軍に対して常に優勢でした。業《ごう》を煮やしたアメリカは、一九六五年に北爆を開始します。しかしそれでも効果がないので、今度は正規軍を上陸させました。これ以後、父親たちの戦いは激しさを増していったのです」

ラム医師は次に運ばれてきた魚の空揚げ料理に眼をやった。「今ぼくたちがこんなふうにおいしい料理を口にできるのも、父親やその前の世代の苦労のおかげです」

「何といっても、ベトナムは超大国のアメリカを負かしたのですからね」

社交辞令ではなかった。心の底からの誉《ほ》め言葉を、直接ベトナム人に言える自分を幸せだと感じ、一方で父の従軍手記を思い出していた。

「戦争というのは、敵だけでなく、飢えや病気とも戦わなければなりませんし」

「もちろん一番の敵はアメリカ軍と政府軍です。父親たちは、思いがけず敵と出遭ったときなど、武器を隠して、シナモンや蜂蜜《はちみつ》を採取する農民を装《よそお》ったそうです。二番目の敵はやはり飢えです。アメリカ軍が撒布《さんぷ》する枯葉剤で山岳地帯の陸稲《りくとう》が育たないので、コメ不足は深刻でした。父親たちはコメを入れた袋を胸に巻きつけていました。もうひとつの貴重品は塩です。塩と胡椒《こしょう》を携行して、青いバナナをかじり、山芋の根を食べたのです。雨期のジャングルでは、マラリア蚊やヒル、ヘビ、毒虫から身を護《まも》るために、ジュートで編んだハンモックの外側を、青いビニールシートで覆《おお》って寝たといいます」

父の従軍手記によれば、フーコン渓谷で日本軍も同じような辛酸をなめた。しかし日本軍の戦いと違って、ベトナム戦争は十年以上続いたのだ。

「完全に戦争が終わったのは一九七〇年を過ぎてからでしょう？」

「ホー・チ・ミン大統領の死去が一九六九年で、一九七三年にはパリで和平協定案に基本的に合意したのですが、アメリカが再びこれを反故《ほご》にしました。解放戦線と人民軍がサイゴンを陥落させたのは、一九七五年の四月三十日でした」ラム医師が静かに言い、私のコップに新たな缶ビールを注いだ。

「そうすると十五年間ですか。その前のフランスとの戦いも十五年だから、合わせて三十年！」

私は嘆息した。タム少年が私の父と出会ったのは十六歳のときだから、すべての戦いがすんだときにはもう四十代の半ばを越していたのだ。その間、彼の戦場は、サイゴンの市街地、農村部そして山岳地帯というように転々とした。不撓《ふとう》不屈、筋金入りの兵士ができ上がるのは当然だろう。

「ラム先生、あなた自身はずっとメコンデルタの農村部で育ったのですか」

「いいえ」

よく訊いてくれたというように、ラム医師は首を振った。「十二歳のとき、十七度線を越えて、ディエンビエンフーの近くにあった寄宿舎にはいりました」

「それは随分北の方にあるのではないですか」

「ディエンビエンフーはハノイの西三百キロにある小さな盆地です。行くのに三ヵ月かかりました。それぞれの地区担当の兵士が引率して、トンネルやジャングルの中を歩くのです。同じ時期に出発した子供は二十五人いましたが、途中ひとりが病気で南に戻り、ひとりは地雷を踏んで亡《な》くなりました」

私は聞きながらサイゴンとハノイの距離を頭に思い浮かべた。直線距離にしても優に千キロ以上はあるだろう。政府軍やアメリカ軍の攻撃を避けながら、徒歩で移動するのだから、少年たちにとっては大変な旅だったはずだ。しかしそうやって北部の民主共和国政府は、南の解放地区に住む優秀な子供たちを北に集め、高等教育を施したのに違いない。

「寄宿舎といっても、ヤシやバナナの葉で屋根を葺《ふ》いた小屋です。トンネルの中にも寄宿舎はあって、いつでも逃げ込めるようになっていました。教室も同じでした。付近の山の中には、そうした寄宿舎つきの学校が中学、高校、大学というように散らばってつくられていました」

「トンネルとジャングルの中に大学？」

私は息をのむ思いで訊き返していた。

「そうです。人数は少ないのですが、工学部や医学部、農学部、経済学部、法学部など、八つから十の学部がありました」

「ということは、教える人間もいたのですね」

「はい」当然というようにラム医師はほほえんだ。

三十年間戦争を続けながらも知識人を重用した点は、カンボジアのクメール・ルージュとは百八十度異なる政策であり、そこにも私は、ホー・チ・ミンを中心とする指導部の英知と、ベトナムの底力を見る思いがした。南北統一がなされたあと、大した混乱もなく農工商の分野で発展を遂げた背景には、戦時中も絶えることなく育成された豊富な人的資源があったのだ。

「ラム先生は、サイゴンが解放されたあと、こっちに戻ったのですか」

「いえ、高校、大学とハノイで過ごし、医学部を卒業して、パリで三年間研修をしました。もちろん年に一度くらいはサイゴン、いやホー・チ・ミン市に帰省しています。父母の許《もと》に帰ったのは一九九五年です。こちらの大学の准《じゅん》教授に推薦されたからです。あ、忘れていました」

ラム医師は名刺入れから名刺を出して私に渡した。遅ればせながらの名刺交換になったが、彼は既に泌尿器科《ひにょうきか》の教授の肩書に変わっていた。

「お父さんは、南北統一のあとどうされました？」

「四、五年は軍にとどまり、五十歳からは市の顧問職にありました。六十歳ですべての職を退いて、年金生活に入りました。七十三年の人生のうち、後ろの三分の一は本当に穏やかに過ごせたのではないかと思います。恩人のドクター・オオモリに会えず仕舞いだったのが、唯一《ゆいいつ》の心残りでしょう。しかしこうやって、息子同士が会えたのですから、今は喜んでいると思います」

ラム医師の言葉に、私は心から同意した。

翌日からの学会では、日本から来ている同僚たちよりも、ラム医師と行動を共にすることが多かった。

どうして私たちが意気投合しているのか不思議がる同僚もいたが、わざわざ説明するのもわずらわしかった。

学会二日目は、二人で午後三時から会場を抜け出して、戦争証跡博物館を見学した。ラム医師が私に特に見せたかったのは、アメリカ軍の撒布した枯葉剤による奇形胎児の標本だったようだ。ベトナム戦争が終わって三十年、生まれてくる奇形児は減るどころか増えていると聞かされて、私は耳を疑った。土壌にしみこんだ枯葉剤は地下水を汚染し、作物にも残留して、持続的に住民の健康を損ねているのだ。土壌改良しようにも、国土の大半の土が汚染されているため、代用の土がないのだという。手足がそれぞれ四本ずつある奇形胎児の標本を見て、私は無性に腹が立った。いったい戦争を遂行した当事者は、何の権利があって、戦争が終わったあとまで、他国の人々にこうした災禍を強《し》いているのか。

五時を少し回った頃、ラム医師はタクシーを拾い、自宅へ向かわせた。

「家では母と妻、二人の子供が先生にお会いするのを楽しみにしています」

ラム医師は言い、タクシーの中で携帯電話を自宅にかけた。

どうやらタクシーは西の方に向かっているようだった。会社のひけ時と重なったのか、自転車とバイクが通りにひしめき合い、タクシーはその間をぬうようにして走る。排気ガスから口と鼻を護るために、若い男女は、月光仮面のように顔半分をタオルで覆っている。特に女性は腕の日焼けを嫌って肘上《ひじうえ》までの白い手袋をしているので、月光仮面そっくりの恰好《かっこう》だった。

大通りから小さな通りにはいると、塀で仕切られた住宅街になった。どの家も塀の上に赤や紫の花が咲き誇っている。私に名前が分かるのはハイビスカスと夾竹桃《きょうちくとう》くらいだ。

ラム医師の家は赤レンガの外壁をもつ二階建てで、玄関のアプローチの脇《わき》に池が設けられ、低く噴水が上がっていた。

迎えてくれたのは中学校の教師だという小柄な夫人と高校生の長男、中学生の長女だった。奥の居間に七十を超えたくらいの老婦人がいて、私のさし出した手を両手でしっかりと握っていた。

小テーブルの上には、私がラム医師に進呈した父の従軍手記が置かれていた。夫人と子供たちは台所を手伝っているらしく、居間のソファーに坐《すわ》った私は、ラム医師の通訳で老婦人と話をすることができた。

「夫は、すべての役職を退いてから、よく昔の話をするようになり、たびたびあなたのお父さまの名前も口にしました。もっとも、ドクター・オオモリについては、わたしの姉からも聞いたのを思い出します」

「あなたのお姉さんからですか？」私は何のことか分からず訊《き》き返した。

ラム医師の母親は、父の従軍手記の付箋《ふせん》をつけた部分を開いた。

「息子に、ドクター・オオモリが夫を治療した箇所を訳してもらいました。夫がベッドで寝ているのを見舞いに来ていた少女がいるでしょう？」

「ええ、タム少年が負傷したとき、勇敢にも担架で運んだのも、その少女でした」

「わたしの姉です」

そのときだけ、老婦人の顔から微笑が消えた。

「父はわずか十五か十六の少女が独立戦争に身を挺《てい》しているのを見て、大層感激したようです」

思いがけなさに私はようやく言い継いだ。「お姉さんはまだご健在ですか」

私の英語を、ラム医師はそのままベトナム語で母親に告げる。

「二十一歳のとき、フランス軍とのゲリラ戦の最中、戦死しました。姉が生きていたら、当然、夫と一緒になっていたはずです。二人は好き合っていましたから」

母親の返事をラム医師は淡々と訳した。

「そうでしたか」またもや私は溜息《ためいき》をついた。あとに続ける言葉も見つからない。

「結婚したあと、わたしは姉の分まで、夫に尽くそうと努力しました。ゲリラ戦で流れ弾が当たって動けなくなったときも、絶対死んではいけないと、自分に言いきかせました」

はにかみながら老婦人は言った。

長女が食卓につくように呼びに来て、私たち三人は腰を上げた。

私の向かい側に母親、その間の角にラム医師が坐って、話がしやすいように配慮されていた。

出される家庭料理にも気配りが感じられた。ラム医師と二人で食べた海鮮料理と異なって、生春巻、千切りにしたパパイヤのサラダ、牛肉の葉包みなどが次々とテーブルに並んだ。

高齢とはいえ、母親はよく食べ、よくしゃべり、そこへラム夫人が英語で話に加わった。

ラム夫人も、従軍手記の英訳の部分は読んでくれているようだった。

「それで、夫と別れたあと、ドクター・オオモリはどうやって日本に帰られたのですか。夫が命の恩人の話をするとき、一番心配していたのは、ドクター・オオモリが無事に帰国できたかどうかでした」

「それも、手記の最後のほうに書いています。父は捕虜収容所の医務官から、今度は刑務所の医務官になっています」

「刑務所ですか」ラム医師が訊いた。「誰がその刑務所に服役していたのでしょう？」

「旧日本軍の将兵です。日本が戦争に負けて、旧宗主国のフランスは戦争犯罪人の追及に乗り出しました。通常の兵士は人を殺しても犯罪になりません。戦犯の罪に問われたのは、捕虜虐待《ぎゃくたい》に対してです。捕虜収容所に勤務していた将兵は全部その対象にされます。いわゆるBC級の戦犯です。父も収容所の医務官でしたから、呼び出されました。目の前に各国の捕虜代表が八人ほどいて、首実検をするのです。有罪かどうか、一人でも挙手があれば、そのまま戦犯容疑者にされて、刑務所に送られています。幸い父に対しては誰も手を挙げなかったので、戦犯にはされずにすみました。

しかし同じ捕虜収容所に勤務していた知人が三十六人、戦犯に指名され、他の地区からも戦犯が出て、一ヵ所に収容されたのです。全部で五百名にのぼったといいます。

父はその軍事刑務所の医務官になったのですが、どちらかというと管理する側に回ったのですから、複雑な心境だったと思います」

私はテーブルの上の手記を開いた。細かい日付を覚えていなかったからだ。

「それが一九四五年の十一月初めで、下旬には日本軍の武装解除があり、父の刑務所勤務は翌年まで続きます」

手記のその件《くだり》を読んだとき、父が軍医時代の体験を語らなかった理由を理解できた気がした。回想の前半は、戦傷や病気で倒れた将兵に、軍医として大した治療もしてやれなかった後悔で染め上げられていた。多少の手当てをして後送した傷病兵にしても、途中で力尽き白骨化してしまったのだ。回想の後半は、心ならずもBC級戦犯にされた幾多の同胞を救えず、単に医療だけを施すしかなかった自分の無力さを嘆く悲しみに満ちていた。

おそらく父は、晩年自分に残された命があと何年もないことを覚悟し、戦場あるいは刑場で散った戦友たちの供養《くよう》のために手記を綴《つづ》ったのではなかったか。

一方息子の私のほうは、その小冊子にろくに眼を通さず、本棚の隙間《すきま》に押し込めたままにしていた。ラム医師からのメールがはいらなければ、おそらく私は死ぬまで手記に向かい合うことはなかったに違いない。

「ドクター・オオモリがおられた刑務所はどこにあったのでしょうか」今度はラム夫人が尋ねた。

「父はチーホアと記しています。その軍事刑務所で、戦犯容疑の旧日本軍将兵は、毎朝土木工事に駆り出されて、夕方帰って来ました。労役に耐えるかどうかを決めるのも、父の仕事だったようです」

「それは辛《つら》い仕事です」ラム医師がきっぱりと言い、夫人と母親も同意する。

「はい。休ませる人数が多いと、管理者のフランス軍が満足しません。無理に労役につかせると、同胞の日本人が〈このヘボ医者野郎〉とののしったそうです。それでなくとも戦犯にされて怒りに燃えていますから」

「完全に板挟みですね」ラム医師が頷《うなず》く。

「しかし、そののしっていた将兵が突如いなくなることのほうが、父は辛かったようです。どこかの刑場に連れて行かれ、処刑されたことを意味しますからね。帰国後、父はサイゴンでのBC級裁判の結果がどうだったか調べています。死刑が三十三名、無期懲役十五名、有期刑九十五名、自決が三名です。裁いたのはフランスで、自分たちをベトナムから追い出した日本軍を恨みに思っていたはずですから、それが数字に出ています」

私は手記を見ながら言った。「そんな任務を解かれたのは五月です。刑務所の医務官も、連合国軍の医師に替わったのでしょう。六月上旬、サイゴン川の港に着いた日本の駆逐艦に上船し、日本に向かっています。戦犯としてサイゴンに残された同胞が気の毒でならなかったと、手記の末尾には記しています」

「ドクター・オオモリがサイゴンに来たのは一九四五年の七月でした。ちょうど一年のサイゴン滞在だったのですね」感慨深げにラム医師が言った。

「たった一年の滞在の中で、夫がドクター・オオモリと出会い、命を救われたのですから、これは仏様の引き合わせです」

ラム医師の母親が、胸の前で手を合わせる仕草をした。

私は深く納得しながらも別のことを考えていた。

医師としての後悔で埋め尽くされた従軍体験のなかで、唯一父が充実感を味わったのは、タム少年の治療に関してではなかったろうか。掠《かす》め取ったとはいえ、医療器具と薬品が十二分にある自宅で、医師本来の達成感を感じながら、現地少年の傷を癒《いや》す。しかも患者は若いとはいえ、祖国独立に身命を賭《と》した人間だ。医師としてこれほどやり甲斐《がい》のある行為はなかったろう。ありったけの手技と知識を動員して、父はタム少年の治療にあたったのではなかったか。

「ここにおられるオオモリ先生のお父様と、お前たちのおじいちゃんの出会いがなかったら、パパもいないし、お前たちもいないのだよ」

そんなふうにラム医師が子供たちに言うのを、夫人が私に英訳してくれた。

「あなたにお渡ししなければならない物があります」

ラム医師の目配せで、母親が立ち上がる。サイドボードから布袋を出し、中の物を取り出した。

いかにも古めかしい懐中時計だった。

「これは夫が、あなたのお父様からいただいた品です。フランスとの戦いの間も、アメリカとの戦争の間も、役所勤めをしていたときも、肌身離さず持っていて、夫は、他の時計を買ったことがありません。死ぬまでこの時計だけを使い、亡《な》くなるときも、わたしにネジだけは巻いていてくれと頼んだのです」

手に取ると、黄ばんだガラス盤の下で、針は正確な時刻を示していた。

裏を見る。〈陸軍軍医学校〉と〈大森征一郎〉の文字が刻まれていた。軍医学校を父は優秀な成績で卒業し、恩賜《おんし》の時計を貰《もら》ったことは、私も母から一、二度聞かされたことがあった。

「ドクター・オオモリは、これは武装解除のとき必ず連合国軍に没収される、それよりも、お前が何かの役に立てたほうがよい、銀時計だから、高く売れるはずだと言って、夫にくれたそうです。そのことはお父様の手記には書かれていないのですね」

「書いていません」

私は首を振る。恩賜の時計を他人の手に渡した事実を書き残すのははばかられたのか、そんな物を貰ったこと自体、自慢話になるので避けたのか、どちらかだろう。いずれにせよ、父の生真面目《きまじめ》さが現れていた。

「しかし、ご主人はよくこれを持ち続けていましたね」

「命の恩人からの贈り物だったので、売るなんてとんでもないことです。これを身につけていると、ドクター・オオモリに守られているようだと言っていました」

「守られている――」

小さな無数の傷のある懐中時計が霞《かす》んでいくのを覚えた。

「わたしも、これで夫との約束を果たせて、肩の荷がおりました。夫の分も合わせて、本当にありがとうございました」

母親がベトナム語で「シン・カム・オン」と言うのを聞きながら、私は不覚にも涙を落としていた。

「実を言うと、私は父とは疎遠《そえん》でした」

「疎遠？」ラム医師が意外そうな顔を向ける。

「いえ、ずっと一緒に住んでいたのですが、医学生になってからも、直接話をした時間は、合計して半日もあるかないかです。誰もが父の真面目さと能力を認めていたので、私には煙たい存在でした。あなたたち一家のほうが、私よりもずっと父のことを思い続けてこられた」――私は絶句した。

ラム医師は黙って頷き、そこだけはベトナム語に訳さなかった。

食後のデザートを夫人と長女が運んで来る。台所への戻りがけに、長女はベランダのカーテンを開けて何か叫んだ。隣にいた長男が席を立って窓際《まどぎわ》に寄った。

「本当だ。月が震えている。ドクター・オオモリの手記にあったサイゴンの月――」

長男の声をラム医師が英語に直す。

全員が窓辺に立った。大気の加減か、下弦の月がかすかに振動しているように見えた。

塀外に時折響く銃声に震える如《ごと》きサイゴンの月

ラム医師は私が英訳した短歌をそのまま口にした。

眼を下の方に転じると、庭灯の下でハイビスカスの赤が溢《あふ》れんばかりに輝いている。私は父の分身になったような気分でベランダに立ち尽くした。

終診

お知らせ

当クリニックにおいて三十年間診療をして参りましたが、古稀《こき》を迎えるにあたり、本年六月二十七日、金曜日をもって引退致します。

しばらく休んだ後、古里の国東《くにさき》半島にある新しいケアハウスで、老妻ともども余生を送るつもりでおります。

故郷の地での新しい生活がどういうものになるか期待に胸をふくらませている一方で、来院して頂いた数多くの患者さんとお別れする寂しさにも胸塞《むねふさ》がれる思いです。

二十五歳で医師となり、大学病院と市立病院での十五年間の勤務を経て、この陣《じん》の原《はる》の地に内科クリニックを開設したのが四十歳、不惑の年でした。この三十年間で診た患者さんの数は四万人近くになります。なかには親子五代にわたって診させていただいた御家族もいらっしゃいます。誠に町医者冥利《みょうり》に尽き、地域の皆様のために精一杯働かせていただけたことに心より感謝申し上げます。

皆様とお別れするにあたり、二つのことをお願いしたいと思います。

ひとつは引退まであと三ヵ月はあるので、受診されなくても最後に元気なお顔を見せに立ち寄っていただきたいということです。最後の日まで、これまでの三十年間と同様、誠心誠意診療致します。そのあい間にでも、皆様と言葉を交わし、お元気な姿を老医の目に焼きつけることができれば、これに優《まさ》る幸せはありません。

二つめ、これはひとつめよりは重要ですが、私のあとは、同門の後輩である優秀な内科医、内野《うちの》彰彦《あきひこ》先生に七月七日より当クリニックを引き継いで頂きます。どうか三十年私に対して与えて下さった御厚意を、引き続き内野先生にも与えて下さるようお願い致します。

皆様、どうぞ今後も健康に留意され、長い人生を元気に全《まっと》うされますよう、衷心より願ってやみません。

陣の原内科クリニック
院長　山根《やまね》義郎《よしろう》

患者の皆様へ

三月下旬、この紙をクリニック内と入口に掲示してから、私はどこか肩の荷がおりた気がした。ずっと山を登り続け、ようやく稜線《りようせん》の見える所までたどりついた。頂上は近しという印象だ。

医師会の集まりで引退を告白したとき、同業者の反応はさまざまだった。

「田舎に引っ込まれるのですか。退屈しませんか」

まだ四十代で働き盛りのK医師は、半信半疑の顔で言った。

私は、高校まで過ごして、いとこたちがまだ暮らすその町の魅力をひとしきり口にした。とはいえ、海にも山にも近く、両方の魅力を味わえる幸運を語りながら、これから入所するケアハウス、平たく言えば老人ホームのわずらわしさへの不安も頭の隅で膨らんでくるのを覚えた。

ケアハウスは、その町の近くにあるN市の総合病院が建てた十二階建の豪華な施設で、内覧会の日に夫婦で訪れ、その仕様を確認していた。

広さは２ＬＤＫの七十平米あり、自室で入浴と自炊も可能だが、食堂や大浴場も利用できる。何よりも看護師が二十四時間常駐し、必要とあれば総合病院の医師が駆けつけてくれるというのがありがたかった。外来通院をするにしても、ケアハウスと病院の間はシャトルバスが一時間おきに行き来してくれるので、便利極まりない。入院治療の場合も、優先的に引き受けてくれる。私は軽度ながら糖尿病、妻には高血圧の持病があるので、受診の至便性は何にも増して優先させなければならなかった。

もともと国東半島を気に入ったのは、都会育ちの妻のほうだった。仁王像で知られる両子寺《ふたごじ》や、十六羅漢像のある文殊仙寺《もんじゅせんじ》、国宝の阿弥陀堂《あみだどう》を有する富貴寺《ふきじ》、熊野磨崖《くまのまがい》仏《ぶつ》など、毎年のようにドライブに連れて行くたび、ど田舎という先入観を改めてくれた。ことに賞讃《しょうさん》したのが秋に訪れた富貴寺で、石段の途中で足をとめ、息をつきながら仁王門を見上げたときに、感嘆の声を上げた。

堂々たる山門の背後で、紅葉の大木が真紅や黄金色《こがねいろ》に染まった枝を広げていて、私もしばし息をのんだ。その年は再度富貴寺に行き、今度は屋根と庭、周囲の枝々に雪をいただく阿弥陀堂を運良く眺めることができ、妻の国東好きは決定的になった。

私はといえば、そうしたいわば観光名所より、幼い頃に遊んだ変哲もない海岸や、里山の何気ない風景のほうに懐《なつ》かしさを覚えた。もちろん昔ながらの造り酒屋や、今も家業を続けている魚屋、雑貨屋からスーパーに変身した店を訪ねて、中学や高校時代の友人と再会して、昔話に花を咲かせもした。

しかし私が本気で国東に居を移すのもいいと思いはじめたのは、故郷近くに新しくできた里の駅で温泉に浸り、たこしゃぶを食べてからだ。もともと四国と国東半島に挟まれた伊予灘《いよなだ》は、たこ漁で知られていた。たこのうまさなど、子供にとっては当たり前で、成人するにつれていつの間にか忘れてしまっていたのだ。たこしゃぶと一緒に出たのが小さなたこ天丼《てんどん》だった。これまた歯ごたえがあり、少年の頃の思い出がよみがえってきた。

別の機会には、杵築城《きつきじょう》近くのレストランで、日出《ひじ》の城下《しろした》かれいにも、舌鼓《したつづみ》を打った。

それが四年ほど前で、引退後の国東帰郷が少しずつ現実味を帯びてきて、老妻の熱意がそれを後押しした。どうせ余生を送るなら、町の雑踏のなかで一生を終えるより、自然の残る景色を見、きれいな空気を吸って死にたいとまで言い出し、私をどぎまぎさせた。妻の中年を過ぎてからの趣味は俳句で、何とかという同人にはいり、五、六年前には句集も出していた。そのでき上がった句集を私に見せなかったのには理由がある。ある冬、同人たちと奈良に吟行した際につくった句、〈老僧のしわぶきに落ちる寒椿《かんつばき》〉を私がくさしたからだ。私には別段他意はなく、この程度の文字の連なりが文芸と呼ばれるなら世も末だという感想を、正直に述べただけだった。

以来、老妻から句を見せられたことはない。雪の富貴寺でも、小さな手帖《てちょう》に何か書きつけていたようだが、中味はちらりとも見せてくれなかった。しかし国東半島住まいになれば、作句の題材にはこと欠かず、同人誌には投句も続けられる。同人を招いて吟行もできる。彼女の決断にはそうした思慮も働いたと私はみている。

わが家は、クリニックから歩いて十五分くらいの所にある。一戸建の家も築二十五年になり、少しずつ傷《いた》みが目立つようになっている。駅にもバス停にもスーパーにも近いが、年をとって何よりも不便を感じ出したのは、坂の上にあることだった。分譲中の土地を早めにローンで購入したときは、高台から望める皿倉山や帆柱《ほばしら》山の美しさしか目にはいらなかった。多少の坂道など、朝のジョギングには好都合とさえ考えたのだ。

還暦を過ぎて、クリニックからの帰り道の長い坂がこたえるようになった。私より四つ年下の妻は、軽自動車で買物に行ってはいたが、いつまでも車を運転できるものではない。引退して以後もそこに住む気力は、夫婦ともども加齢とともに萎《な》えていった。

長男は耳鼻咽喉《いんこう》科を選び、都立病院の部長になっている。今さら帰郷する意志もなく、定年まで勤務医でいるつもりだ。娘のほうは岡山の内科医に嫁ぎ、夫とは別の病院で薬剤師として働いている。この家に老夫婦が住み続ける理由はなくなっていた。

クリニックを選ぶ際に世話になった不動産屋に相談すると、生活に便利な場所なので坪二十五万円近くで充分買い手がつくという話だった。八十坪の土地だから二千万円、家屋もまだそのまま使えるので、二千三百万の売値でも大丈夫だろうという返事を得た。

その見込みをたてたうえで、二ヵ月に一度は国東に出かけ、場所を物色した。家は両親が相ついで亡《な》くなったとき壊され、今ではいとこの家の畑になっていた。近くに売り家もあるというそのいとこの情報で見には行ったものの、古い造りで、改装するにも七、八百万円の出費は覚悟しなければならなかった。

古里の村そのものに住むというのにも、二の足を踏んだ。もう半世紀以上も留守にしていた土地だ。人も変われば、人情も変わっている。懐かしさよりも、期待を裏切られる失望のほうが恐《こわ》かった。第一、いくら口で田舎がいいと言っていても、都会育ちの妻が田舎そのものの生活に馴染《なじ》めるはずはないのだ。

そういう迷いのなかで降って湧《わ》いたようにもたらされたのが、高層のケアハウスがオープンするという話だった。入居のための一時金がひとり千八百万円、夫婦の場合、二人目は安くなり、千二百万円だという。合わせて三千万円で、死ぬまでの手厚いケアが保証される。月々の支払いが夫婦で二十万円というのも魅力的だった。そのくらいの料金なら、年金の中から余裕をもって支払うことができる。

子供二人に相談すると、両手を挙げて賛成してくれた。長男のほうは、地図で国東半島を確認し、そこなら大分空港も近いし、行くのにも便利、下の息子など、ひと夏、そこで過ごさせるかもしれないとまで言ってくれた。ケアハウスには、1DKのゲストルームもあって、一泊二千円で宿泊もできた。孫が遊びに来ても手間がかからず、気楽に滞在してもらえる。

そうやって本契約に至ったのが去年の十一月だ。年が明けて、不動産屋には売家の広報を頼んだ。実際の引き渡しは七月中旬になるだろうが、買い手は早めに見つけておいたほうがいい。

二月にはいって、不動産屋が何組かの夫婦を連れて現地見学に来た。築二十五年にしてはそれほど家が傷んではおらず、どの見学者も食指が動いたようだった。二月中に買い手の候補が四組決まった。今さら二千三百万円の売値を釣り上げる気はなく、買い手の中にいた三十代半ばの医師の家族に決めたいと不動産屋に言った。

日曜日に子供二人を伴って訪問してきたその若夫婦に、自分の若い頃を重ねたからだ。夫は市立病院の外科医で、私も何度か患者を紹介し、その返書に名前を見たことがあった。先方も私の名前とクリニックは知っていた。

「眺望は申し分なかですが、年取ると、坂がきつくなります」

彼が縁側に立って山の景色に見とれているとき、私は肩越しに言った。売り手として誠意を示したかったのだ。

しかし買い手は笑顔を見せて振り返った。

「坂のある所に住んでいるお年寄りは、どうも足腰が強い印象を受けます。不便かもしれませんが、身体《からだ》にはいいはずです」

そのひと言で買い手は決まったも同然だった。彼なら、私たち夫婦が手入れをしながら四半世紀を過ごした家と土地をうまく利用してくれそうな気がした。話はそうやってまとまった。

終診

医師会の長老でもあるA医師は、喜寿を過ぎてもまだ現役で、息子に譲った病院に非常勤で働いていた。

「羨《うらや》ましかですな。先生くらい元気なら、生涯現役を貫かれると思っとったですが。置いてきぼりにされた気持です」

「旅行もしたかとです。ベニスやニース、バルセロナなど、もう一度行きたか所があります」

「そうですな。クリニックをやっていると、そう長くは休めませんし」

その先輩医師は、年に一回は十日間から二週間の休みをとって、世界遺産巡りを楽しんでいた。医師会の会合で、ペルー周遊旅行のスライドを見せてもらったことがある。空中都市遺跡マチュピチュへ続くインカの道を、A医師夫妻は他の観光客と共に登っていた。私はそのスライドを眺め、脚が動くうちに引退しなくてはならないと思ったものだ。

「先生、引退しても、時々は医師会に顔を出して下さい」

一緒に酒を飲んだ中年の眼科医は言ってくれたが、私はかぶりを振った。

「やめときます。引退したらもうただの人ですから、世間並みの生活に戻ります」

これは本音だった。医師として四十五年働いたのだから、白衣を脱いだら、もう二度と着るつもりはない。あと十年か十五年は普通の生活をしてこの世に別れを告げたかった。

「ぼくも先生を見ならって、あと二年で辞めます」

そう言ってくれた内科医の後輩もいた。まだ六十代前半だから、辞めるときでも六十五歳くらいだろう。

「電子カルテや、診療報酬請求のオンライン化など、ぼくには到底手に負えません。先生はちょうどいいときに辞められますよ」

実際羨ましそうな表情で私の反応を待った。

他人には泣きごとを言わなかったが、実を言えば私も彼と同じ境地だった。若い医師や中堅の医師が次々とカルテを電子化するのを横目に、私は相変わらずの紙カルテだった。電子カルテであれば、検査のデータやレントゲン写真、内視鏡や超音波検査の画像などをそのまま見せて説明できる。しかし、紙カルテでも、写真はプリントしたのをそのまま見せられるし、データのコピーを手渡ししたりもする。診療上、昔どおりのやり方で何の不自由もないのだ。

電子カルテ化は義務ではなかったが、診療報酬請求のほうは三年後のオンライン化が義務づけられていた。患者ひとりひとりの診療費がいくらだったかは、毎月初旬、前月の分をひとまとめにして支払い機関に送付しなければならない。それがレセプトで、患者ひとりに一枚のレセプトが作成される。私のクリニックでは十五年前、手書きのレセプトから、電算化されたコンピューター入力のレセコンに変えた。毎月月末には、受付の医療事務のスタッフ二人と私が居残り、千枚以上のレセプトを点検したのち、まとめて郵送する。

これを郵送ではなく、オンラインでつないで電送すべしというのが厚生労働省の命令だ。事務手続きの簡略化といえばいかにも理屈が通る。しかしそのためのシステム導入にかかる費用はすべて自己負担だった。

現場の声を無視した頭ごなしの新制度押しつけに嫌気がさしたというのも、私の引退の隠れた動機だったのだ。

「いやもう、私が出る幕はなくなったということで、オンライン化は後任の若い先生にしてもらいます。そのため一週間の休診を設けて改装するとです」私は答えた。

こうした医師仲間のさまざまな反応以上に、患者の驚きもいろいろだった。

「先生、裏切りましたね。あたしの最期《さいご》は診てやると約束したくせに、見捨てて行くとですか」

二十年近く高血圧と糖尿病、変形性膝関節症《しつかんせつしょう》で通院しているM夫人は、私よりは五歳年上だった。

「そげなこと言ったですかね」私は空とぼけてみせた。

「十年ばかり前に先生は言わっしゃった」

「そんときは、あなたがこんなに長生きされるとは思わんかったからですよ」

「そんなに重症でしたか」彼女は笑った。

「七月から後任の内野先生が診られるから心配ないです。専門が糖尿病ですから、あと二、三十年は大丈夫です」

私は最後の大盤振る舞いで余命をサービスした。

「そげん生きては申し訳なか」

M夫人はまんざらでもない顔で答え、翌月の予約をして帰った。彼女は二年前に、飼っていた犬に死なれ、「亭主が死んだときは涙が出らんで、犬が死んで泣くちいうのはどうしたもんでしょうか」と私に言ったものだ。その後も、死んだ愛犬の夢を見たと告げ、「亭主は一度も夢に出らんのに、犬が出るちいうのも不思議なもんです」と首を捻《ひね》っていた。

初診時、彼女は八十五キロの体重をもて余しつつ、糖尿病と高血圧に悩まされていた。私は毎日の食事内容と運動の種類、体重をノートに書き込ませ、二週に一度の来院時に持参させた。二年後に体重は七十キロ、三年後には六十五キロまで減って、薬も高血圧用の一種類のみになった。膝《ひざ》の痛みは加齢によるもので、痛み止めの軟膏《なんこう》を塗るぐらいしか策はなかった。七十五歳の今でも、介護認定は要支援の1で、デイサービスに週一度通っている。しかし事実上自立した単身生活をしている。

「わたしがこの二十年で体重を二十キロ以上は減らしたとに、先生は見たところ十キロは増えたのじゃなかですか」

彼女は帰り際《ぎわ》に私を冷やかした。十キロは誇張だが、八キロは確かに増えていた。

「あと三回来ますけん。でも最後の診察のときは、泣くかもしれんです」

私も頷《うなず》きながら、最後のひと月、常連の患者と別れを言うたび涙を流しそうな気がした。しかし何百人もいる患者ひとりひとりに、泣き顔を見せては商売にならない。

「私も先生が行く所に連れて行って下さい」

何人かの患者はそう言った。

「連れて行くも何も、引退ですから診療はしません」

私はそのたびに弁明した。去り行く主治医へのはなむけの言葉と分かっていても、心情として嬉《うれ》しかった。

「寂しかです」

ぽつんと言って涙ぐんでくれた患者もいた。

「ぼくの病気を治さんで、辞めるとですか」と半分冗談半分本気で責めた中年男性は、慢性膵炎《すいえん》の患者だった。大酒家だったので断酒をさせ、ついでに禁煙もさせた。膵臓のほうは膵石ができているので、完全に治すことはもはや望めない。

五月上旬、医師会病院から電話がはいった。入院させている私の患者が危篤《きとく》だと、担当ナースが告げた。まだ午後の診察が始まったばかりで、駆けつけるわけにはいかなかった。夜七時近くになってようやく最後の患者が終わり、タクシーで病院に急行した。

ナースステーションに上がると、主治医が居残り、電子カルテに向かっていた。やはり、と私は思った。

「すみません。臨終は五十分ほど前です。たった今エンジェルケアを終わって霊安室に移したところです。このあと大学病院から迎えの車が来る手はずになっとります」

「やっぱり献体しとったとですね」私はぼんやり呟《つぶや》く。

「本当なら、こっちで病理解剖をしたいとですが、献体ということでしたので」

若い主治医は多少疲れた顔を向けた。

「癌《がん》がどげなもんか、学生さんに知ってもらわんといかん、といつか私に言ったことがありました」

「先生にはそう言われたとですか。ぼくには、癌で痩《や》せさらばえた婆《ばあ》さんを解剖しても、学生さんは面白くもなかですよね、と言っていました」

主治医はちょっと目をしばたたいた。「最期はモルヒネと酸素吸入で眠るようでした」

「ちょっと霊安室に行かせてもらってよかですか」私は言った。

「どうぞ。本来の主治医は山根先生でしたから」

若い主治医は看護主任を呼んだ。霊安室の場所は知っていたので鍵《かぎ》さえ借りればよかったが、私はそのまま看護主任のあとに従った。

私自身も医学生時代、献体をしようと思ったことがあった。一般教養の進学課程を終えて、医学の勉強にはいる最初の通過儀礼が人体解剖だった。四人一組で一体を与えられ、ほぼ一年かかって頭蓋《ずがい》の中から足指の筋肉まで解剖する。解剖学の教授からは、教材用に自らを提供してくれた篤志家の尊い気持を忘れずに、しっかり勉強して立派な医師になって欲しいと、実習の冒頭に毎回告げられた。

最近では献体希望者が増え、解剖用死体には困らない。しかしその頃、指導に回って来る講師や助手は、死体を集める苦労をしきりに口にした。日頃から関連病院や老人ホームに渡りをつけておかないと、充分な数の遺体は確保できないらしかった。本来なら医学生二人に一体が理想的だが、不足しているので四人に一体になってしまったとも聞かされた。解剖学の教授以下教官全員が、献体の大学内組織である白菊会に登録している事実は、級友がどこからか聞いてきていた。医学生全員が献体登録をすれば、将来教材に困る事態は絶対に起こらない。リーダー格の級友がそう言い出し、私も賛同して、署名した。八十数名の同級生のうち、三十名ほどが白菊会に入会したはずだ。

ところが私は二十年後に脱会してしまった。結婚して子供ができ、親族の葬式に夫婦で参列した帰り、白菊会にはいっている事実を妻に漏らしたのだ。妻の驚きの大きさに私のほうが驚いたほどで、絶対反対を申し渡された。葬式のとき火葬も骨拾いもできないなんて、親類に申し開きができません、と妻は言い、その月のうちに私の母校の白菊会に辞退の手紙を書いた。折り返し、会の事務係から私に確認の電話がかかってきて、「すみません。退会します」と私は答えていた。

他の同級生がどうしたのか、三年に一度ある同期会でも訊《き》いたことがない。おそらく、辞退者は私ひとりではないはずだ。

「ナースでも、献体希望は多いの？」

霊安室の鍵を開ける看護主任に私はそれとなく尋ねた。

「さあ。三枝《さえぐさ》さんのような例は少ないと思います」

主任は首を傾《かし》げた。「一般の人より比率は低いのではないかと思います。看護学校のとき、一度だけ、医学部の解剖実習の見学がありますが、あまりのショックで、失神したクラスメートもいました。わたしも二、三日食欲がなかったです。三枝さんの場合は、ずっと独身で通されましたから、自分の身は自分で始末をつけられた気がします。本当に立派な先輩でした」

彼女は最後のほうで少し声を湿らせた。

医師会病院の看護師たちが、病床にいる三枝看護師を尊敬できる先輩として扱っている様子は、私も時々面会に行って知っていた。

遺体は、台の上に白布に包まれて安置されていた。両脇《りょうわき》に、長筒のような紙製の照明が置かれている。

合掌したあと、白布の縁を持ち上げ、彼女の顔を確かめる。浮腫《ふしゅ》が幸いしているのか、ふっくらとした安らかな死に顔だった。八十歳にしては若々しく、皺《しわ》も少ない。頬に赤味がさしているのも、エンジェルケアの賜物《たまもの》だ。私は来てよかったと思った。

「三枝看護師は私の先生だったとよ」

「えっ？」看護主任が驚いた顔を向けた。

「昔、彼女が大学病院の産婦人科にいた頃、こっちは研修医としてローテートしとってね。大切なこつば教えられた。若い頃習ったことで一番役に立ったのは、あれだったかもしれん」

主任はさらに訊きたげな顔をしたが、私が黙って合掌するのを見て、自分も手を合わせた。

医師会病院からの帰り、彼女の教えは、結局誰にも言わず墓までもって行くことになるのだと思った。

現在でも二年間の研修期間のうち、内科外科とともに、小児科と産婦人科の研修が重要視されている。私たちの時代もそうで、四ヵ月くらい産婦人科病棟にいたはずだ。当時彼女は産婦人科のナースでも中堅どころで、病棟主任をしていた。まだ三十代半ばだったが、研修医からすると、指導医よりも恐《こわ》い年増《としま》の女性に見えた。実際は中肉中背なのに大きく感じられたのは、愛嬌《あいきょう》のある顔を背筋を伸ばした身体《からだ》の上に置き、常に四方八方に気を配っている機敏さと威厳があったからだろう。

夜間当直をしていた私は、ひととおりの仕事を終え、当直室に戻ってソファに身を横たえた。三十分でも仮眠をとりたかったのだ。朦朧《もうろう》とした頭のなかで電話が鳴り、飛び起きて時計を見た。午前三時で、一時間半近く寝ていた勘定になる。

「先生、すぐ来て下さい」彼女の落ち着いた声がした。

「どうしたとね」私も落ち着きを示しながら応じる。

「お産のようですから、すぐ来て下さい」彼女は有無を言わせない口調で繰り返した。参ったなと思いながら病室に駆けつけた。出産の予定は二、三日あとにはいっていたが、今夜か明日という切迫した妊婦はいないはずだった。しかも夜八時頃病棟を回ったとき、陣痛のある患者などいなかったではないか。

既に一人部屋に運ばれていた。確かに陣痛が来るたび痛みをこらえ、息づかいが荒い。恐る恐る診察すると、子宮口も開きかけていた。

「先生に電話して来る」

私は自分がドクターであるのも忘れ、詰所に駆け戻ろうとした。緊急の際、自宅に待機している宅直の先輩医師に連絡することになっていたからだ。

「患者さんから離れちゃいかんです。先生はそばについて診とって下さい」

彼女は毅然《きぜん》として告げた。患者を分娩室《ぶんべんしつ》に運んだのも、彼女が促したようなものだった。

もうひとりの看護婦も分娩の準備にとりかかっている。

「電話して宅直の先生に来てもらうにも三十分以上はかかります」

彼女は私の耳元で言った。とはいえ、私は分娩など見たこともない。産婦人科に来てまだ一週間たつかたたない頃だったのだ。

私はせめて詰所に戻って教科書を開き、分娩の箇所だけでも拾い読みしたかった。しかしそんな雰囲気ではない。せめてもと思い、私は看護婦が持って来たカルテに眼を通そうとした。

「先生、そこじゃなくて、ここば見るとです」

彼女はゆっくり首を振りながら、微笑した。あたかも、あなた方研修医が勉強するのは、書かれたものよりも、実際の患者だと主張するような諭し方だった。その微笑には、自分がついているから何の心配もない、という自信も読みとれた。

三度目の出産だとは後で知ったことだが、陣痛の激しさのわりに大声も出さず、分娩は拍子抜けするほどに簡単で、私は彼女の脇でじっと眺めるだけでしかなかった。赤ん坊の頭部が子宮口にはみ出し、みるみる間に全体が現れ、元気な泣き声が部屋中に響き渡ると、私はどっと疲れを覚えた。彼女はタオルにくるんだ赤ん坊の局所を私に示し、患者に知らせるように目配せをした。

「おめでとうございます。男の赤ちゃんです」

私は汗びっしょりになった患者に笑いかけて言った。

「先生、ありがとうございました」

患者は泣きじゃくりながら、私の手を両手で握りしめた。私は涙が出そうになるのをやっとこらえた。

これもあとで知ったことだが、患者の前二回のお産は女の子だったのだ。

一時間後に駆けつけた父親からも、こちらが戸惑うくらい感謝された。

「先生、これからも、患者から逃げんで、踏みとどまって、ちゃんと見届けて下さい」

詰所で分娩の一部始終をカルテに記載していたとき、彼女は言った。眠気はどこかに吹き飛んでいた。

──逃げんで、踏みとどまり、見届ける。

私は頷きながら、彼女の名前とともにその言葉を胸底に焼きつけた。

朝方出勤して来た指導医たちからは、宅直医を呼ばなかったのを責められるどころか、逆に労をねぎらわれた。

研修を終えて内科の医局にはいり、四年間関連病院での勤務のあと、大学に戻ったとき、もう彼女は大学病院には残っていなかった。新設の総合病院の看護部門の幹部として呼ばれたとは、何かの折に耳にした。

彼女と再会したのは、開業して五年ばかりのときだ。職員が持って来た新患のカルテを見て、私はまさかと思った。三枝という名はそうあるものではない。職業欄を見、生年月日を確かめた。もう間違いなかった。しかしその彼女がどんな病気で受診したのか、私は心配しながら待合室まで出向き、「三枝さん」と呼んだ。

「はい」と答えてソファから立ち上がったのは、紛れもなく彼女だった。もう五十代半ばのはずなのに、昔より少し太めになっただけで若々しかった。

私は他の患者の手前、平静を装《よそお》い診察室に戻って彼女の来室を待った。

「三枝看護主任、お久しぶりです」

彼女がドアを閉め終わり振り向くと同時に、私は最敬礼で頭を下げた。

「先生、覚えとらっしゃったとですか」

彼女の顔がぱっと明るくなる。昔の笑顔だった。

「〈逃げんで、踏みとどまり、見届ける〉。それを教えてくれたのは、三枝さんですよ」

「それも覚えとったとですか」

彼女は目を見張り、大きく息を吸った。

「しかしまた、どうしてここへ」私は彼女を坐《すわ》らせて訊いた。

「半年前、近くの病院に赴任になって、先生がここに開業してあるのを知りました。連携先の診療所が一覧になっているのを見たとです」

彼女は思い出したようにバッグから名刺を取り出した。JRの駅の四つ先に、大きな化学企業付属の総合病院があったが、彼女はそこの総婦長になっていた。

「偉くなられたとですね。おめでとうございます」

「偉くなんかなかです。年の功ちいうだけの話です」

「しかし三枝さんが、私の名前を覚えとったなんて思いもよりませんでした」

「覚えとりますよ。先生は優秀でしたから。看護婦が言うたこつは、全部頭のなかに入れとらっしゃったですから」

「看護婦というより、看護主任が教えたことでしょう」

「研修後はてっきり産婦人科に入局されると思っとったとですが」

「すみません」私は苦笑して頭をかいた。

「でもよかったです。これから、ずっとわたしが通院できますけん」

「何か持病でも?」これからが本式の問診だと思い、私はカルテに向き直った。

「今のところ血圧が高いだけです。これも薬なしで、食事に気をつけ、あんまり腹を立てんようにしとります」

「総婦長というのは、腹が立つことが多かでしょう?」

「目くじら立てるとが良くなかです」

私は笑い返し、既往歴とともに、簡単な家族歴や生育歴、職歴、アレルギーの有無などを訊いた。

彼女には兄と弟がいるだけで、独身を通していた。兄は郷里の宮崎に残り、弟は大阪で警察官になっているという話だった。

「三枝さん、結婚せんかったとですね」私は冗談めかして言った。

「分からんです。今からするかもしれません」彼女はあっけらかんと応じた。

彼女の受診目的は、要するにこれから先、自分の主治医になってもらいたいということだった。勤務先の内科で診てもらうのは、ちょっと気が重いという彼女の言い分も、私には充分理解できた。

そうやって三ヵ月から半年毎《ごと》に予約を入れ、通院を続けた。受診の際、私がやることといえば血圧測定くらいで、世間話を少しすると、七、八分はすぐに過ぎた。病気もないのに来てくれる彼女には気の毒だったが、私の顔を見るだけで、注射してもらう程の効果があると言って気にしている様子はなかった。

結局三枝さんは六十八歳の定年まで、無病息災で勤め上げた。他の民間病院から総婦長で迎えたいという要請もあったようだが、辞退した。代わりに選んだのは旅行で、国内国外ととり混ぜ、季節毎に一人で参加するパック旅行を楽しんでいた。そのたびに土産を職員の分まで持って来て、写真を見せてくれた。

七十代半ばになっても、知力と体力は衰えず、私は内心で舌を巻いていた。そんなある日、北欧の旅行から戻って来た三枝さんはげっそり痩《や》せていた。旅行中、帯下《たいげ》が続いたのだという。私はただならぬものを感じ、医師会仲間の産婦人科医に紹介状を書いた。その日のうちに彼女は受診し、夕刻、同僚から電話がはいった。内診の結果では子宮頸癌《しきゅうけいがん》の疑いがあり、新たに医師会病院に紹介したという。

私はその疑い病名を患者に告げたかどうかを訊《き》いた。

「相手は元ナースですから、正直なところを伝えました」同僚は答えた。

子宮頸癌でも性質によっては予後が悪いことは、産婦人科病棟勤務が長かっただけに熟知しているはずだった。

医師会病院での病理検査の結果で、その一番たちの悪い神経内分泌型《ないぶんぴつがた》の癌だと判明した。

治療をどこでするかが問題になったが、彼女は自分の勤めていた病院を選んだ。私もそれが賢明な選択だと支持した。元総婦長が自分の治療を以前の勤務先とは別の病院に託せば、それこそ妙な噂《うわさ》がたちかねない。

入院治療が繰り返され、その間に子宮全摘術、抗癌剤の化学療法、放射線療法を受けた。退院するたび、彼女は私のクリニックを訪れ、治療の進行具合や症状を報告した。あくまで本当の主治医は私だと思っているようだった。

外科手術後の痩せた身体や、抗癌剤で髪がなくなった頭も、かつらをわざわざ取って私に見せてくれた。放射線療法中の身体のだるさは、想像以上にこたえるものらしかった。しかし泣きごとめいた言葉は、一切彼女の口から漏れなかった。

闘病生活にはいってからは、旅行は国内に限ったようだった。少しでも体調が良くなると、再びパック旅行に申し込み、高知や金沢、知床など、一泊か二泊の旅に出た。

「金沢はもうこれで四度目ですから、五度目はなかでしょう」と言い、私への土産は金箔《きんぱく》入りの夫婦箸《めおとばし》だった。

手術から四年たち、これなら無事に八十歳も越せるかと思ったとき、肺転移が見つかった。彼女は特別の治療は拒み、二週に一度、私のクリニックにやって来た。吐き気や食欲のなさ、便秘や下痢、手の震え、足腰の弱さなどを、逐一私に報告した。通常であれば、どうにもならないそうした症状を患者に訴えられると、主治医は苛立《いらだ》ちを覚えることもあるのだが、彼女の場合は違った。

その違いは、主治医である私に、どうにかしてくれと訴えるのではなく、単に事実として伝えようとしているところに由来していた。

逃げずに踏みとどまり、見届ける。それを彼女自身、自分の身体で実践しているようでもあった。

食事づくりや洗濯、部屋の掃除は、毎日訪れるホームヘルパーが担当し、週二回のデイサービス通所が続いた。身体はゆっくりと衰えていくものの、頭はしっかりしていて、認知症は気配さえなかった。

彼女が彼女らしさを失ったのは、癌の脳転移が起こってからで、もはや自宅での介護は難しいと判断し、医師会病院に入院させた。それが去年の暮だ。週に一度、土曜の午後、見舞いに行った。やがて目が見えなくなり、私の声さえも判《わか》らなくなった。二月になって腎不全《じんふぜん》も合併した。肺も三分の二は機能しなくなり、常時の酸素吸入が必要になったのだ。

三月末、彼女を見舞いに行ったとき、私は胸の内で既に別れを告げていた。

霊安室を出て看護師と別れ、駐車場に向かいながら、私はこれでよかったのだと妙に晴れ晴れした気持になっていた。彼女の教えを最後まで守ったという満足感があった。若い頃も、勤務医時代も、そして開業してからも、〈逃げんで、踏みとどまり、見届ける〉は私の指針だった。どんな患者が来ても、自分の力が及ぶ限り、治療をしたし、治療法が見つからなくても、踏みとどまって、見届けた。

あの日、彼女と出会わなければ、違うタイプの医師になっていたかもしれない。いわば見極めの早い医師だ。扱いやすい患者だけを扱い、難しい多訴の患者は遠ざける。手の施しようのない患者は、早々に見限る。そういう医師にはなるまいと努力することができたのは彼女のおかげだった。


五月下旬、狭心症で通院しているT氏から電話がかかった。

「娘が死にました」

そう言うなり男泣きになった。

「どっちの娘さんです。妊娠中の長女さん、それとも次女？」

T氏には娘が二人いて、上の方は昨年嫁いで出産待ちであり、下は東京の美大に行っているはずだ。

「下の娘です。自転車に乗っていて、バンに衝突したとです。二日間危篤《きとく》で、昨日死に、骨だけ持って帰りました」

気を取り直し、T氏ははっきりした口調で言った。

「それは——」続ける言葉がなかった。

「もうすぐギャラリーで個展を開くと、喜んどったとですが」

「それは残念です――。才能があったとに」

「でも、先生に聞いてもらって、いくらか楽になりました。以前、本人の絵の写真ば先生に見せたこつがあったでしょ。先生はいい絵だと誉《ほ》めてくれて、それば娘に言うとえらい喜んで――」

T氏は一瞬黙り、続けた。「いつか娘の絵ばクリニックに飾ってもらおうと思っとったとですが、できんごとなりました」T氏はそこで電話を切った。

私がこの六月末に引退することは知っているはずだった。私のクリニックに絵を飾る機会はもはや訪れようがないのだ。娘の突然の死に動転しているのか、まだ私が診療を続けるものと思い込んでいるのか。私は次の患者を迎え入れるまで、気持の動揺をおさえるためしばらく待った。


六月二日。このひと月で自分の医師人生が終わると思うと、何とも言えない気持になる。五月までは、引退したらあれもやろうこれもやろう、時間はたっぷりあると考えていたのに、急にその楽しみよりも、寂しさのほうが優《まさ》りはじめた。国東半島のケアハウスに住むのが、半分棺桶《かんおけ》にはいるのと同じように思え、その思いを振り払うのにやっきになっている自分に気がつく。

六月十日。診察を終えた患者が、翌月の予約をして帰るのだが、それがとてつもなく気持を重くする。患者のほうも言いづらいようで、小声になっているのが分かる。二十八日の土曜から内外装の手入れが始まり、七月七日、月曜日からは内野医師がこの診察室に坐る。彼は椅子《いす》も机も診察台もそのままにしておいていいと言ってはくれたが、引き続き当分使うのは内視鏡や超音波、心電図などの機器だけで、まさかこの古びた木製の机と椅子を愛用してくれるとは思えない。本棚にしてもすべてモダンなスチール製に換えるつもりだろう。

私は患者が言うとおり、予約簿を広げ、七月の空欄に患者の名前を記入する。

「お大事に」

別れ際《ぎわ》に言うときも、声は湿りがちになり、逆に患者のほうがきちんと頭を下げる。

「先生、長い間お世話になりました。どうか先生もお元気で」

「ありがとう」私は笑って応じる。この繰り返しが、あと三週間続くと思うと気が重くなる。

六月十二日。市役所を退職して四、五年になるW氏が二ヵ月ぶりに受診する。現役時代から、ちょっとした身体《からだ》の変調を見つけてはクリニックに駆け込んできた患者だった。微熱や胃のもたれ、頭痛、目の奥の痛み、めまいに耳鳴り、便秘、喉《のど》の渇き、から咳《ぜき》、尿の出の悪さなど、これまでの主訴を数え上げれば四、五十にはなる。たいてい症状は一週間と続かなかった。

しかし今日は違った。げっそりと痩せ、眼瞼《がんけん》結膜には明らかな黄染《おうせん》があった。もともとアルコールはたしなまない患者だ。診察台で肝腫大《かんしゅだい》を触診し、超音波でもそれを確認した。精査は早ければ早いほどいい。私は病名の可能性については黙って、その場で医師会病院への紹介状を書いた。

W氏も私も別れの挨拶《あいさつ》を忘れていた。椅子に坐《すわ》り直し、溜息《ためいき》のようなものをついたが、予後が思いやられる紹介状を手渡したにしては、どこか気分が軽かった。引退の効用だろう。もう自分の患者がたちの悪い病気で衰え、この世から去ってゆくのを見なくてもすむのだ。

六月十六日。今日も含めてあと二週間で、自分の現役は終わる。このところ寝つきが悪い。目を閉じたとたん、いろいろな考えが湧《わ》き上がる。隣のベッドにいる老妻の寝息を一時間も二時間も聞いてから、ようやく眠りにはいっている感じがする。もともと睡眠に苦労したことはない。いつでもどこでも、眠ろうと思って目を閉じれば、三十秒か一分で寝つくほうだったのにだ。

現役を引退することは、カルテと処方箋《しょほうせん》を書かなくなることだとやっと気がつく。患者を診、治療する行為は、そのままカルテ記載と処方箋書きだったことに、今になって思い至る。今までカルテを何千、何万ページ書いてきただろう。処方箋にしても二、三十万枚は出してきたはずだ。

今後それが一切書けなくなる。日記をつける習慣もない自分にとって、これから先、書くのは時折の手紙や葉書、年賀状だけになってしまう。石川啄木《たくぼく》ではないが、起きてじっと右手中指のペンだこを眺めていた。

六月十八日。あと十日である。心なしか職員もどことなくしんみりとしている。幸い看護師三名と事務職員二名は、同じ待遇で内野医師に雇用継続してもらうことになっている。開業以来、職員には恵まれた。こちらの都合で辞めさせたのは一人もおらず、入れ代わりは、結婚や子育て、夫の転勤、六十歳の定年によるものばかりだった。開業以来世話になっているY看護師は、今年で五十四歳になる。採用してすぐ結婚し、二人の子供を生み育てた年輪は、そのままクリニックの歴史と重なる。二回目の産休のとき、三ヵ月は休んでいいと言ったのにひと月後にはもう出勤して来て、昼休みには授乳に帰っていた。入れ替わりのあった職員五人がいつも和気あいあいとしていたのは彼女のおかげだといっていい。

心配したのは彼女の去就だった。本人に確かめると、仕事はもう何年か続けたいと答えた。下の娘がまだ看護大学に通っており、おそらくそれも理由だろう。後任の内野医師と折衝する際、真先に話題にしたのが彼女の処遇だったが、私が人柄について話すと、二つ返事で引き受けてくれたのだ。

「こうやってお茶をいれるのも、あと八回しかできません」

昼休みに診察室の机で弁当を食べ出すと、いつものようにお茶をいれて来た彼女が言った。

「あんたの活《い》ける花も、来週で見納めになるとやね」

私は茶を飲み、机上の花を見やった。開院以来、そこには常に花があった。毎週月曜日の昼間、花屋が四千円分の切り花を持参する。花瓶は、開業の際、勤めていた病院の同僚たちがウェッジウッドの大きなものを贈ってくれた。当初は、新池坊《しんいけのぼう》の免状を持つ一番年輩の看護師が毎日活けていたが、十年後には彼女が夫について関西の方に行ってしまったので、Y看護師にお鉢が回ってきた。自分は先輩と違ってお花は素人《しろうと》ですからと渋っていたのを、私が説き伏せた。さすがに初めは、花屋が持ってきた花束をそのまま花瓶に突っ込むようなやり方だったが、そのうちさまになり、彼女のほうでも庭に咲いた花を持ってきてくれるようになった。夏場や冬の暖房のきく部屋では花は傷《いた》みやすく、週末には花瓶が寂しくなるのだ。

三十年間、目の前に花がいつも置かれているおかげで、花の名には詳しくなった。患者に何の花か訊《き》かれて返事ができなくては困るので、花屋には花の名を書いたカードも添えさせていた。ラナンキュラスやアルストロメリア、グラスペディア、ヘリクリサム。この習慣がなければ、死ぬまで名前は知らないままだったろう。

六月二十一日。土曜の診療としては、今日が最後だった。三時に予約を入れていた散髪屋に行き、二十五年ほど世話になった店主から引退を聞かされて、思わず腰を浮かせた。私よりは二つ三つ若いはずだった。この十年ばかり息子が跡を継ぎ、店主自身は馴染《なじ》みの客だけしか受け持っていなかった。彼には私自身の引退は告げておらず、そのまま消えることにしていたので、何か先を越された気がした。

「店を息子さんに譲ったあと、どうしますか」私は訊いた。

「どげんもしません。毎日じっとしとるのも何ですから、釣りでもしますか。あんまり使わんかったカラオケの機械で、毎日歌うという手もあります」

店主はあくまでも冷静だった。「あっしのあとは息子がしますけん、心配せんでよかです」とも言われ、私はとうとう今日がそこでの最後の散髪になることを言いそびれた。

水の流れるような自然な引退もあるのだと思う一方、私にはとても真似《まね》はできないとも思った。

六月二十四日。今日も入れて、あと四日だ。昨日診療を終えて帰りの坂道を登りながら、自分がなぜ医師になったかを思い起こした。

初めて医師という存在を意識したのは十歳のときだ。冬休みが始まって間もなく、具合が悪くなった。身体がだるく、鼻水が出た。身体の節々が痛く、寒気がおさまらない。母親は私に重湯《おもゆ》を飲ませ、棚の上から置き薬の箱を取り何種類かの薬を与えてくれたが、効き目がなかった。熱さましも甲斐《かい》がなく、水枕《みずまくら》の上でうなるばかりだった。そのうち顔や胸に発疹《ほっしん》ができ始め、両親が慌《あわ》て出した。明日までは待てないと考えたのだろう、父親は隣町の診療所に電話を入れた。

その診療所にはそれまでも二、三回行ったことがあった。普通の民家で、居間みたいな所が待合室になっていて、看護婦が呼びに来ると、ぎしぎしと鳴る廊下を通って診察室にはいった。戸田先生の頭は禿《は》げて光っていたが、白衣から出た腕や手には黒い毛がびっしり生えていた。注射をされたとき泣かなかった。それは泣く暇もないほどの早業で、あっという間に筋肉注射が終わっていたからだ。

その禿頭の戸田先生が自転車を漕《こ》いで往診しにきたのは、真夜中近くなってからだ。

「ほう、義郎くんが寝込んだか」

戸田先生はカルテで確かめて来たのだろう、病人の名前を口にして家に上がり、布《ふ》団《とん》に近づいた。

「わっ、これはしんどかろ。よう我慢しとった」

私を診るなり驚いたふりをしたが、余裕たっぷりだった。腕まくりをし、母が用意した洗面器の湯で手を洗い、洗濯したての手ぬぐいで肘《ひじ》まで拭《ふ》き上げた。

「二学期の成績は良かったかな。良かったに違いなかろ」

私に問いかけながら、全身の発疹を見、口も開けさせた。最後には胸に聴診器を当てた。私が神妙に息を吐いたり吸ったりしたあと、「んなら、義郎くんも自分の心臓の音を聞いてみるか」と、耳から聴診器をはずして、私の耳の穴に入れ込んだ。

戸田先生は聴診器の先を少しずつずらして「ここの音は？」と訊く。微妙な鼓動の音が耳にはいるたび、私はかしこまって頷《うなず》く。

「はいっ、これで心配なし」

戸田先生は両親に宣言し、「これははしかです。念のため、一発で効く注射をしときましょう」と言った。

それから先、私は戸田先生の手品のような見事な手つきを布団の中から眺めた。黒カバンを開け、注射器とアンプルを取り出し、ハート型をした薄片でアンプルの首を二、三回こする。ポンと音をさせてアンプルの首を折り、注射器の針を刺し入れて、液体を吸い出す。

「はい、うつ伏せ。お尻《しり》を出して」

アルコール綿を冷たく感じたと思ったとき、かすかな痛みがあったが、そのときはもうすべてが終わっていた。

「もうこれで大丈夫。好きな物食べさせて、水分取らせて下さい。三日後にはもうピンピンです」

言い終わると私の肩をポンと叩《たた》いた。「寝込んだ分、勉強せんといけんな」そう言って笑いかけ、立ち上がった。

戸田先生が家にいたのは三十分くらいだろうが、来る前と来たあとでは、すべてが変化していた。私はもう布団から出られそうな気がしたし、両親も雲が晴れたように明るい顔になっていた。

今になって思えば、あのとき戸田先生が注射したのは、ただの蒸留水か生理食塩水ではなかったか。いわば先生は偽薬《プラシーボ》効果をねらい、絶対に効くと宣言して注射をしたのだ。そう考えれば、戸田先生の陽気な態度も、手品師のようなアンプル切りの手さばきも、家族を安心させ、患者を元気づける効果をねらったものだったと言えなくはない。

それでは私の耳に入れた聴診器は何だったのか。まさか十歳の少年を医学へいざなったとは考えられない。一週間近く寝込んで退屈していた少年を慰める余興だったのだろう。

しかしあのとき私が医師になろうと、漠然とながら希望をもったのは確かだ。十五年間の勤務医生活のあと、町医者の道を選んだのも、原点として幼い頭に刻み込まれた戸田先生の姿が影響したのではなかったか。

そして今、私はその道を選んでよかったとしみじみ思う。文字どおり、さまざまな病気をもつ患者から逃げず、多くの患者の中に踏みとどまり、見届けることができた。

勤務医では無理だったろう。

戸田先生には子供がなく、私が医学部にはいる頃、診療所は閉鎖になった。町を去って、郷里に戻られたという噂《うわさ》が残った。

その戸田先生が診療所を閉める際も、今の私と同じ心境だったに違いない。いやクリニックを閉じなくてすむ分、私のほうが少しはましなのかもしれない。

六月二十六日。朝食を終えてコーヒーを飲んでいたとき、老妻が「いよいよ今日とあしただけになりましたね」と言った。

「そうだね」と答えたのみで、私は平静を装《よそお》った。勤務医時代は胆石《たんせき》の手術やインフルエンザで休んだことはあったが、開業してからは病休がなかった。開業したら風邪もひかなくなるとは、先輩医師から聞かされていたが本当だった。

三十年間無欠勤だったのを神仏に感謝すべきだろう。老妻に見送られて家を出、坂道を下っていたとき、脇《わき》の家から出て来た中年男性が、「いつ引退されるとですか」と唐突に質問した。ちょくちょく顔は見たが挨拶を交わしたこともなければ、まして私の患者になったこともない。

「引退はあしたです」私は答える。

「待ち遠しかでしょう」

「ええ、まあ」

私は苦笑して歩き出したが、ひょっとすれば彼の眼に、診療を終えての帰りがけ、私がいつも青息吐息でこの坂を登っているように映っていたのかもしれなかった。なるほど、この引退はちょうど潮時なのだ。私はそう自分に言いきかせた。

六月二十七日。最終日のこの日、予約患者は午後三時を最後にしていた。そしてこの最後の患者からは治療費を取るまいと決めていた。ささやかながらも最後の大盤振る舞いだった。ところが二時頃、別の患者から電話がはいり、熱と咳《せき》があるが受診してよいかと訊いてきた。三時十分頃に来るように言ったので、結局この女性が私の最後の患者になった。単なる風邪で、私はアスピリンだけを三日分処方し、料金は特別にただだと告げた。もちろん調剤薬局での薬代はいるが。

「本当ですか。夕食代が浮きます」

彼女は大喜びし、別れの言葉もなく帰って行った。また風邪にかかったら来るつもりだろうが、主治医が違うのを知って、ようやく私が引退したのに気づくに違いない。

「お疲れさま」

私は受付の方に声をかけ、帰り仕度を始める。ロッカーに白衣をしまい込む必要もなく、カバンに押し込み、聴診器もおさめる。机の中のこまごまとした物は、少しずつ持ち帰っていて、引出しは既に空になっていた。

診察室をもう一度見回す。飾った絵などは、改装の折、内野医師が送ってくれる手はずになっていた。

「先生、長い間お世話になりました」

三人の看護師、二人の事務員が廊下に一列に並んだ。いつの間にかもう二人入口に立っていた。花屋の母娘《おやこ》だった。初めの二十年間は母親で、あとの十年は娘が毎週花を持ってきてくれた。その二人が笑顔で立ち、娘から花束を受けとった。ピンクのバラで、顔を近づけなくても甘酸《あまず》っぱさが匂《にお》う。

「ありがとう。お宅の花には私も患者も、大いに助けられました」

私は頭を下げた。いいえ、こちらこそと言うように、母娘は笑顔でかぶりを振る。

「先生、これはわたしたちから」

年長のＹ看護師が、受付に置いていたもうひとつの花束を手渡す。かすみ草の中に黄色いピンポン菊がおさまっていた。

ダリアかと見紛う丸い玉をした菊で、これが私のお気に入りの花だと彼女は知っていた。

「みんなありがとう。私に尽くしてくれたように、内野先生も大事にしてあげて下さい」

それ以上続けると涙が出そうだった。医師が泣きながらクリニックを去るほど滑稽《こっけい》な光景はない。

私は二つの花束とカバンを手にすると、坂に向かって歩き出した。

文庫版あとがき

　小説新潮に短篇を依頼されたのは一九九八年だったろうか。毎年七月号に山本周五郎賞発表特集を行っており、歴代受賞者のひとりとして是非執筆してほしい、という慫慂《しょうよう》だった。

　私は福岡県で小さな精神科クリニックを営んでおり、専業作家ではないので、二の足を踏んだ。短篇も日頃書いていない。年一作の長編がせいぜいの時間的余裕だった。しかしデビュー前は短・中篇も書いていたし、長編だけしか書けないというのはいかにも情ない。作家である以上、どんな長さの小説でもこなすべきだと思った。幸い、五月の連休だけは、何日か続けて暇ができる。一日六、七枚書けば、四、五日で短篇はできあがり、七月号に間に合う。依頼を受けることに決めた。

　私がいる精神科の領域にとどまらず、様々な科の医師を主人公にして描いてみよう。何作書けるか分からないが、書き甲斐《がい》はあると直感した。

　ゴールデン・ウィークには、時節柄さまざまな花が咲き乱れる。一篇につきひとつの花を添えれば、ややもすると暗い話に傾きがちな内容に、明かりが灯せるような気がした。

ただひとつ、気になる点があった。結末にオチやヒネリ、どんでん返しがなければ、短篇の面白味は半減すると聞く。私にはそんな技術めいたものはない。今さら無い袖《そで》も振れまい。通説を無視することにした。

かすかな予感もあった。医療の現場を淡々と描いてゆけば、ことさら末尾に凝らなくても、余韻のある驚きを読者に残せるのではないか。

映像作品にしろ、小説にしろ、物語の俎上《そじょう》にのせられる医師像は、神の手を持つ天才外科医だったり、金もうけに専心する悪徳医師だったりする。あるいは大学内で権力闘争にあけくれる医師だったりだ。

だが、実際の医療現場を担《にな》うのは、名医でも悪医でもなく、「普通の良医」なのだ。

私自身、精神科の名医一覧のようなものを眼にするたび、果たして、この人のどこが名医なのだろうかと感じてしまう。表舞台に現れない医師の中に、名医がいるのが現実なのだ。しかしこの良医は、患者にはすぐには見えない。じっくりとつき合わなければ彼らの優れたところは分からない。

私は短篇に、そうした良医を登場させようと思った。

医学生は、患者が教科書だと繰り返し教えられる。医学書より、まずは目の前の患者から学びとれという訳である。つまり、医師は患者という教科書によって教育されるのだ。良医の多くが、この真実に気がついているはずである。患者のほうからは、この真実は見えにくい。無理もない。医師はどこか取っつきにくい存在であり、自分たちとは違う世界の人種である。

私は、この領域こそを描きたかったような気がする。

病気は即苦悩と直結する。患者は悩み、苦しみ、それでも生きていかなければならない。医師が心打たれるのは、そうした患者の懸命な生き方なのである。百の患者がいれば百の悩みがあり、それぞれに課せられた問題に懸命に立ち向かう姿を、医師は見せつけられる。

私は、まさにここにこそ、〈患者こそが教科書〉という言葉の本当の価値があるのだと思う。医師は患者によって病の何たるかを教えられるのではなく、人生の生き方を教えられるのである。良医は患者の生き様によって養成されるのだ。

最後の短篇〈終診〉を書き上げたのが、初仕事から十年目の二〇〇八年五月だった。医師という職業にも退《ひ》き際《ぎわ》がある。それを主題にして、十篇のしめくくりにしようと思った。掲載号発売の半月ほどのち、私は急性骨髄性白血病を得た。自覚症状は全くなく、年一回の職員検診の採血で、白血球や赤血球、血小板の極度の異常値が判明したのだ。採血から二日後、私は血液内科のクリーンルームに入院になった。

治療は半年に及ぶという。開業医なので、即座に診療所を閉鎖するか否《いな》かの危機にさらされた。〈終診〉が頭をかすめたのは、もちろんである。何という符合かと思った。神の意志が働いたのかとも勘ぐった。

いよいよ治療に入ってみると、〈終診〉を書いて得た心境や心構えが役に立った。自分の書いた小説に自分が助けられるという奇妙な境地を味わうことになった。

友人の精神科医や大学医局から派遣された後輩たち、計十八名の精神科医によって、私の診療所は終診に至ることなく、半年間守ってもらった。

闘病中、私の脳内にたえず去来したのは、〝病んだ治療者〟というテーマだった。元気な頃はほとんど考えもしなかったことだ。しかし私には二〇〇一年に書いた〈雨に濡《ぬ》れて〉があった。ここでは、乳癌《にゅうがん》を得た女医が、病者でありながら治療者の道を歩んでいく姿を描いていた。書いた当時は、まさか自分が〝病んだ治療者〟になるなど、想像だにしなかった。そうした存在もありうると考え、関連する医学文献を渉《しょう》猟《りょう》して、主人公を造形したのだ。

この執筆経験が、病名を知った直後から生きた。診療所の待合室に、私は次のように大書した。

通院中の患者さんへ
この度、急な病気（急性骨髄性白血病）で入院治療することになりました。治療には数ヵ月を要し、その間の診察は、私の親しい先生方に交代でしていただきます。どうか、これまでどおり、診察を受けて下さるようお願い致します。

半年の入院治療中、三回の短い退院があった。私は半日だけ診療所に出向き、代診の先生方の代理を務めた。そこで〝病んだ治療者〟の立場を十二分に味わった。それは〈雨に濡れて〉の女医の境地と瓜二《うりふた》つであり、医師と患者の垣根、生と死の境界が、どこまでも低く薄くなっていく時間でもあった。

退院してから、私はこの〝病んだ治療者〟を主題にして論文を書いた。論文の考察には文献が必須で、ここにも〈雨に濡れて〉の際に集めた欧米の文献が役立った。「精神科診療所の開業医が病気入院になったとき」（九州神経精神医学、第五十五巻一号：二二—三〇、二〇〇九）がそれで、医学生になって以来私が選んだ二つの道、精神医学と小説が、奇《く》しくもこの急性骨髄性白血病により融合したような感慨にかられた。

発病から丸三年、私はまだ生きている。この頃は、新しい一日を迎えるたび、ここには神の意志が働いている、と自らに言い聞かせている。

二〇一一年七月

帚木蓬生

この作品は二〇〇九年一月新潮社より刊行された。
文庫化にあたり全面的な改訂を行なった。

帚木蓬生著

白い夏の墓標

アメリカ留学中の細菌学者の死の謎は真夏のパリから残雪のピレネーへ、そして二十数年前の仙台へ遡る……抒情と戦慄のサスペンス。

帚木蓬生著

カシスの舞い

南仏マルセイユの大学病院で発見された首なし死体。疑惑を抱いた日本人医師水野の調査が始まる……。戦慄の長編サスペンス。

帚木蓬生著

三たびの海峡

吉川英治文学新人賞受賞

三たびに亙って〝海峡〟を越えた男の生涯と、日韓近代史の深部に埋もれていた悲劇を誠実に重ねて描く。山本賞作家の長編小説。

帚木蓬生著

臓器農場

新任看護婦の規子がふと耳にした「無脳症児」のひと言。この病院で、一体何が起こっているのか――。医療の闇を描く傑作サスペンス。

帚木蓬生著

閉鎖病棟

山本周五郎賞受賞

精神科病棟で発生した殺人事件。隠されたその動機とは。優しさに溢れた感動の結末――。現役精神科医が描く、病院内部の人間模様。

帚木蓬生著

空《くう》の色紙

妻との仲を疑い、息子を殺した男。その精神鑑定をする医師自身も、妻への屈折した嫉妬に悩み続けてきた。初期の中編3編を収録。

帚木蓬生著
ヒトラーの防具
（上・下）
日本からナチスドイツへ贈られていた剣道の防具。この意外な贈り物の陰には、戦争に運命を弄ばれた男の驚くべき人生があった！

帚木蓬生著
逃亡
（上・下）
柴田錬三郎賞受賞
戦争中は憲兵として国に尽くし、敗戦後は戦犯として国に追われる。彼の戦争は終わっていなかった——。「国家と個人」を問う意欲作。

帚木蓬生著
安楽病棟
痴呆病棟で起きた相次ぐ患者の急死。新任看護婦が気づいた衝撃の実験とは？　終末期医療の問題点を鮮やかに描く介護ミステリー！

帚木蓬生著
国銅
（上・下）
大仏の造営のために命をかけた男たち。歴史に名は残さず、しかし懸命に生きた人びとを、熱き想いで刻みつけた、天平ロマン。

帚木蓬生著
千日紅の恋人
二度の辛い別離を経験した時子さんに訪れた、最後の恋とは——。『閉鎖病棟』の著者が描く、暖かくてどこか懐かしい、恋愛小説。

帚木蓬生著
聖灰の暗号
（上・下）
異端として滅ぼされたカタリ派の真実を追う男女。闇に葬られたキリスト教の罪とは？　構想三十年、渾身のヒューマン・ミステリ。

新潮文庫最新刊

帚木蓬生著
風花病棟
乳癌と闘う泣き虫先生、父の死に対峙する勤務医、惜しまれつつも閉院を決めた老ドクター。『閉鎖病棟』著者が描く十人の良医たち。

角田光代著
くまちゃん
この人は私の人生を変えてくれる? ふる/ふられるでつながった男女の輪に、恋の理想と現実を描く共感度満点の「ふられ小説」。

橋本紡著
もうすぐ
キャリア、パートナー、次はベイビー? 大人が次に向かう未来って、どこなんだろう。妊娠と出産の現実と希望を描いた、渾身長編。

ビートたけし著
漫才
'80年代に一世を風靡した名コンビ、ツービート復活! テレビでは絶対放送できない、痛烈な社会風刺と下ネタ満載。著者渾身の台本。

曽野綾子著
貧困の僻地
電気も水道も、十分な食糧もない極限的貧困が支配する辺境。そこへ修道女らと支援の手をさしのべる作家の強靭なる精神の発露。

柳田邦男著
生きなおす力
人はいかにして苛烈な経験から人生を立て直すのか。自身の喪失体験を交えつつ、哀しみや挫折を乗り越える道筋を示す評論集。

風《かざ》花《はな》病《びょう》棟《とう》

新潮文庫　は－7－21

平成二十三年十一月一日発行

著者　帚《はは》木《ぎ》蓬《ほう》生《せい》

発行者　佐藤隆信

発行所　株式会社新潮社

郵便番号　一六二―八七一一
東京都新宿区矢来町七一
電話 編集部(〇三)三二六六―五四四〇
読者係(〇三)三二六六―五一一一
http://www.shinchosha.co.jp

価格はカバーに表示してあります。

乱丁・落丁本は、ご面倒ですが小社読者係宛ご送付ください。送料小社負担にてお取替えいたします。

印刷・大日本印刷株式会社　製本・憲専堂製本株式会社

ISBN978-4-10-128821-5 C0193